BASTEI
LÜBBE
TASCHENBUCH

Weitere Titel der Autorin:

Es war einmal ein Mord
Nürnberger Frösche
Die wankelmütige Meerjungfrau

Knusper Knusper Morde
(enthält die Bände: Es war einmal ein Mord und Nürnberger Frösche)

Titel in der Regel auch als E-Book erhältlich

Nur als E-Book:
Das goldene Schwein
(Kurzgeschichte mit Hans und Gretel)

Über die Autorin

P.J. Brackston lebt mit ihrem Partner und ihren beiden Kindern in den Black Mountains in Wales, einer wilden, bergigen Gegend. Sie hat an der Lancaster University den Master of Arts in Kreativem Schreiben erworben und ist Gastdozentin an der University of Wales in Newport. Sie liebt Märchen, Geschichte, alles, was Spaß macht und starke Frauen, und so tanzte eines Tages die Idee zu Gretel, der Privatdetektivin aus Gesternstadt aus dem Bayern des achtzehnten Jahrhunderts durch ihren Kopf. Von ihrer lebhaften Vorstellungsgabe abgesehen, lässt Brackston sich beim Schreiben auch von den Bergen und Wäldern inspirieren, von denen sie in Wales umgeben ist.
Mehr auf www.pjbrackston.com

P. J. Brackston

Magier-Mord

Ein Hänsel und Gretel Krimi

Aus dem Englischen von
Frauke Meier

BASTEI
LÜBBE
TASCHENBUCH

BASTEI LÜBBE TASCHENBUCH
Band 20852

Dieser Titel ist auch als E-Book erschienen

MIX
Papier aus verantwortungsvollen Quellen
FSC
www.fsc.org
FSC® C083411

Vollständige Taschenbuchausgabe

Deutsche Erstausgabe

Titel der englischen Originalausgabe: »The Sorcerer's Appendix«

Textredaktion: Axel Franken, Saarbrücken
Titelillustration: © Katarzyna Oleska
Umschlaggestaltung: Guter Punkt, München
Satz: two-up, Düsseldorf
Gesetzt aus der Meridien
Druck und Verarbeitung: CPI books GmbH, Leck – Germany
Printed in Germany
ISBN 978-3-404-20852-4

1 3 5 7 6 4 2

Sie finden uns im Internet unter www.luebbe.de
Bitte beachten Sie auch: www.lesejury.de

1

Gretel streckte die Hand nach dem schweren eisernen Türklopfer aus, als eine quälende Vorahnung sie zaudern ließ. Es war nicht die Art von Besorgnis, die sie hätte verleiten können, auf ihren Stummelabsätzen kehrtzumachen und davonzuhasten, und es war auch nicht das eisige Grauen, das sie an Ort und Stelle – statuenhaft und statuesk – hätte erstarren lassen können. Es war eher eine kleine Unpässlichkeit, ein Ziepen, ein unbedeutendes, aber ärgerliches Aufmucken von Beklemmung, das sie veranlasste, innezuhalten. Sowohl das Haus als auch der Türklopfer wirkten ganz gewöhnlich und alltäglich. Dennoch, dies war das Heim eines Zauberers, und das reichte vollkommen, um Gretel nervös zu machen.

Nun ja, zumindest war es das Haus eines verstorbenen Zauberers, was auch der Grund für ihren Besuch war, denn sie wollte die Witwe des Magiers aufsuchen, die ihre Dienste als Privatermittlerin erbeten hatte, um die Wahrheit hinter dem vorzeitigen Ableben ihres Gatten aufzudecken. Der Umstand jedoch, dass hier kein Zauberer mehr hauste, bedeutete keineswegs, dass seine Präsenz in dem Haus nicht noch auf die eine oder andere Art nachklang. Nach Gretels Erfahrung ließen Zauberer sich niemals eine Gelegenheit entgehen, einen Menschen auf dem falschen Fuß zu erwischen. Ihr Beruf gehörte, um der Wahrheit Genüge zu tun, nicht zu den Tätigkeitsfeldern, die Gretel besondere Hochachtung abnötigten. Ihrer Ansicht nach waren Zauberer kaum mehr als Gauner und Schelme, Männer mit dürftigen Begabungen und noch weniger Magie, die sich ihren Lebensunterhalt mit Taschenspielertricks, plumpen Illusionen und Zauberkunststücken erschwindelten. Sie erleichterten die Gutgläubigen um ihr Geld – eine Tatsache, die ihnen von Gretels Seite zumindest einen missgünstigen und widerwilligen Respekt eintrug – und ergötzten sich an nichts mehr als an der eigenen Aufschneiderei. Ihren Mangel an echten magischen Fähigkeiten konnte sie ihnen nachsehen. Ihre fragwürdigen Geschäftsmethoden konnte sie mühelos tolerieren. Was sie jedoch nicht verzeihen konnte, wovor sie bekanntermaßen tatsächlich zurückschrak, das war ihr haarsträubender Sinn für Mode. Stets ergingen sie sich in einer unbesonnenen Hingabe an ausufernde Gesichtsbehaarung, hüllten sich in violettes Satin, bekleckst mit Sternen und Monden, akzentuiert von gefährlich tief hängenden Säumen, und wirklich jedes ihrer Ensembles zeichnete sich dadurch aus, schlaff an den Ärmeln und spitz im Hute zu sein. Ein derart krimineller Umgang mit Kleidung brachte Gretel im Handumdrehen in Rage.

Aber Geschäft war Geschäft. Ihre Dienste waren gefordert, es gab Arbeit zu tun und folglich Geld zu verdienen. Also musste sie ihre unbedeutenden Abneigungen und persönlichen Einstellungen hintanstellen, zumindest, bis der Auftrag gesichert war. Sie tröstete sich mit dem Gedanken, dass der Mann tot und es daher recht unwahrscheinlich war, dass er je wieder etwas so Anstößiges tragen würde.

Gretel atmete tief durch, hob den Löwentatzenklopfer und pochte kraftvoll an die Tür. Tatsächlich blieb sie von ärgerlichen Tricksereien verschont. Stattdessen hörte sie das Geräusch von Schlössern, die entriegelt wurden, und dann wurde die Tür von einer klapperdürren Frau von unbestimmbarem Alter und verblasstem Liebreiz geöffnet, deren verheultes Gesicht nebst der grämlichen Miene die Vermutung nahelegten, dass sie die Witwe des Verstorbenen war.

»Frau Arnold? Ich bin Fräulein Gretel und komme auf dein Geheiß. Mein Beileid und einen guten Morgen.«

»Oh! Du hast demnach also das … Paket erhalten?« Die Stimme der Frau war so substanzlos wie ihr Körper. Während sie sprach, weinte sie leise, doch war es weniger so, dass die Tränen in Strömen flossen, vielmehr schienen sie einfach aus ihr herauszusickern. Für einen flüchtigen Augenblick empfand Gretel Mitleid mit der schwachen Kreatur, das jedoch schnell Verärgerung wich. Dass der Verlust, den sie erlitten hatte, die Frau erschütterte, war verständlich, aber musste sie deswegen so abstoßend larmoyant sein?

»In der Tat, das habe ich. Sein Inhalt war so verstörend wie interessant.«

Bei diesen Worten flossen die Tränen der Witwe Arnold etwas heftiger, und sie winkte Gretel zu, sie möge eintreten.

Das Interieur war exakt so grässlich, wie Gretel es befürchtet hatte. Sie durchquerten einen kurzen Gang voller Spiegel und Kristalle und nachgebildeter magischer Artefakte, ehe sie einen bescheidenen Salon betraten. Dieser war dekoriert wie der große Saal in einem gotischen Schloss. Bedauerlicherweise waren seine Proportionen wenig geeignet, um dieser ambitionierten Ausstattung

Geltung zu verschaffen. Die mitternachtsblaue Decke schien jeden, der unter ihr stand, erdrücken zu wollen, trotz der wuchernden Sterne, mit denen sie protzte. Die wuchtigen, mit Schnitzereien verzierten Holzstühle und das überdimensionierte Samtsofa füllten den Raum so aus, dass Gretel sich gezwungen sah, Platz zu nehmen, da von dem unverkennbar persischen Teppich nicht mehr genug frei geblieben war, um ihrem modischen, ausladenden Rock den nötigen Raum zu geben, wollte sie auf den Beinen bleiben. Sie zog ihre Taschenkladde und einen Stift hervor und gelobte sich in Gedanken, einen kleinen Anteil des Honorars, das sich zu verdienen sie nun beginnen wollte, in den Erwerb eines neuen silbernen Etuis zu investieren, um das, was immerhin Werkzeuge ihres Gewerbes waren, angemessen zu verstauen.

»Wenn ich diesen Fall übernehmen soll, Frau Arnold …«

»Oh! Bitte sag mir, dass du es tun wirst, denn ich bin wahrlich verzweifelt!«

»… gestatte mir zunächst ein paar Fragen. Das ist bei solchen Fällen absolut üblich.«

»Oh! Solche Fälle?«

Gretel hegte einen ersten Verdacht, der besagte, dass ihre neue Klientin womöglich jeden ihrer Sätze mit einem Ausruf beginnen würde. »Solche Fälle wie dieser insofern, als dass zwar der Verdacht des Mordes besteht, jedoch kein Leichnam existiert.«

Die Witwe erging sich in leisem Wehklagen.

Gretel drang weiter in sie. »Zumindest kein vollständiger.«

Das Wehklagen wurde lauter.

Gretel ruderte zurück. »Lass uns zunächst die etwas … schlichteren Fakten betrachten. Denn es sind die Fakten, die den Fall lösen werden, so, wie sie auch schon viele andere Fälle gelöst haben.«

Sollte diese Bemerkung bei Witwe Arnold irgendeinen Gedankengang hervorgebracht haben, so behielt sie den für sich.

Vorsichtig tat Gretel den nächsten Schritt. »Dein Gemahl … Ernst Arnold?« Als die Witwe nickte, fuhr sie fort. »Er ist also in seinen Arbeitsraum gegangen …«

»Oh! Das Wort ›Arbeitsraum‹ hat er nicht gemocht. Er nannte es sein Magicarium.«

»Sein …? Nun gut, er ist also in sein *Magicarium* gegangen. Um welche Zeit?«

»Oh, das war gleich nach dem Frühstück. Er sagte, er wolle an einigen neuen Bannen arbeiten und wünsche, nicht gestört zu werden. Ich erinnere mich sehr genau daran, denn ich habe ihn gefragt, ob das bedeute, dass ich ihm sein Mittagsmahl nicht bringen dürfe, und er sagte nein, das dürfe ich nicht, also sagte ich, gut, dann bereite ich ihm besser ein Mahl vor, das er mitnehmen könne, denn niemand kann ohne ein Mittagsmahl gut arbeiten …«

Gretel gestattete ihrer Klientin, weiterzuplappern, obgleich sie jegliches Interesse an ihren Worten nach der zweiten Erwähnung des Mittagsmahls verloren hatte. Witwe Arnolds Verstand mochte sich zusammen mit dem größeren Teil des Leichnams ihres verstorbenen Gatten verflüchtigt haben, doch sie hatte recht in Hinblick darauf, wie bedeutend es war, den Geist zu nähren, sollte er anständig funktionieren. Und in genau diesem Moment fühlte Gretel ein Absinken ihres eigenen Funktionsniveaus. Die Uhr auf dem Platz schlug zwölf, was bedeutete, dass irgendwer irgendwo irgendwas aß, doch ach, sie war es nicht. Endlich kam die Witwe zum Ende, und Gretel zerrte ihre Aufmerksamkeit zurück zu dem Fall.

»Er hat also an diesem Tage allein gearbeitet. Zu welcher Zeit hast du bemerkt, dass etwas nicht in Ordnung war?«

»Oh, zur Teezeit. Ernst hat es mit dem Tee immer sehr genau genommen. Wir haben ihn stets um halb fünf genommen, und wenn er auch beschlossen hatte, während seines Mittagsmahls zu arbeiten, hat er doch mit keinem Wort gesagt, er beabsichtige, auf unseren Tee zu verzichten.« Sie unternahm keinen Versuch, ihren Tränenfluss zu stillen, während sie sprach, und Gretel kam da und dort zu dem Schluss, dass, welche Fakten auch immer noch im Dunkeln liegen mochten, eine Tatsache in blendender Klarheit herausstach: Frau Arnold war vernarrt in ihren Gatten und konnte von der Liste der Verdächtigen gestrichen werden. Tatsächlich hegte Gretel sogar ernste Zweifel daran, dass diese Frau ohne ihren Gemahl zurechtkäme. Was sie zu ihrer nächsten Garnitur Fragen führte.

»Sag mir, war dein Gemahl ein erfolgreicher Zauberer?«

»Oh, ja.« Sie nickte, und der Stolz schimmerte durch ihre Tränen hindurch. »Äußerst.«

Gretel sah sich in dem Raum um, konnte jedoch keinerlei Hinweise auf einen Wohlstand entdecken, der die Behauptung ihrer Klientin hätte untermauern können. »Und nun, da er nicht mehr länger zu arbeiten imstande ist«, tastete sich Gretel so sacht sie nur konnte voran, »hat er dich wohlversorgt zurückgelassen?«

Zur Abwechslung reagierte Frau Arnold nicht mit dem gewohnheitsmäßigen Ausruf, sondern setzte sich etwas aufrechter hin und umklammerte ihr Taschentuch ein bisschen fester. Man kann nicht behaupten, dass sich ihre Züge verhärtet hätten, doch schienen sie eine Spur entschiedener zu werden.

»Ernst war achtsam und klug. Er hat mir viele Male gesagt, ich solle mir über Geld keine Gedanken machen und er würde immer dafür sorgen, dass unser Bedarf gedeckt ist. Er hat sogar gesagt, dass ich … sollte ihm etwas Schreckliches widerfahren …« Hier schnappte sie zitterig nach Luft. »Dann solle ich nicht um mein Auskommen fürchten, denn er habe eine Versicherungspolice, durch die ich mehr als kommod gestellt wäre. Nur will mir die Versicherungsgesellschaft mein Geld nicht geben.«

»Aha.«

»Sie glauben nicht, dass er ermordet wurde! Sie sagen, sie werden mir das Geld nicht geben, solange ich nicht … den Leichnam meines armen Ernst vorweisen kann.« Nun weinte sie wieder so leidenschaftlich, dass sie kaum mehr in der Lage war zu sprechen.

Die Haltung der Versicherung vermochte Gretel nicht zu überraschen. Als sie den Brief von Frau Arnold zusammen mit dem einzigen Überrest ihres Gatten – des Zauberers Blinddarm – erhalten hatte, war ihr erster Gedanke *Iiih!* gewesen und der zweite *Zeigt mir den Versicherer, der daraufhin eine Zahlung vornimmt!* Sie versuchte, die Witwe zu trösten.

»Es ist üblich, dass Versicherungsunternehmen Ausflüchte machen und jenen, die absolut berechtigt sind, eine Zahlung einzufordern, Steine in den Weg legen. Doch du darfst ganz beruhigt sein, Frau Arnold, denn nun bin ich hier, um ihre Gegenerklärungen hinfortzuwischen und diese Steine aus dem Weg zu räumen.«

»Oh, wirklich? Das kannst du? Nur behaupten die, sein Tod sei die Folge eines fehlgeschlagenen magischen Tricks, und das deckt die Versicherung nicht ab.«

»Aber du bist überzeugt, dass sie falschliegen?«

»Ernst war so ein guter Zauberer! Und er hätte nie etwas Gefährliches getan, hätte nie sein eigenes Leben riskiert, denn er wusste, wie sehr er mir am Herzen liegt und dass ich, sollte ich ihn verlieren, zu einem Leben in Herzeleid verdammt wäre«, beharrte sie, und ihre Stimme steigerte sich zu einem Kreischen.

»Ganz recht. In diesem Fall scheint Mord die einzig logische Erklärung zu sein. Doch wer hätte deinen Gemahl ermorden wollen? Hatte er Feinde?«

»Oh, es gab viel Neid im Zaubererkreis! In diesem Gewerbe herrscht hoher Konkurrenzdruck. Wenn jemand so erfolgreich ist wie Ernst, nun, dann fühlen sich andere zwangsläufig unterlegen.«

Gretel machte sich Notizen. Glückliche Klienten. Unglückliche Kollegen. Verhalten der Versicherungsgesellschaft erwartungsgemäß. Viel war das nicht. Sie beschloss, dass es wohl das Beste wäre, sich hier und jetzt dem dornigen Thema des Honorars zu widmen. »Da gibt es noch eine weitere Angelegenheit, die wir besprechen müssen, ehe ich die Ermittlungen aufnehme …«

»Oh, dann übernimmst du also den Fall?«

»… nämlich die Frage meiner Vergütung. Ich bin überzeugt, du wirst sehen, dass mein Honorar absolut konkurrenzfähig ist«, begann sie mit ihrer gewohnten Rechtfertigung, wohl wissend, dass sie sich auf sicherem Terrain befand, da es in einem Umkreis von dreißig Wegstunden um Gesternstadt keine Konkurrenz gab, »und dass es üblich ist, einen Vorschuss zur Abdeckung der entstehenden Aufwendungen einzufordern, dem wenn und während der Fall bearbeitet wird weitere Zahlungen folgen, die schließlich in einer Abschlussrate gipfeln, sobald der Fall zu deiner Zufriedenheit abgeschlossen ist.«

»Oh, aber ich habe nichts, was ich dir jetzt geben könnte.«

»Was, nichts?«

»Ernst und ich haben erst kürzlich eine Urlaubsreise genossen, ach, solch eine wunderbare Zeit! Er wusste, er würde nach unserer Rückkehr mehr Geld verdienen können, nur … hatte er dazu keine Gelegenheit mehr …«

Gretel kniff die Augen zusammen. Entweder war Witwe Arnold ein Einfaltspinsel oder eine äußerst begabte, manipulative und berechnende Schauspielerin.

»Ernst sagte, wenn ich glücklich sei, sei er es auch, und er wusste, wie viel Freude ich an hübschen Kleidern und Gaumenfreuden habe.«

Manipulativ?

»Und er hat mir immer versichert, dass er am besten arbeiten könne, wenn er glücklich sei, und folglich sei es eine Investition, Geld auszugeben, damit ich glücklich bin.«

Berechnend?

»Und schau nur!« Für einen Moment hellte sich Frau Arnolds Miene auf, als sie sich umwandte und eine Figurine vom Tisch neben ihr nahm. »Dies hat er mir gekauft. Wir fanden es in einem kleinen Laden in dem winzigen Dorf, in dem wir unsere Ferien verbracht haben. Ich hatte an einen Ring zur Feier der gemeinsamen Zeit gedacht, etwas, das funkelt. Vielleicht ein Diamant. Aber Ernst sah das hier und sagte mir, es sei so entzückend und süß, es erinnere ihn an mich und daran, wie sehr er mich liebe, und darum könne es gar kein besseres Geschenk geben. Siehst du? Ist das nicht viel besser als ein dummer, alter Diamant?«

Gretel nahm ihre silberne Lorgnette von ihrem Ruheplatz an ihrem Busen, um das derb gearbeitete, plump bemalte, klobige Porzellanschmuckstück genauer zu begutachten, das allem Anschein nach eine krummbeinige Ballerina darstellen sollte, die irgendwann in ihrem Leben an Rachitis und Windpocken gelitten haben musste. Dies war ein Gegenstand von solch ausgesuchter Hässlichkeit, der Anblick schmerzte Gretel in den Augen.

Einfaltspinsel.

Sie erhob sich. Ihr war bewusst, vor welcher Wahl sie stand; sie konnte den Fall ablehnen, nach Hause gehen und den Zauberer vergessen, oder sie konnte sich einverstanden erklären, den Fall zu übernehmen, und wochenlang unbezahlt arbeiten in der Hoffnung, ihn zu lösen und die Versicherungsgesellschaft zur Zahlung zu veranlassen, auf dass im Gegenzug auch sie bezahlt würde. Folglich ärgerte es sie zutiefst, als ihr aufging, dass sie im Grunde doch keine Wahl hatte. Das Geld von ihrem letzten Fall würde nicht ewig reichen. Der Sommer neigte sich bereits dem Ende zu. Bald schon würden grausame Winterwinde von der Zugspitze herabwehen, und sie hegte nicht den Wunsch, sich ihnen zu stellen, ohne die Mittel für ausreichende Nahrung und Brennmaterial ihr Eigen zu nennen, um sich und Hans bis zum Frühjahr durchzubringen. Sie holte tief Luft.

»Also gut, Frau Arnold, ich übernehme den Fall zu meinen üblichen Bedingungen, die ich dir später darlegen werde. Wenn du nun so freundlich wärst, mir das *Magicarium* deines verstorbenen Gatten zu zeigen?«

Der Arbeitsplatz des Zauberers befand sich in einem kleinen Gebäude am hinteren Ende des Gartens hinter dem Haus. Als Gretel sich näherte, fiel es ihr zunehmend schwer, das Wort »Verschlag« zu unterdrücken. Immerhin war es aus Stein erbaut, nicht aus Holz, und der Hang seines Eigners zur Wiederbelebung mittelalterlicher Architektur hatte ihm einen Torbogen und ein einzelnes spitz zulaufendes Bogenfenster angedeihen lassen. Es gab sogar ein einsames Türmchen. Doch trotz Ernst Arnolds umfassender Bemühungen: Die Proportionen, das niedrige Dach, die schlecht schließende Tür und der Mangel an Platz im Inneren brüllten geradezu »Verschlag« in die Weltgeschichte hinaus. Gretel überredete die Witwe, sie allein nach Hinweisen suchen zu lassen. Sie war das Geflenne der Frau leid, und außerdem war es zu beengt, um kostbaren Platz an eine unnötige Person zu vergeuden.

Regale nahmen die Wände in Anspruch und wurden ihrerseits entweder von Zauberbüchern oder Gläsern mit Der-Himmel-weiß-was in Anspruch genommen. Es gab Zauberstäbe und Kristallkugeln und astrologische Karten und alle Arten magischer Paraphernalien. In der Mitte stand ein langer, schmaler Tisch. Er war so aufgemacht, dass er einer Art Labortisch für große und gefährliche

Banne ähnelte, aber Gretel war ziemlich sicher, dass sie Hans solch einen Tisch hatte nutzen sehen, als er den Flur in ihrem Haus tapeziert hatte. Alles in allem vermittelte der Raum den Eindruck gesparter Ecken und Kanten und gefuchster Pfennige. Auf den ersten Blick erschien jeder Gegenstand zweckdienlich, doch bei näherer Begutachtung erwies sich einfach alles als billig und von erbärmlicher Güte. Gretel konnte nichts entdecken, was Frau Arnolds Aussage, ihr Gemahl sei ein erfolgreicher Mann gewesen, hätte stützen können.

In dem schäbigen Raum sprach Gretel ihre Gedanken laut aus. »Es scheint, als wäre die größte Illusion des Zauberers gewesen, andere Leute von seiner eigenen Größe zu überzeugen.«

Ihr fiel auf, dass die Mitte des Tischs im Zentrum des Magicariums leer war, als hätte dort ein großer Gegenstand gelegen. Möglicherweise eine Leiche. Als sie ihn mit ihrem Opernglas untersuchte, fand sie kleine Flecken, bei denen es sich aller Wahrscheinlichkeit nach um Blut handelte. Der Boden jedoch war von jeglicher derartigen Befleckung verschont geblieben, was sie stutzen ließ. Der einzige Überrest des unglückseligen Zauberers war ein Teil seiner Innereien. Und wenn Innerlichkeiten zu Äußerlichkeiten wurden, pflegte anschließend normalerweise eine große Menge geronnenen Blutes Zeugnis davon abzulegen. Es war beinahe, als hätte der Mörder beachtliche Sorgfalt walten lassen, als er sich dieses Körperteils bemächtigt hatte. Aber wie hatte er – oder sie – das Opfer eigentlich umgebracht? Sofern das Opfer umgebracht worden war! Gretel musste ihren Geist auch der Möglichkeit gegenüber öffnen, dass die Versicherungsgesellschaft recht hatte und das Verschwinden Ernst Arnolds die Folge verpfuschter Magie war.

Sie schritt durch den Raum und suchte nach Hinweisen, doch nur wenige offenbarten sich ihr. Die Tür war laut Witwe Arnold verschlossen vorgefunden worden, das Fenster war noch immer geschlossen und nicht zerbrochen. Gretel hatte nicht vergessen, was Frau Arnold ihr über die Entdeckung jenes Überrests ihres Gatten erzählt hatte. Da es ihrem Klopfen und Rufen nicht gelungen war, ihm eine Reaktion zu entlocken, so ihre Erklärung, hatte sie den Ersatzschlüssel aus ihrer Schmuckschatulle geholt und sich Zutritt verschafft. Der Moment, in dem sie erkannt hatte, was sie da vor sich sah und dass vom Rest ihres geliebten Gemahls nichts zu finden war, musste entsetzlich gewesen sein.

Nichts wies auf Kampfhandlungen oder Gewalt irgendeiner Art hin, abgesehen von den getrockneten Blutflecken, die ebenso gut von einem unbedeutenden Nasenbluten hätten herrühren können. Sollte sich jemand die Mühe gemacht haben, den Zauberer zu ermorden, seinen Blinddarm zu entnehmen und zurückzulassen, die Leiche jedoch fortzubringen, so hatte derjenige sehr sorgfältig gearbeitet, und zwar ohne, so schien es zumindest, dass das Opfer in Panik geraten wäre oder auch nur ein bisschen gezappelt hätte. Ein schnell wirksames Gift, möglicherweise? Ein rascher Schlag auf den Kopf? Aber durch wen? Und aus welchem Grund? Gretel wusste aus Erfahrung, dass das Motiv stets der bedeutendste Hinweis von allen war. In diesem Moment entfielen jene, die möglicherweise Grund zu solch einer Tat hatten, auf drei Kategorien: Klienten, Kollegen und alle anderen. Da die letzte Gruppe am schwersten zu greifen war, beschloss Gretel, mit der ersten anzufangen und sich dann durch die zweite zu arbeiten, in der Hoffnung, dass danach kein Anlass mehr gegeben wäre, auch die dritte noch in Erwägung zu ziehen.

Gerade, als sie das Magicarium verlassen wollte, hatte sie das intensive Gefühl, beobachtet zu werden. Sie blieb still stehen, lauschte angestrengt, ließ ihren Blick durch den Raum schweifen und bemühte sich, das prickelnde Gefühl zu ignorieren, mit dem sich die Haare in ihrem Nacken aufrichteten. Weder konnte sie etwas sehen noch hören, das imstande wäre, sie zu mustern, sofern man die vier Augäpfel in einem Glas auf dem obersten Regalbrett über dem Fenster nicht mitzählte, was sie nicht zu tun beabsichtigte. Sie wartete noch einen Moment länger. Nichts zeigte sich, aber das unangenehme Gefühl wollte auch nicht weichen. Endlich kam sie zu dem Schluss, dass es wohl nichts zu bedeuten hatte, und verließ mit einem missbilligenden Knurren den Raum. Durch den Garten, in dem für eine kurze Zeit die Augustsonne ihren Kopf traktierte, kehrte sie ins Haus zurück. Dort ließ sie sich von Frau Arnold den Terminkalender ihres Gatten aushändigen, in dem all seine Klienten detailliert und namentlich aufgeführt waren, zusammen mit den Gelegenheiten, zu denen er für sie tätig gewesen war. Außerdem bat Gretel um das jüngste Jahrbuch des Zaubererkreises. Sie wollte gerade gehen, als der überraschend zweckdienliche und gebräuchliche Türklopfer die Ankunft von Feldobergendarm Strudel ankündigte. Selbiger betrat den Hausflur und begrüßte Gretel mit dem schon gewohnten, herzlich finsteren Blick.

»Was hast du hier zu suchen, Fräulein?«, herrschte er sie an.

»Ich gehe meiner Arbeit nach, Herr Feldobergendarm, wie Ihr zweifellos auch.«

»Die Angelegenheiten der Feldgendarmerie gehen dich nichts an«, blaffte er.

Gretel versteckte die Bücher hinter dem Rücken. So, wie sie Strudel kannte, und sie kannte ihn gut genug, würde er sie ihr im Handumdrehen abnehmen. Für den Gendarmen stellte es einen konstanten Quell des Ärgers dar, dass Gesternstadts berühmte Ermittlerin in Eigenregie mehr Verbrechen aufklärte als seine ganze Dienststelle. Gretel wusste, er würde sie leiden lassen, sollte er denken, dass sie ihm nützliche Beweise vorenthielt. Ihrer Ansicht nach jedoch gab es eine Zeit für Mitteilsamkeit, und die war nicht jetzt. Während sie sich seitwärts zur Tür schob, bedachte sie ihn mit einer kleinen, respektvollen Verbeugung, was sein Misstrauen hätte wecken müssen, doch er war zu sehr damit beschäftigt, sich geschmeichelt zu fühlen.

»Ich werde Euch nicht länger von Euren gewichtigen Pflichten abhalten, Feldobergendarm«, versprach sie, drehte sich rückwärts zur Haustür hinaus und hastete von dannen.

Der Tag war nun richtig in Schwung gekommen und heißer, als Gretel erwartet hatte. Folglich musste sie feststellen, dass ihre Kleidung ungeeignet war, was dazu führte, dass sie in einer Weise glühte, von der sie gern dachte, sie schaue vorteilhaft aus, zugleich aber befürchtete, sie würde in kürzester Zeit erhitzt und gequält erscheinen. Lautstark mokierte sie sich über die Plagen des

Augusts. Sie hatte genug dieser erstickend heißen Tage erduldet, an denen sie gezwungen war, unter Schirmen und breitkrempigen Hüten Schutz zu suchen, um ihr Gesicht davor zu bewahren, auszusehen wie das einer Wäschemagd. Hitze behagte ihr nicht, und sie freute sich schon auf die sanfte Umarmung des Herbstes. Sie bevorzugte die frische, kühle Luft und die schmeichelhafteren Kleider, nach denen sie verlangte. Für den Augenblick jedoch musste sie sich gegen die nicht gerade hilfreichen, hohen Temperaturen behaupten, die sie ins Schwitzen brachten, sie über die Maßen wärmten und ihr eine rustikale, hochrote Gesichtsfarbe eintrugen, auf die sie gut verzichten konnte.

In genau dieser Stimmung zog sie los, um den ersten Klienten des Zauberers ausfindig zu machen. Gesternstadt war ein kleines Städtchen, und sie war allzu vertraut mit all seinen Straßen und Winkeln. Während sie unter blütentragenden Blumenkästen hindurchschritt, hübsch bepflanzte Schubkarren und Schalen umrundete, die Personen von oberflächlichem Charakter beharrlich vor ihre Türen zu stellen pflegten, bemühte sie sich redlich, die Heiterkeit, Geziertheit und Lieblichkeit zu ignorieren, für die der Ort weithin bekannt war, die ihr jedoch nur auf die Nerven gingen. Diese unbarmherzige Lebensfreude zermürbte sie. Glaubten diese Kleinstädter denn wirklich, man könne die Übel der Welt und die Schrecken der Nacht einfach durch ein paar gut platzierte Blumentöpfe und ein Dauerlächeln vertreiben? Was war falsch daran, sich dann und wann einmal der Realität zu stellen? Wenn Gretel einen Anlass zum Lächeln hatte, dann lächelte sie und sah dabei auch recht soigniert aus. Sie war jedoch nicht bereit, sich der Welt, komme, was da wolle, mit einem idiotischen Grinsen zu stellen, und wünschte sich inbrünstig, auch die anderen würden damit aufhören.

»Guten Morgen, Fräulein Gretel!«, rief der Apotheker an seiner Ladentür. »Wieder ein wunderschöner Tag!«, fügte er hinzu, als wäre sie nicht imstande, das Wetter allein zu bewerten.

Sie grunzte ihm etwas zu und ging weiter, doch da, wo er herkam, gab es noch eine Menge anderer. Von allen Seiten wurde sie mit Guten-Morgens und Schön-dich-zu-sehens überschüttet. Gutwünscher und freundliche Nachbarn verstellten ihr den Weg, um, Arm in Arm, schmalzige Artigkeiten auszutauschen. Bisweilen tauchten sie gar wie Kastenteufel hinter einer Ligusterhecke oder einem Lattenzaun auf.

Mit hängendem Kopf gab Gretel ihr Bestes, um ihre Gedanken auf eine höhere Ebene zu heben, und während sie das tat, tauchten die attraktiven, kultivierten Züge von General Ferdinand von Ferdinand in aller Klarheit vor ihrem geistigen Auge auf. Sogleich spürte sie, wie eine neue Wärme sie durchströmte, die nichts mit der Hitze des Tages zu tun hatte. Seit ihrer Seereise auf der *Arabella* vor, so kam es ihr vor, Äonen, hatte sie Ferdinand nicht mehr gesehen. Die Erinnerung an den Tanz mit ihm war jedoch immer noch lebhaft, und so fiel es ihr nicht schwer, ihren Geist dazu zu bewegen, sich an das Gefühl seines starken Arms an ihrer Taille zu erinnern und daran, wie der Walzer sie durch den Ballsaal getragen hatte. Kaum hatte sie sich dieses Erlebnis ins Bewusstsein gerufen, begann ihr Ärger über Gesternstadt, ihre Nachbarn und die Menschheit im Allgemeinen zu verblassen. Nun konnte sie sich ihrer Arbeit in einer verträglichen Gemütsverfassung widmen, was zweifellos zu guten Ergebnissen führen würde.

2

Zwei Stunden später ruhte Gretel mit schmerzenden Füßen, tief gerunzelter Stirn, von der Hitze gekräuseltem Haar und geschlossenen Augen auf ihrem geliebten Sofa und fand Trost in der Weichheit und den Rundungen der vielen Seidenkissen, die auf ihm lagen.

Hans kam aus der Küche.

»Hattest du einen erfolgreichen Ermittlungsbeginn?«, fragte er.

»Ganz und gar nicht.«

»Ach, dann hast du den Fall nicht übernommen?«

»Doch, allerdings, Hans, denn wie sonst sollte ich dich über den Winter mit Weißwurst und Bier versorgen?« Sie gab ihm keine Gelegenheit zu einer Antwort, sondern fuhr gleich fort: »Ich habe die Instruktionen von Frau Arnold erhalten, zusammen mit den Namen und Adressen jener, die ich befragen muss, um mir Hintergrund- *und* Vordergrundinformationen hinsichtlich des Verschwindens des unglückseligen Zauberers zu verschaffen.«

»Ei, das hört sich doch nach einem guten Anfang an!«

»Nicht für mich, Hans. Nicht, wenn man kreuz und quer durch diese ganze erbärmliche Stadt gestapft ist und an Türen geklopft hat, die verschlossen blieben, um Leute zu sprechen, die fortgezogen sind oder krank oder anderweitig indisponiert, und am Ende keine einzige Frage stellen und genauso wenig Antworten erhalten konnte.«

Sie schlug die Augen auf und setzte sich auf, um ihre in Strümpfen steckenden Füße zu reiben. »Ich sage dir, Bruder mein, du weißt erst, was echte Beschwerden sind, wenn du die Tyrannei des Kopfsteinpflasters unter schmalen Stummelabsätzen erfahren hast. Nicht ein Mal bin ich umgeknickt, nein, ein Dutzend Mal!«

»Du könntest versuchen, vernünftiges Schuhwerk zu tragen.«

»Diese beiden Worte passen nicht zusammen.«

»Wie wäre es mit einer kleinen Erfrischung? Könnte das die Dinge in ein angenehmeres Licht rücken?«

»Es könnte, und es ist definitiv einen Versuch wert.«

»Recht hast du!« Hans machte kehrt und ging wieder in Richtung Küche, hielt aber noch einmal inne. »Ach ja, ich habe Neuigkeiten, die dich aufheitern dürften.«

»Das bezweifle ich.«

»Nein, wirklich, hör mich an. Herr Mozart kommt hierher, um ein Konzert zu geben. Wie klingt das?«

»Mozart? Der Liebling von Wien? Der begehrteste Musiker im ganzen Land kommt nach Gesternstadt? Du musst dich irren, Hans.«

»Ich irre nicht.« Er fummelte in seiner Hosentasche herum und zog ein zerknittertes Flugblatt hervor, das er Gretel reichte. »Ein Mann im Wirtshaus hat mir das erst gestern Abend gegeben. Sieh selbst.«

Sie nahm den Zettel und las, dass ein gewisser WA Mozart in zwei Wochen ein neues Musikstück im Rathaus zum Besten geben werde. Eintrittskarten seien nun erhältlich.

»Guter Gott!«, rief Gretel. »Es scheint tatsächlich wahr zu sein!« Und in der Tat fühlte sie, wie sich ihre Stimmung hob, getragen vom unerwarteten Hauch wienerischer Kultiviertheit. Solch ein Ereignis erforderte selbstverständlich ein neues Gewand. Bot Gelegenheit, mit jenen zu verkehren, die in dieser Region zu den besseren Kreisen zählten. Mochte ihr sogar eine Chance für einen romantischen Abend liefern. Ein Gedanke, den sie unbesonnenerweise Hans gegenüber laut aussprach.

»Ich frage mich, ob der General an jenem Tage wohl frei wäre«, sinnierte sie. »Ich glaube, er hat seinen Dienst im Sommerschloss wieder aufgenommen. Möglicherweise fände er Vergnügen daran, mich zu solch einem kultivierten Ereignis zu begleiten.«

Dies war der Moment, in dem Hans einen eigenartigen Laut von sich gab. Er mochte als kohärenter Satz begonnen haben, kam jedoch als verstümmelte Lautäußerung heraus, die keinerlei Sprachelemente enthielt, sonderbarerweise jedoch immer noch geeignet war, seine Stimmung zu übermitteln.

»Was war das, Hans?«

»Nichts. Ich habe kein Wort gesagt.«

»Ein Wort hast du nicht gesagt, richtig, aber du hast unverkennbar eine Meinung geäußert, und zwar eine, die Restbestände von *pah!* zu enthalten schien.«

»Ich … äh …« Er lief rosarot an, so sehr strengte ihn die Suche nach passenden Worten an, obgleich er unverkennbar gar nicht wagte, irgendetwas zu sagen. Was zusammengenommen lediglich dazu angetan war, Gretel noch mehr aufzuregen.

»Du weißt etwas. Spuck es aus!«

Hans schnappte hastig nach Luft und platzte dann heraus: »General Ferdinand hat eine Freundin. Sagen jedenfalls die Gerüchte. Aber eigentlich ist es weniger eine Freundin als eine Verlobte. Wenn man dem Klatsch trauen kann. Was man natürlich nicht kann. Oder sollte. Und ich weiß, was du von Tratsch hältst, und dies mag einfach Tratsch sein und nichts weiter. Allerdings habe ich es von einem Mann im Wirtshaus erfahren, der eine Schwester hat, die im Sommerschloss arbeitet und mit einer Magd gesprochen hat, die besagter Frau das Haar frisiert und den Verlobungsring gesehen hat und …«

Er brach ab. Gretel fiel auf, dass er sich am Türrahmen festhielt, als wollte er sich auf die volle Wucht ihres Zorns vorbereiten. In der Tat war sie unschlüssig, wie die angemessene Reaktion auf diese Neuigkeit ausfallen sollte. Am Ende bedeutete Ferdinand ihr nichts, und sie bedeutete ihm nichts. Am Ende hatten sie lediglich ganz harmlos miteinander getändelt. Am Ende war er ein attraktiver, heiratswürdiger Mann und hatte jedes Recht, sich mit wem auch immer zu verloben. Am Ende ergab sich aus ein paar Tänzen, ein paar Blicken, ein paar verpassten Chancen unter schwierigen Bedingungen keine wie auch immer geartete Verpflichtung.

Am Ende all dessen fühlte sich Gretel ermattet. Sie hatte nicht mehr genug Energie, sich von ihrem Sofa zu erheben, umso weniger, noch einmal hinaus auf die Straße zu gehen, um ihre Ermittlungen wieder aufzunehmen. Auf einmal fühlte sich alles eintönig und sinnlos an. Sie ließ sich tiefer in die Kissen sinken und schloss erneut die Augen.

»Was gibt es zu essen?«, fragte sie.

»Essen? Dann gehst du nicht wieder raus, um Leute zu befragen und was nicht alles?«

»Niemand hat je mit leerem Magen einen Fall gelöst, Hans.«

»Ei, ich habe heute Morgen recht prächtige Weißwurst erstanden, und ich habe gerade einen frischen Topf Sauerkraut geöffnet, das sich, dem Augenschein nach, besonders gut entwickelt hat. Hab es erst letzten Monat eingelegt, also ist es noch etwas jung, aber dennoch kräftig.«

»Bring es mir, Bruder mein, und geize nicht mit Senf und Roggenbrot oder was immer du sonst noch als hilfreich erachtest. Ich werde dinieren, dann werde ich ruhen. Meine Aussichten, diejenigen, die ich suche, zu Hause anzutreffen, werden am Abend sowieso besser sein.«

»Dann werde ich dir ein veritables Festmahl zusammenstellen!«, versprach Hans und hastete mit der Leichtfüßigkeit einer Person, die gerade einer für unausweichlich gehaltenen Unannehmlichkeit entronnen war, aus dem Raum.

Gretel blieb liegen und wartete auf die Speisen, von denen sie wusste, dass sie ihre Lebensgeister wiedererwecken würden. Sie konnte es sich nicht erlauben, sich im Elend zu suhlen. Sie war eine Geschäftsfrau, eine Frau, die ihren eigenen Weg durchs Leben gehen musste, und sie konnte sich den Luxus eines zarten Gemüts nicht leisten. Und wenn Ferdinand eine andere heiraten wollte, gab es sowieso wenig, was sie daran hätte ändern können.

Als Gretel sich schließlich wieder aufmachte, war die Dämmerung hereingebrochen und milderte die Ecken und Kanten der Häuser, verschleierte die Dächer und überzog alles mit düsterer Unschärfe. Das passte besser zu Gretels Stimmung als der vorangegangene Sonnenschein. Das Einzige, was sie davon abhielt, die Stirn in Falten zu legen, war das Wissen, dass solch eine Anordnung der Gesichtszüge geeignet war, sie alt zu machen und ihr im späteren Leben unschöne Runzeln zu bescheren. Ihr Stolz mochte von der Neuigkeit über Ferdinands Verlöbnis angeschlagen sein, ihre Eitelkeit jedoch hatte sie nicht in Mitleidenschaft gezogen.

Ihre erste Anlaufstelle war das Haus eines Victor Winkler, ein Käser, der, gemäß Ernst Arnolds Terminkalender, erst kürzlich den Zauberer gedingt hatte. Das Büchlein enthielt keine Einzelheiten zu der Art des Auftrags, also war Gretel keineswegs auf das erschreckende Erscheinungsbild des Mannes gefasst, der ihr die Tür öffnete.

»Herr Winkler«?, fragte sie, einerseits, weil sie Zeit schinden wollte, um sich von ihrer Überraschung zu erholen, andererseits aus schlichter Höflichkeit.

»Wer will das wissen?«, blaffte der Mann in mittleren Jahren, der von mittlerer Größe und Statur und gänzlich unscheinbar war, abgesehen von dem einen, unübersehbaren Charakteristikum, das ihn von der Allgemeinheit abhob. Natürlich war Gretel schon früher haarigen Männern begegnet und hatte viele gekannt, die nebst einem voluminösen Schnurrbart auch einen opulenten Kinnbart vorweisen konnten. Victor Winkler jedoch schien in Hinblick auf seine Gesichtsbehaarung gar keine Wahl zu haben, denn sein Gesicht war vollständig mit Haaren bedeckt. Jeder Zoll seines Antlitzes – und, soweit Gretel es beurteilen konnte, auch seines restlichen Körpers, wenngleich sie in diesem Moment fest entschlossen war, darüber nicht weiter nachzudenken – war von einer Lage dichten braunen prächtigen Fells bedeckt. Nicht ein Flecken Haut war zu sehen, nur ein seidiger, weicher Pelz, der an das Fell einer Katze erinnerte. Die Vorstellung, er könnte zum Teil Katze *sein*, machte Gretel schaudern, und sie musste sich zwingen, sich auf den Grund für ihren Besuch zu konzentrieren.

»Mein Name ist Ermittlerin Gretel, und ich stelle im Auftrag der Witwe Recherchen über das Verschwinden von Ernst Arnold an …«

»Dieser Scharlatan!«, knurrte Herr Winkler. Gretel wünschte, er täte es nicht.

»Soweit ich weiß, bist du einer seiner Klienten.«

»Ich habe ihm gutes Geld bezahlt, damit er mir seine Zauberei zugutekommen lässt. Sehr gutes Geld.«

»Die Magie war nicht … erfolgreich?«

»Sieht das für dich erfolgreich aus?« Herr Winkler zeigte auf sein Gesicht.

»Das«, entgegnete Gretel vorsichtig, »dürfte darauf ankommen, was du zu erreichen gehofft hast.«

»Er versprach mir gute Ergebnisse mit nur einer Behandlung. Er schwor, er könne seine Magie einsetzen und mich erfolgreich von meinem Leiden befreien, obgleich alle anderen versagt haben.«

»Aber … das hat er nicht?«

»*Magie*, wahrhaftig! Dieser Mann hatte nicht mehr Magie an sich als du oder ich!«

»Ich frage mich, Herr Winkler, ob es wohl möglich wäre, dass wir hineingehen, damit wir dieses Gespräch ungestört fortsetzen können.« Bei diesen Worten schaute sie sich demonstrativ über die Schulter um, doch leider war die Straße hinter ihr verlassen, was wenig hilfreich war. Gretel war begierig, mehr zu hören, und wollte auf keinen Fall, dass dieser offensichtlich unzufriedene Kunde des Zauberers ihr in einem Temperamentsausbruch die Tür vor der Nase zuknallte. »Mich dünkt«, fuhr sie fort, »du hegst einen wohlbegründeten Groll gegenüber dem verstorbenen Herrn Arnold, und ich würde gern etwas über die Einzelheiten erfahren.«

Gretel hatte ihre Karten gut ausgespielt. Sie hatte den Eindruck gewonnen, dass Herrn Winkler eine mächtige Laus im Pelz saß – und von diesem Punkt an gab sie sich große Mühe, alle weiteren haarigen Bilder aus ihrem Geist zu verbannen – und er sich so manches von der Seele reden musste. Demzufolge würde er sich diese Gelegenheit, die Geschichte seines Leidens bei einem neuen Empfänger abzuladen, kaum entgehen lassen. Und tatsächlich trat er zur Seite und winkte sie herein. Gretel folgte ihm in ein recht düsteres Wohnzimmer und fragte sich, ob das trübe Licht sein Aussehen verbergen sollte. Das vollständige Fehlen von Spiegeln in diesem Haus vermochte sie nicht zu verwundern.

Sie nahmen zu beiden Seiten eines nicht entzündeten Feuers auf zusammenpassenden Stühlen Platz, die sich beide einer gleichermaßen gnadenlosen Hässlichkeit rühmten, und sie zog ihr Notizbuch hervor.

»Sag mir, Herr Winkler, wann hast du den Zauberer zum letzten Mal gesehen?«

»Vor zwei Wochen. Ich hatte ihn herbeordert, um ihm die fortdauernde Wirkung seiner fehlgeschlagenen *Behandlung* zu zeigen.«

»Vergib mir, Herr Winkler, mir ist bewusst, dies ist ein heikles Thema, doch ich muss dich fragen, was genau du von Herrn Arnolds Magie erwartet hattest.«

»Dass sie mich von dieser umfassenden Bedeckung befreit natürlich!« Er schien wütend zu werden, doch war seine Miene unter all dem Fell kaum zu erkennen. »Der Zauberer hat gesagt, er könne mich vollständig davon befreien, sodass ich nicht länger täglich mit Spott und Gelächter gepeinigt würde. Tatsächlich hat er es nur noch schlimmer gemacht.«

»Schlimmer?« Gretel machte sich Notizen.

»Das verfluchte Zeug wächst jetzt noch dichter als vor seiner Pfuscherei!«

»Und doch war, soweit ich informiert bin, Herrn Arnolds Ruf als Zauberpraktiker unbesudelt. Unter seinen Kollegen und Klienten genoss er bis zu seinem vorzeitigen Ableben hohes Ansehen. Bist du gar nicht auf den Gedanken gekommen, dich zu beschweren, deine Unzufriedenheit öffentlich bekanntzugeben oder deine Beanstandung dem Zaubererkreis vorzutragen?«

Bei diesen Worten schien es Herrn Winkler unbehaglich zu werden, und er zappelte auf dem ebenso unbehaglichen Stuhl herum. »Daran dachte ich durchaus, doch, nun ja, Herr Arnold hat mich überzeugt, meinen Kummer für mich zu behalten.«

»Wie überzeugt?«, hakte Gretel nach, obwohl sie sicher war, dass sie die Antwort bereits kannte.

»Er hat mir natürlich die Kosten erstattet, und … noch etwas draufgelegt. Um meine Enttäuschung zu lindern und für jegliche Unannehmlichkeiten aufzukommen etc. pp.«

»Er hat sich dein Schweigen erkauft!«

Herrn Winklers Stirnrunzeln vertiefte sich zu einem pelzigen Faltenwurf. »Die Entschädigung stand mir zu! Dieser Zauberer hat die Bezeichnung nicht verdient!«

»Und doch fühltest du dich nicht bemüßigt, andere vor seinen Unzulänglichkeiten zu warnen?«

Bei diesen Worten sprang der Mann auf.

»Ich habe dir erzählt, was passiert ist, Fräulein. Der Mann war ein Hochstapler, mehr musst du nicht wissen.«

Als Gretel das Haus verließ, hatte sie ein weit umfassenderes Verständnis für die Situation des Herrn Arnold gewonnen, als sie je zu hoffen gewagt hätte. Der Eindruck, den sie im Haus des Zauberers gewonnen hatte, war bestätigt worden; er war kein wohlhabender Mann. Und, so schien es, auch kein fähiger Magier. Sie war gerade dem erstaunlichen Beweis für seine Unfähigkeit begegnet und hatte zugleich erfahren, wie weit er zu gehen bereit war, um seinen Ruf als Zauberer zu wahren. Gretel beschloss, noch weitere Klienten zu befragen, und sie war ziemlich sicher, dass sie dabei ähnliche Erfahrungsberichte über die Arbeit des Zauberers zutage fördern würde.

Rasch ging sie durch die Stadt zur nächsten Adresse aus Arnolds Büchlein. Inzwischen war es richtig dunkel, und die Straßenlaternen waren entzündet worden. Paare schlenderten Arm in Arm herum, nutzten einen angenehmen Abendspaziergang, um miteinander zu flüstern und zu murmeln und, Himmel hilf, einander zu küssen. Je aufmerksamer sie um sich blickte, desto mehr Beispiele für romantische Aktivitäten fielen ihr ins Auge. An wahrlich jeder Ecke schien sich ein frisch verliebtes Paar herumzutreiben. Wie kam es nur, dass plötzlich jeder jemanden zu haben schien? Zumindest jeder außer ihr. Sie passierte kichernde Heranwachsende, errötende Neuvermählte, glücklich Verheiratete und liebende Bejahrte. Sogar Witwe Arnold hatte sich einer liebevollen Ehe erfreut, jedenfalls bis zu dem Moment, in dem ihr Gemahl auf einen so geringen Teil seiner selbst reduziert worden war. Gretel war bewusst, dass ihre plötzliche Empfindsamkeit der Neuigkeit über Ferdinands Verlobung geschuldet war. Auf einmal spürte sie, wie sich aus dem wunden Punkt ihrer verletzten Gefühle etwas weitaus Mächtigeres entwickelte. Sie erlebte einen wachsenden Zorn darüber, dass er sie einfach so und ohne viel Federlesens für eine andere übergangen hatte. Was hatte den General veranlasst, ihr den Rücken zuzukehren und die knospende Freundschaft zu verleugnen, die zwischen ihnen gewachsen war? Und wer war diese Neue, dass sie ihr einfach den Mann raubte, ohne sie auch nur um Erlaubnis zu bitten?

»Nun gut, verlobt ist nicht verheiratet!«, schmetterte sie nachdrücklich dem Abend, einem aufgeschreckten Paar auf einer nahen Bank und sich selbst entgegen. Da und dort beschloss sie, sie würde Ferdinand nicht kampflos aufgeben. Zunächst würde sie die anstehende Befragung der Klienten des Zauberers zu Ende bringen. Hernach würde sie sich in Madame Renoirs Schönheitssalon begeben und sich jeglichen Verfahren und Marterungen unterwerfen, die geeignet schienen, sie in die wahrhaft beste Form für die vor ihr liegende Schlacht zu bringen.

3

Der Behandlungsraum des Schönheitssalons gehörte zu den Orten, an denen Gretel häufig die besten Gedanken durch den Kopf gingen. Bei dieser Gelegenheit, während sie auf der schmalen, aber dennoch bequemen Liege lag, begossen mit duftenden Ölen und Salben und eingewickelt in die wärmsten und weichesten Handtücher, konnte sie spüren, dass die Ideen und Inspirationen nur noch Augenblicke entfernt waren. Ihr Haar erfreute sich einer intensiven Verjüngungskur und war noch immer in mehrere Lagen Musselin und Baumwolle gehüllt. Ihre Haut kribbelte, als die Essenzen von Wacholder und Geranie in ihre Epidermis sickerten und sie gleichermaßen stimulierten und besänftigten. Zuvor hatte sie sich der unerfreulichen Prozedur der Haarentfernung an Stellen, an denen ihrer Meinung nach Haare nichts zu suchen hatten, unterzogen, sodass nun nur noch die sanften, angenehmen Dinge auf sie warteten. Wie die Verschönerung ihrer Hände und Füße. Und eine belebende Kopfmassage. Das Auftragen kostspieliger Cremes auf ihrem Gesicht. Und die Anprobe ihrer neu bestellten und maßgearbeiteten Perücke.

Während sie also so dalag, gestattete sie ihrem Gehirn zu ruhen, zu schweben, sich treiben zu lassen, wohin es auch wollte, stellte ihm frei, durch die verwinkelten Kammern ihres Geistes zu streifen, wo es, davon war sie überzeugt, über schwer fassbare Antworten und scheue

Lösungen stolpern würde, die sich dort zu verstecken suchten. Dann und wann versetzte sie ihm einen leichten Stupser in die richtige Richtung, indem sie über diesen oder jenen Fakt sinnierte, den der Fall des auf Abwege geratenen Zauberers ihr präsentiert hatte.

Der erste war, dass Herr Arnold nicht gut in seinem Beruf gewesen war. Ganz im Gegenteil: Alle Aussagen mit Ausnahme von der seiner Witwe stimmten darin überein, dass er, wenn es um das Wirken von Bannen, Beschwörungen, ätherischen Maßnahmen oder schlicht Magie in gleich welcher Form ging, vollends unbrauchbar gewesen war. Er war, wie sich herausgestellt hatte, von einem Klienten zum anderen gestolpert, pfuschend und stümpernd, und hatte seinen Zaster drangegeben, um sein Versagen zu vertuschen. Nach dem Gespräch mit dem bedauernswerten Victor Winkler – den keine noch so umfassende Depilation von seinen Haaren befreien könnte – hatte Gretel noch zwei weitere unzufriedene Kunden des Zauberers besucht. Einer war ein junger Mann, der mit solch einer Schüchternheit geschlagen war, dass es ihn einen Monat gekostet hatte, auch nur an Arnolds Haus vorstellig zu werden. War er, ehe er sich der Fürsorge des Zauberers hingegeben hatte, schon scheu und zurückgezogen gewesen, lebte er nun beinahe wie ein Einsiedler, weshalb Gretel sich genötigt gesehen hatte, das ganze Gespräch über den Briefschlitz in der fest verschlossenen Haustür zu führen. Unbehaglich zusammengekauert hatte sie ihre Fragen etwas unverblümter vorgetragen, als unbedingt nötig gewesen wäre. Der junge Mann hatte zitternd in seinem Hausflur gestanden, doch wie Herr Winkler hatte auch er erfreut die Gelegenheit genutzt, sein Herz auszuschütten, nun, da der Zauberer tot war. Die Magie, für die er bezahlt hatte, hatte seinen Zustand nicht gelindert, sondern verschlimmert, und Herr Arnold hatte ihn dafür bezahlt, dass er niemandem von seinen Erfahrungen erzählte.

Die letzte Person auf Gretels Liste war eine Frau, die sich ihre Fragen anhörte und sie dann, ohne ein Wort zu sagen, in die Küche ihres Hauses führte. Dort zeigte sie auf ihren Gemahl oder das, was von ihm übrig war. Gretel hatte Herrn Roth als fähigen Bäcker gekannt, der viele Jahre erfolgreich in Gesternstadt gearbeitet hatte. Vor einigen Wochen hatte sie sich flüchtig gewundert, warum er nicht mehr auf dem Markt zu finden war, und nun kannte sie den Grund. Seine Frau – und auch er selbst – hatten das Pech, dass er ein verdrießlicher Mann war, bekannt für seine grimmige Miene und seine mürrische Gesinnung. Die Leute vergaben ihm, weil er ein versierter Bäcker war und sein Honigkuchen unübertrefflich. Frau Roth jedoch war das Leben an der Seite eines solchen Griesgrams leid und bat den Zauberer, ihn aufzuheitern.

»Siehst du, was daraus geworden ist, Fräulein?«, fragte des Bäckers Gemahlin Gretel.

Und Gretel sah. Es war tragisch. Dieses Mal hatte die Magie des Zauberers keineswegs versagt. Weit gefehlt, dieses Mal hatte sie stattdessen viel zu gut gewirkt. Der einst stämmige Mann mit dem runden Gesicht und den Armen, die durch das jahrelange Teigkneten und das Schleppen schwerer Brotkörbe kräftige Muskeln entwickelt hatten, war zu einem klapperdürren, schwächlichen Hauch von Nichts verkommen, und das alles nur, weil er nicht aufhören konnte zu lachen und die Anstrengung seinen Körper aufzehrte. Er keuchte und wieherte und hihite und hahate unablässig, Tränen freudloser Heiterkeit rannen über sein Gesicht, während er sich, bebend vor erbarmungslosem Gelächter, zusammenkrümmte und sich die Seiten hielt. Es war ein mitleiderregender Anblick. Frau Roth schloss die Küchentür von außen und bestätigte Gretel, dass sie Geld von dem Zauberer dafür genommen hatte, Ruhe über den Bäcker zu wahren. Oder, genauer, ihn daheim zu *ver*wahren, denn er konnte offensichtlich nicht unter Leute gehen, ohne dass man ihm Fragen ob seines Zustandes gestellt hätte. Tatsächlich hatten die Roths sogar regelmäßige Zuwendungen seitens Herrn Arnold erhalten. Der Zauberer war der Erste gewesen, der zugegeben hatte, dass der Bäcker nicht mehr in der Lage war zu backen und folglich auch den Lebensunterhalt für sich und seine Gemahlin nicht mehr bestreiten konnte.

Gretels Geist, verhätschelt und getröstet, förderte den einen oder anderen Lösungsansatz zutage.

Zunächst mochte der verschwundene Magier ein recht nutzloser Zauberer gewesen sein, doch auch ein halbwegs anständiges menschliches Wesen, denn sein Gewissen hatte ihm nicht gestattet, vor der Verantwortung gegenüber seinen glücklosen Klienten zu flüchten. Er hatte zwar alles vermasselt, war aber bereit gewesen, für seine Fehler zu bezahlen, wenigstens in harter Münze und so gut er nur konnte.

Dies jedoch war ein Zustand, der nicht ewig andauern konnte. Wenn der Zauberer für seine Arbeit zahlte, statt bezahlt zu werden, dann besagte das Gesetz der abnehmenden Erträge, dass er sich rapide dem Bankrott näherte. Und das war eine Situation, die Menschen nach Gretels Erfahrung dazu trieb, *verzweifelte Maßnahmen* zu ergreifen.

Hinzu kam, dass Herr Arnold eine Menge in Kauf genommen hatte – einschließlich, so schien es, seines finanziellen Ruins –, um sein berufliches Ansehen zu wahren, obwohl er einen Beruf gewählt hatte, für den er offenkundig vollkommen ungeeignet war. Warum sollte er sich all das auferlegen? Warum suchte er sich nicht einfach eine andere Beschäftigung? War die Bewunderung seitens des Zaubererkreises für sein Lebensglück so unverzichtbar?

»Ah, Mademoiselle Gretel!« Madame Renoirs fröhliche Stimme riss Gretel mit einem netten französischen Akzent aus ihrem Gedankengang. »Du siehst wunderbar erholt aus, *ma chérie*! Komm, lass mich dir helfen, dich aufzusetzen. Ich habe feinstes Öl aus Marokko für deine Kopfhaut!«, verkündete sie und hielt eine schlanke Flasche mit einer goldenen Flüssigkeit hoch.

Gretel ließ sich bereitwillig in eine neue Position bringen und entspannte sich nur noch mehr, als die Finger der Schönheitskünstlerin ihre Magie wirkten.

»Mademoiselle, dein Haar wird nach dieser Behandlung ganz exquisit aussehen.«

»Aber nicht so exquisit wie meine neue Perücke«, konterte Gretel. »Wann wird sie fertig sein?«

»Noch bevor die Woche zu Ende ist. Oh! Sie wird wundervoll sein. Diese neue Methode, das Haar auf eine Netzhaube zu knüpfen ist *très, très belle*!«

»Ganz zu schweigen von *très, très* kostspielig.«

»Aber jeder Heller ist gut angelegt, *n'est-ce pas*?«

Dagegen konnte Gretel nichts einwenden. Sie hatte sich eine neue Perücke versprochen, nachdem die letzte ein Bad in der See vor Schleswig-Holstein genommen hatte, und eine neue Perücke sollte sie bekommen. Und die war nun, in Anbetracht des bevorstehenden Konzerts, sogar noch gerechtfertigter. Des Konzerts und Ferdinands Verlobter. Denn Gretel zweifelte nicht im Mindesten daran, dass beide zugegen sein würden. Schließlich war es ein Ereignis von einiger Bedeutung, wenn so ein illustrer Komponist wie Herr Mozart Gesternstadt die Ehre gab. Nun, Gretel würde bereit sein. Für das Ereignis und den Konkurrenzkampf. Sie würde gut aussehen, und die neue Perücke wäre das Prunkstück ihres Putzes. Ferdinand würde nicht umhinkommen, sie zu bemerken, und sie würde dafür sorgen, dass er darüber nachdachte, was er dahingäbe, würde er diese Wer-immer-sie-war ehelichen.

»Sag mir, Madame Renoir, was weißt du über Herrn und Frau Arnold?«, fragte sie, bemüht, mit ihren Gedanken beim Geschäft zu bleiben. Die Schönheitskünstlerin hatte sich in der Vergangenheit schon häufig als Quell des Wissens entpuppt, und dieses Mal sollte keine Ausnahme sein.

»Über den Zauberer nur sehr wenig, aber Evalina Arnold – jemine!« Hier legte sie eine Pause ein, um Gretel eine verzückte Miene zu präsentieren. »So eine hübsche Frau, und als Mädchen war sie sogar noch hübscher. Sie hätte jeden der jungen Männer in Gesternstadt haben können.«

»Tatsächlich?« Gretel bemühte sich redlich, das mentale Bild der recht gewöhnlichen Hausfrau, mit der sie gesprochen hatte, mit dem einer Dorfschönen in Einklang zu bringen. Andererseits war die Frau vergrämt und sicherlich nicht in Bestform gewesen. Vielleicht sah sie doch recht nett aus, und schließlich konnte ein strahlendes Lächeln ein Gesicht auf das Wunderbarste verwandeln.

»Mais oui!«, beharrte Madame Renoir. »Sie hatte ein unvergleichlich strahlendes Lächeln.«

»Und eine glückliche Ehe, soweit sie mir erzählt hat. Leider ist sie nun eine kummervolle Witwe, und ihr Kummer ist von einer tränenreichen, abstoßenden Art.«

»Bof!«, rief die Schönheitskünstlerin und träufelte mehr Öl in Gretels Locken.

»Bof?«

Madame Renoir zuckte sehr französisch mit den Schultern. »Ich wette, das wird nicht lange so bleiben. Nichts ist besser geeignet, die strahlende Schönheit einer Frau wiederherzustellen, als die schmeichelhafte Aufmerksamkeit leidenschaftlicher Männer.«

Gretel dachte kurz darüber nach und musste zugeben, dass ein Körnchen Wahrheit in den Worten der Schönheitskünstlerin lag. Ein Gedanke meldete sich in ihrem Geist, sprang in ihrem Hinterkopf auf und nieder. Sie rückte ihn in den Mittelpunkt ihrer Konzentration und sah, dass er seine Berechtigung hatte und sachdienlich für ihre Befragung war. Es war ein guter Gedanke, und auf seine Anregung hin fragte Gretel: »Gab es, von ihrem Gemahl abgesehen, jemanden, der sich besonders zu Evalina Arnold hingezogen gefühlt hat?«

»Bien sûr! Da gab es einen, der sehr, sehr verliebt in sie war. Es hat ihm das Herz gebrochen, als er sie an Ernst

verloren hat, so sehr, dass er sich nie eine Frau genommen hat und noch immer ein einsamer Junggeselle ist. Er heißt Herr Voigt. Ist dir der Name bekannt?«

Das war er allerdings. Er stand in Gretels Notizbuch: Herr Otto Voigt, Meistermagier, Hexengroßmeister und Leitender Zauberer des Gesternstädter Zaubererkreises.

Das Überraschende an Herrn Voigts Haus war nicht seine äußere Erscheinung, die so normal war, wie sie nur sein konnte. Es handelte sich um ein schmales Stadthaus, erbaut aus Stroh, Lehm und Balken, mit einer großzügigen Traufe, bemalten Fensterläden, großen Blumenkästen und einer modischen roten Haustür. So weit, so Gesternstadt. Es war das Innere des Hauses, was Gretel veranlasste, die frisch gezupften und gefärbten Augenbrauen zu heben. Anders als im Domizil des Herrn Arnold war hier nicht ein Stück magischen Plunders zu sehen. Keine thronartigen Stühle, keine Kristallkugeln, keine Gargoyles, keine Sterne, keine herabbaumelnden Monde, einfach nichts, das in Form von Gerümpel oder Mobiliar auch nur entfernt an Zauberei gemahnt hätte. Genauer gesagt gab es überhaupt so gut wie nichts, das nicht als schlicht erforderlich betrachtet werden musste. Das Haus schien angefüllt mit Dürftigkeit. Gefüllt mit Leere. Bis zum Rand voll mit Mangel und Abwesenheit. Das war kein Innenausstattungsstil, mit dem Gretel vertraut war oder für den sie sich hätte erwärmen können.

Sie hatte den Eindruck, dass Herr Voigt sie erwartet hatte. Nach einem knappen, grüßenden Nicken ließ er sie in seinen Hausflur ein, doch als sie ihm die Hand entgegenstreckte, sah er aus, als erschrecke ihn die Vorstellung, sie zu berühren. Stattdessen führte er sie in einen Salon, der offensichtlich in der Hoffnung eingerichtet worden war, dass er nie Besuch beherbergen würde. An einem Ende des Raums stand ein Tisch, auf dem neben zwei Büchern eine Reihe von Schreibfedern lag. Doch schien nirgendwo etwas so Schmutziges wie Tinte in Sicht zu sein. Drei Bilder – alles Karten der antiken Welt – hingen in exakt ausgemessenen Abständen zueinander an den Wänden. Außerdem sah Gretel vier Kerzenhalter mit Kerzen, deren Höhe genau übereinstimmte, als verlangte es den Zauberer danach, sogar ihre Flammen zu reglementieren. Es war ein entschieden trostloser Ort.

Gretels Absätze klapperten laut auf den kahlen Bodenbrettern, als sie ihm zu den einzigen Sitzmöbeln folgte: zwei Stühle mit dünnen Beinen und gerader Rückenlehne, jedoch ohne Kissen, Federung oder Polster. Vorsichtig nahm sie Platz, dennoch entging ihr nicht, wie ihr Gastgeber die Stirn runzelte angesichts der Art, wie sich ihre Röcke – recht attraktiv, wie sie angenommen hatte – über den Sitz in diese und jene Richtung ergossen. Sie gab sich große Mühe, ordentlich zu sitzen, und zog die Füße unter den zierlichen Stuhl. Dann nahm sie ihr Notizbuch zur Hand und lugte darüber hinweg, um sich rasch einen Eindruck von Herrn Voigts Erscheinung zu verschaffen. Das erste Wort, das durch ihren Geist trottete, war »reinlich«, rasch gefolgt von »verschlossen«, dem wiederum »pingelig« hinterherhetzte. Sein Haar war präzise geschnitten und frisiert. Seine Kleidung war elegant und makellos sauber. Ebenso wie seine Fingernägel. Da war nichts an ihm, das ihn als Praktiker der Magie und Schöpfer von Bannen auswies. Nein, sein Aussehen verwies auf nichts Aufregenderes als einen Notar. Allerdings ohne die zugehörigen Tintenflecke.

Gretel begann mit ein paar Fragen zum Aufwärmen. »Wie lange kanntest du Herrn Arnold?«

»Viele Jahre. Wir besuchten dieselbe Schule, und wir absolvierten unsere Ausbildung zum Zauberer beinahe zeitgleich.«

»Und in deinen Augen war er ein kompetenter und erfolgreicher Mann der Magie?«

»Ihm wäre nicht gestattet worden, Mitglied des Zaubererkreises zu bleiben, wäre das nicht der Fall gewesen«, betonte Herr Voigt.

»Ganz recht, aber wie war deine persönliche Meinung hinsichtlich seiner beruflichen Fähigkeiten?«

»Ich hatte keine persönliche Meinung zu diesem Mann.«

»Tatsächlich? Und doch, so kam mir zu Ohren, hast du Evalina Arnold einst recht … nahegestanden?«

Gegenüber von ihr machte der Mann eine rasante Verwandlung durch. Seine Züge, bis zu diesem Moment Musterexemplare der Maskierung, die keinerlei Regung auf Gefühlsebene offenbart hatten, wurden plötzlich lebendig, als wären sie von unsichtbaren Fesseln befreit worden. Ein Lächeln, so breit wie die Donau, eroberte sein Gesicht, und die Kälte in seinen Augen wich einer bemerkenswerten Wärme. Dieser Wandel versetzte Gretel in Erstaunen. Es war wie ein flüchtiger Blick in des Zauberers Herz, doch kaum wurde ihm bewusst, dass ihm die Fassade entglitten war, brachte er sich gestreng wieder unter Kontrolle. Nichtsdestoweniger hatte Gretel nun eine Antwort auf die Frage, die zu stellen sich nicht geziemte: *Liebst du die Frau noch immer?* Da hatte sie doch ein Mordmotiv, und doch und doch …

»Zumindest«, fuhr Gretel fort, »glaube ich, es war einst im Bereich des Möglichen, dass sie nicht Ernst Arnold geheiratet hätte, sondern stattdessen Frau Voigt geworden wäre?«

»Mir ist nicht verständlich, was diese uralte Geschichte mit … der unglücklichen Lage betreffend Herrn Arnold zu tun hat.« Während er sprach, hielt er den Blick gesenkt und strich sich wiederholt auf Kniehöhe über die feine Wolle seiner Stiefelhose.

»Eifersucht kann ein grausamer Herrscher sein«, sagte Gretel.

»Weshalb ich mich schon vor Jahren von ihrer Herrschaft befreit habe.« Er blickte auf und stellte sich dem Blick seiner Gesprächspartnerin. »Ich bin kein Mann, der sich von unüberlegten Impulsen zu Taten treiben lässt, Fräulein. Überdies, hätte ich mich, wie du wohl andeuten willst, entschlossen, Ernst loszuwerden, damit Evalina frei ist, warum hätte ich dann all diese langen Jahre warten sollen?«

Lange, einsame Jahre, dachte Gretel. »Ein gutes Argument«, stimmte sie zu, zudem eines, das ihr auch schon durch den Kopf gegangen war. Allmählich hegte sie das Gefühl, dass sie Nützliches nur dem würde entnehmen können, was Herr Voigt nicht zu sagen beschloss, nicht aber jenen Krümeln an Information, die ihr vorzuwerfen er sich bereitfand. Sie musste eine neue Theorie überprüfen, also stand sie auf und fing an, durch den Raum zu streifen. »Welch scharfsichtiges Auge für Innenausstattung du hast, Herr Voigt!«, verkündete sie und blieb stehen, um eine der Karten eingehend zu untersuchen, ehe sie sich dem Schreibtisch näherte. Der Zauberer war aufgesprungen und folgte ihr auf dem Fuße, verfolgte gespannten Blickes jede ihrer Bewegungen. Gretel hob ihr Opernglas an die Augen und musterte einen Stapel säuberlich aufgeschichteter Bücher. »Und ein Liebhaber der Mathematik bist du auch, wie ich sehe«, bemerkte sie und blätterte in den Seiten des ersten Buches, ehe sie es aufgeschlagen zur Seite legte und sich dem nächsten widmete, wobei sie gezielt die Reihe der Schreibfedern in Unordnung brachte.

Herrn Voigt fiel zunehmend das Atmen schwer. Als eine der Federn zu Boden fiel, fing er sie auf und legte sie rasch an exakt die Stelle, an die sie gehörte. Der Benimm hielt ihn zwar davon ab, die Bücher wieder säuberlich zu ordnen, noch während Gretel sie studierte, aber nur knapp.

»Ja, Herr Voigt, ein schönes Heim hast du hier. Dennoch, hast du nicht das Gefühl, dass dir hier und da eine weibliche Hand fehlt? Ein Seidenkissen hier, vielleicht?« Sie deutete auf das kahle Fensterbrett und ließ ihr Spitzentaschentuch darauf fallen, um ihre Aussage zu unterstreichen. Ihr Gastgeber huschte hinter ihr her und entfernte es wieder. »Eine Vase mit Rosen dort, möglicherweise?«, fragte sie, kehrte in weitem Bogen zurück zum Schreibtisch und fegte die Bücher zur Seite, sodass sie alle auf die Dielen knallten, gefolgt von den Schreibfedern, die in alle Richtungen davonhüpften.

Die Wirkung auf den Hexengroßmeister war deutlich. Keuchend stürzte er sich auf die herabgefallenen Gegenstände, sammelte sie ein und platzierte sie wieder in soldatischer Ordnung auf dem Schreibtisch, ohne noch einen Gedanken an seinen Gast zu vergeuden. Als er fertig war, sah er noch immer erkennbar unzufrieden aus, und er hob die Hände, sprach einen Bann und korrigierte das Arrangement minutiös. Endlich war er überzeugt, dass die Ordnung wiederhergestellt war, und er atmete wieder beinahe normal. In diesem Moment beugte Gretel sich vor und legte ihre Hand besänftigend auf die seine.

»Wie ich sehe, bist du ein Mann, der absolut imstande ist, seinen eigenen Haushalt zu führen«, bemerkte sie.

Aber Herr Voigt hörte sie gar nicht. Er starrte nur entsetzt auf ihre Hand, die auf seiner lag, auf ihre Haut, die seine berührte. Für einen Moment schien er außerstande, sich zu rühren, doch dann riss er seine Hand weg, zog sein eigenes, makelloses Taschentuch hervor und rieb seine Haut damit ab.

Gretel lächelte zart vor sich hin. Nun wusste sie alles, was sie über Herrn Voigt wissen musste, und da ihre Befragung damit abgeschlossen war, entbot sie ihm einen Guten Tag und ging ihrer Wege. Die Fakten, die sie diesem sonderbaren Heim entnommen hatte, waren folgende: dass er Evalina Arnold immer noch liebte, womit er ein Mordmotiv hatte (denn Eifersucht, die über so viele Jahre unter der Oberfläche gehalten wird, erlischt nicht, sondern brennt so heiß wie Lava, bis sie sich schließlich ihren Weg ans Licht bahnt); dass er nicht imstande war, den Körperkontakt und die Unordnung zu erdulden, ohne die der Mord an Ernst Arnold nicht hätte vonstattengehen können, ganz zu schweigen davon, dass es sich um eine grausig blutige Angelegenheit gehandelt haben musste. Natürlich war es möglich, dass er versucht hatte, Magie als Waffe einzusetzen, damit er nichts und niemanden berühren musste, doch Gretel konnte sich nicht vorstellen, dass dieser Mann seine Umgebung so stören, sich in solch chaotischer Gewalt ergehen konnte, wie sie nötig war, um einen anderen Menschen tatsächlich zu töten.

All das bedeutete jedoch, dass sie mit ihren Ermittlungen keinen Schritt weitergekommen war. Alles, was sie hatte, war eine ganze Liste von Leuten, die *nicht* die Mörder des Zauberers waren. Was bedeutete, zurück zum Ausgangspunkt. Und der Ausgangspunkt war in diesem Fall Ernsts Magicarium.

Gretel atmete tief durch, ignorierte das Grollen ihres beinahe leeren Magens und beschloss, zum Arbeitsplatz des Zauberers und folglich zum Ort des Verbrechens zurückzukehren und nicht wieder zu gehen, ehe sie nicht wenigstens eine vernünftige, greifbare, konkrete und nützliche Spur hatte. Sie nahm sich vor, die ganze Nacht dort zu bleiben, sollte es sich als notwendig erweisen, doch als sie schließlich erneut über das Kopfsteinpflaster der Stadt geholpert war, hoffte sie inbrünstig, dass Evalina Arnold ihr einen weichen Sessel, eine kuschelige Decke und zumindest ein oder zwei Bissen eines Nachtmahls zukommen ließe, während sie ihrer Arbeit nachging. Sie hätte sich vielleicht ins Gedächtnis rufen sollen, dass die gesegnet ist, die nichts erwartet.

4

Zwei Stunden später saß Gretel auf einem harten Stuhl im kalten Magicarium und war sich schmerzlich des Tempos bewusst, in dem ihre mentale Leistungsfähigkeit aufgrund des Nahrungsmangels dahinschwand. Hans trottete niedergeschlagen durch den Raum und nahm aufs Geratewohl mal diesen, mal jenen Gegenstand in die Hand.

»Erinnerst du mich bitte daran, warum ich in diesem Moment nicht mit meinem Lieblingsbier in meinem Lieblingsmaßkrug im Wirtshaus am Feuer sitze?«, fragte er.

»Weil man zu zweit schneller suchen kann als allein.«

»Auch wenn keiner von beiden weiß, wonach er sucht?«

»Besonders dann«, beharrte Gretel. Sie hatte ihren Bruder auf dem Weg zu einem Abend im Suff abgefangen und bedrängt, sie zum Haus des Zauberers zu begleiten. In der Tat hatte sie argumentiert, dass viele Hände der Arbeit bald ein Ende machen und dass Hans' Hände so gut geeignet waren wie die jedes x-Beliebigen, wenn es darum ging, in dem Kuddelmuddel des überladenen Verschlags nach Hinweisen zu wühlen. Was sie ihm gegenüber jedoch nie erwähnen und sogar sich selbst kaum eingestehen konnte, war, dass ihr Bruder manchmal, nur manchmal ein besonderes Talent bewies, sie in die Richtung von Theoremen und Postulaten zu schubsen, die sich als hilfreich für ihre Ermittlungen erwiesen. Und wie es schien, benötigte sie dringend Hilfe, wollte sie bei diesem Fall irgendwelche Fortschritte erzielen. Bisher hatte sich niemand als mutmaßlicher Mörder präsentiert. Vorübergehend hatte der Leitende Zauberer wie ihr Hauptverdächtiger ausgesehen, doch nachdem Gretel ihm begegnet war, hatte sie ihn von ihrer Liste gestrichen. Dass er vom Tod des Herrn Arnold profitieren könnte, war unbestreitbar. Dass er etwas damit zu tun hatte, war beklagenswert unwahrscheinlich.

»Meine Güte!«, rief Hans und starrte in ein Glas mit schleimigem Inhalt. »Dieser Ort ist voller Dinge, die ich nicht einmal beim Namen nennen kann!«

»Dann wird es wohl das Beste sein, wenn du es bei diesem Regal gar nicht erst versuchst«, entgegnete Gretel und deutete auf ein Schild, das die Sammlung als *Augen, Zähne, lebenswichtige Organe und andere Körperteile* auswies.

Hans wich erschrocken zurück. »Ich hatte keine Ahnung, dass Zauberer für derlei Dinge Verwendung haben.«

»Dieser hatte offenbar. Auch wenn selbst diese extremen Ingredienzen seine Zauberei höchst verlässlichen Berichten zufolge nicht verbessern konnten.«

»Was meinst du, wo hatte er das alles her?«

»Wie ich schon sagte, es ist besser, nicht zu lange bei den Inhalten dieser speziellen Gläser zu verweilen.«

»Aber sie könnten *Hinweise* enthalten. Woher wissen wir, dass sie das nicht tun?«

»Wir wissen es nicht, wir hoffen es nur.« Gretel stemmte sich auf die Füße, um ihre eigene Suche wieder aufzunehmen. »Wir hoffen, dass sich ein *Hinweis*, wenn wir über ihn stolpern, laut und deutlich als solcher offenbart und uns in eine Richtung schickt, in die wir möglicherweise tatsächlich zu gehen wünschen.« Sie baute sich neben ihrem Bruder auf und folgte seinem entsetzten Blick. Selbiger ruhte auf etwas Blaugrünem und Wabbeligem, das in einer gelben Flüssigkeit dümpelte. »Und *das*«, sagte sie, dezidiert deutend auf das Objekt des Anstoßes, »ist eine Richtung, die ich in meinen schlimmsten Albträumen nicht einzuschlagen wünsche.«

In hungrigem Schweigen setzten sie ihre Suche fort. Trotz der Hitze des Tages war es im Schuppen des Zauberers bitterlich feucht und kalt geworden, als der Abend hereingebrochen war und weder Sonne noch ein Feuer für Abhilfe sorgten. Der Raum war so vollgestopft mit Artefakten und Paraphernalien, dass die Suche nach ganz egal was eine langwierige und schwere Arbeit war, ganz zu schweigen von der Suche nach etwas, das vielleicht gar nicht da war. Oder das seine Bedeutung, sollte es doch da sein, möglicherweise nicht so bereitwillig offenbarte, wie Gretel hoffte.

»Schau dir das an!« Hans hielt eine staubige Kristallkugel hoch. »Vielleicht sollten wir da hineinschauen und in die Zukunft blicken.«

»Die Leiche des Zauberers zu erblicken wäre nützlicher.«

»Das auch. Soll ich mal daran reiben? Nein, warte, das macht man mit Lampen mit Dschinns.«

Ehe Gretel darauf antworten konnte, raschelte etwas auf einem Sims über ihren Köpfen kurz unter der Decke. *Etwas* verdrängte Schriftrollen, Pakete und Bündel, die auf die Suchenden herabregneten. Gleich darauf flog besagtes Etwas, das all die Dinge verschoben hatte, durch den überfüllten Raum, schoss urplötzlich herab und flatterte dabei so hektisch, dass Hans aufkreischte und seinerseits mit den Armen flatterte, während Gretel ihm gestreng befahl, sich zu beruhigen und still zu stehen. Je mehr er flatterte und ruderte und bei jeder panischen Bewegung Dinge umwarf, desto rasender schoss das Etwas zunehmend verschreckt hin und her, bis es sich endlich mit den Füßen in Gretels Haaren verfing und fortan zitternd, stumm und verängstigt an ihnen herabbaumelte.

»Nicht bewegen, Schwester mein! Da steckt *Etwas* in deinem Haar!«

Gretel knirschte mit den Zähnen, hielt davon abgesehen aber vollkommen still.

»Ja, danke, Hans. Das ist mir aufgefallen.«

Nach der plötzlichen, rasenden Aktivität kehrte nun eine gespannte Stille ein.

»Hans, ich frage mich«, sagte Gretel betont milde, »ob du, ohne dich erst auf die Beine mühen zu müssen, vielleicht in der Lage bist, mir zu sagen, was genau dieses Etwas ist.«

Nach all der Ruderei mit den Armen war Hans in Rückenlage auf einem Stapel Säcke, gefüllt mit der Himmel weiß was, gestrandet. Jeder Versuch seinerseits, sich dort wieder aufzurichten, musste in ein tollpatschiges Gezappel ausarten. Gretel hegte jedoch nicht den Wunsch, ihren Passagier noch mehr zu erschrecken, denn wer konnte schon sagen, was er dann anstellen würde?

»Es scheint ein kleiner Vogel zu sein. Nein, kein Vogel … eine Fledermaus. Es ist eine kleine Fledermaus. Aaah, und ein recht entzückendes kleines Ding dazu.

Wenn man sich die Schweinenase nicht ansieht. Oder diese glänzenden Knopfaugen. Oder ... diese Zähne.«

»Eine Spur detailreicher als nötig, aber dennoch, danke, Hans.«

In diesem Moment wurde die Tür geöffnet, und Frau Arnold kam mit einem Tablett mit zwei dampfenden Bechern und einem Teller mit Gebäck herein. Hans, gestählt durch den Anblick von Nahrung, beförderte sich in eine aufrechte Position. Der daraus resultierende Lärm – der vorwiegend aus Hans' Schnauben bestand – veranlasste die Fledermaus zu einer wilden Zappelei, was dazu führte, dass ihre Händchen und Füßchen sich noch fester in Gretels Haar verfingen.

»Oh!«, rief Witwe Arnold. »Wie ich sehe, habt ihr Jynx gefunden. Ich habe ihn nicht mehr gesehen, seit der arme Ernst ... uns verlassen hat. Ich dachte schon, ich hätte auch ihn verloren.« Enorm zartfühlend befreite sie die zitternde Kreatur, streichelte sie und sprach besänftigende Worte, bis sie sich weit genug beruhigt hatte, um wie ein pechschwarzer Miniaturpapagei auf ihrer Schulter Platz zu nehmen.

»Jynx war das Lieblingshaustier meines Gatten. Er hat nichts ohne ihn getan. Er hat ihn sogar ermutigt, ihm bei seiner Zauberei zu assistieren.« Offenkundig lag die aufrechte Sitzhaltung Jynx nicht gerade im Blut, denn er ließ sich alsbald nach vorn fallen, um kopfüber an Frau Arnolds Spitzenkragen zu hängen.

Gretel maß die pelzige Kreatur mit einem schrägen Blick. »Die meisten Zauberer wählen ein flauschiges Kaninchen oder eine schneeweiße Taube ...«

»Oh, Ernst war an domestizierten Wesen nicht interessiert. Er liebte die Natur und alles Wildlebende. Jynx hat er auf einem seiner Spaziergänge entdeckt.« Wieder traten Tränen in die Augen der Witwe, und sie blickte mit zitternder Lippe auf. »Oh, das ist ja der Beweis dafür, dass mein armer Gatte tatsächlich tot ist, denn er wäre nie irgendwo ohne Jynx hingegangen!« Bei diesen Worten fing sie wieder an zu weinen, so sehr, dass die Fledermaus sich festklammern musste, um nicht herabzufallen, während der fragile Körper der Frau von ihren Schluchzern erschüttert wurde.

»Lass uns keine übereilten Schlüsse ziehen«, mahnte Gretel, ehe sie versuchte, Evalina von ihrer Trauer abzulenken, indem sie sagte: »Wie ich sehe, hast du uns Erfrischungen gebracht. Wie überaus nett von dir.«

»Oh, ja. Ich dachte, nach all den vielen Stunden hier drin könntet ihr eine Kleinigkeit brauchen.«

Hans strahlte sie an. »Außerordentlich umsichtig von dir, Frau Arnold«, lobte er, ergriff einen Becher und schnüffelte am Inhalt.

»Warme Milch«, klärte ihre Gastgeberin ihn auf. »Und ein paar Haferkekse. Ich habe sie selbst gebacken.«

»Ist vielleicht auch ein Schlückchen von etwas Belebendem darin?«, erkundigte sich Hans voller Hoffnung.

Die Witwe schüttelte den Kopf und nahm ihr Schluchzen wieder auf. Hans zog ein Gesicht vor Gretel, die ihm in gleicher Weise antwortete. Er versuchte, in einen der Kekse zu beißen, doch dieser wollte sich seinen Zähnen nicht ergeben, also tauchte er ihn in seinen Becher in der Hoffnung, ihn so genießbar zu machen. Gretel spürte, wie ihr eigener Appetit schwand, und sie wandte sich wieder Frau Arnold zu.

»Lasst uns einfach annehmen«, sagte sie so milde, wie es ihre Langmut gestattete, »nur für einen Moment oder zwei, dass Ernst immer noch am Leben ist. Gibt es einen Ort, abgesehen von seinem wunderschönen Zuhause natürlich, der ihm besonders am Herzen gelegen hat, irgendeinen anderen Ort, den er gerne aufgesucht hat und an den er sich flüchten könnte, wenn er irgendwie Not litte? Einen Ort, den er nur allein besucht hat?«

»Oh, wir haben immer alles gemeinsam gemacht! Ernst pflegte zu sagen, eine Stunde ohne mich sei eine Stunde ohne Freude. An den Wochenenden sind wir in charmante kleine Städtchen gereist, und einmal hat er mich mit nach München genommen, aber das ist lange her und war sehr kostspielig, und außerdem hat Ernst gesagt, in unserem eigenen, teuren Heim sei mehr Schönheit und Wonne zu finden als in irgendeiner Stadt auf der ganzen Welt.« Sie unterbrach sich, um einen Hickser tiefer Trauer von sich zu geben. Gretel wartete. Endlich entriss Frau Arnold den flauschigen Schaumzuckergefilden ihres Geistes ein weiteres Löffelchen an Information. »Aber natürlich habe ich ihn nie begleitet, wenn er Dinge für seine Arbeit gesammelt hat. Diese Ausflüge hat er stets allein unternommen. Er sagte, ich würde mich nur langweilen und ich würde ihn zu sehr ablenken, weil er dann immer mich anschauen und meine Hand halten müsse, obgleich er sich doch auf seine Arbeit zu konzentrieren hätte.«

»Ein wahrlich umsichtiger, besonnener Mann«, bemerkte Gretel und hielt den Stift über ihr Notizbuch, um aufzuschreiben, was, davon war sie überzeugt, sich als der Ort erweisen würde, an dem Fragen beantwortet würden. Endlich etwas, das man eine Spur nennen konnte! Sie würde sich so schnell wie möglich persönlich dorthin begeben und war zuversichtlich, dass ihre Ermittlungen dann Früchte tragen mussten. Früchte, die Geld einbringen würden. »Und wo, bitte schön, ist der gute Zauberer hingegangen, wenn er zu solch einem ... Arbeitsausflug aufgebrochen ist?« Sie hörte, wie Hans hinter ihr ein gequetschter, zynischer Laut entfleuchte. Glücklicherweise war Witwe Arnold taub gegenüber den damit verbundenen Implikationen.

»Immer zum selben Ort«, sagte sie mit einem leisen Seufzer, der andeutete, dass ihr Gatte mit der Vermutung, diese Ausflüge würden sie nur langweilen, durchaus richtig lag. »Er ging in den Wald.«

Gretel zögerte mit dem Bleistift in der Hand.

»In den Wald? Meinst du den Wald westlich von Gesternstadt?«

Hans gab erneut einen leisen Laut von sich, dieses Mal jedoch unfreiwillig und getrieben von der Erwähnung jenes Ortes, dem sein Kindheitstrauma entsprungen war.

»Ja«, sagte Evalina. »Ernst ging in den Wald, um die speziellen Dinge zu sammeln, die für einen Teil seiner Magie erforderlich waren.«

Plötzlich kam Gretel das Magicarium äußerst stickig vor und das Korsett ihr viel zu eng. Sie versuchte sich an einem beruhigenden Atemzug, dem sie jedoch kaum Luft abringen konnte.

»Dann hat Herr Arnold vielleicht nach Kräutern und Pilzen gesucht?«, hakte sie nach. »Am Waldrand, sollte man annehmen.«

»Oh, nein. Er blieb tagelang fort. Er sagte, die Dinge,

die er brauche, könne er nur tief, tief, tief im Wald finden.«

Hans wiederholte mit schriller Stimme: »Tief, tief, tief …«

»Richtig«, fuhr Frau Arnold fort. »Im dunkelsten aller dunklen Teile des Waldes.«

»Im dunkelsten aller dunklen …«, murmelte Hans.

»Und zu diesen Streifzügen ist er stets allein aufgebrochen?« Gretel versuchte, etwas zu notieren, stellte aber fest, dass ihre Hand zu sehr zitterte, um eine akzeptable Schrift hervorzubringen.

Frau Arnold nickte. »Abgesehen von Jynx«, erklärte sie mit einem matten Lächeln. »Sein treuer Gefährte hat ihn immer begleitet. Immer«, wiederholte sie, und das Lächeln zerfiel zu einer leidvollen Grimasse. Die Witwe entschuldigte sich und hastete aus dem Schuppen hinaus, worauf sich die Fledermaus von ihr löste und zurückflatterte, um sich einen Balken zu suchen, an den sie sich hängen konnte.

Für einen Moment gaben weder Gretel noch Hans auch nur einen Ton von sich. Zwischen ihnen hockte fett und klobig der gemeinsam erduldete Schrecken der Wälder. Dies Gräuel war so fett und so klobig, dass es nicht nur den Platz zwischen den Geschwistern einforderte, sondern sich auch unangenehm an alle beide herandrängte. Endlich schob Gretel es beiseite und nahm ihre Suche wieder auf.

»Wonach suchst du jetzt?«, fragte Hans. »Hier gibt es keine Hinweise, da bin ich sicher, und nach dem, was Frau Arnold über den tiefen, den dunklen, den Du-weißt-schon-was gesagt hat, war es das doch, oder nicht? Will sagen, du hast deine Arbeit zu tun und all das, aber du kannst nicht … *dorthin*. Du würdest es nicht gutheißen … *dorthin* zu gehen. Oder etwa doch?«

»Ich muss den Spuren folgen, wohin sie mich auch führen, Hans.«

»Ja, aber der tiefe … der dunkle …«

»Sogar dorthin. Wenn der Zauberer in den Wald verschwunden ist, dann ist der Wald der Ort, an den ich ihm folgen muss.«

»Aber Gretel, so viel tiefe Dunkelheit, so viel dunkle Tiefe!«

»Wirst du wohl damit aufhören! Du bist mir keine Hilfe, wenn du zusammenbrichst. Ich werde, selbstverständlich, mit äußerster Vorsicht zu Werke gehen. Glaub mir, Bruder mein, ich habe es nicht eilig damit, meinen Hals oder meinen Verstand zu riskieren, wenn es sich vermeiden lässt. Nein, was nun gebraucht wird – um das Risiko zu minimieren – ist sorgfältige Planung. Klares Denken. Und so viele Informationen wie möglich.« Gretel blätterte in einem Haufen Papiere auf dem Tisch. »Was mir am meisten helfen würde, wäre so etwas wie eine Wegbeschreibung; ein paar Einzelheiten hinsichtlich des genauen Ortes, den der Zauberer aufgesucht hat, etwas in der Art wie eine Landkarte«, erklärte sie.

Natürlich gibt es zwischen Schwester und Bruder ein natürliches Band, durch das sie während aller Prüfungen und Beschwernisse des Lebens verbunden sind. Dieses Band wird um das Zehnfache verstärkt, sollten sie in jungen Jahren besondere Nöte und Schicksalsschläge verkraften müssen. So war es auch mit Gretel und Hans, was bedeutete, dass sie, obwohl sie den Blick abgewendet hatte, obwohl sie ihrem Bruder den Rücken zukehrte, obwohl Hans sich alle Mühe gab, sorglos und gelassen zu tun – vielleicht aber auch gerade wegen all seiner Mühen –, eine subtile Veränderung in seiner Haltung wahrnehmen konnte, ein kleines Zucken seiner Nase, ein winziges Flattern der Augenlider, die ihr verrieten, dass er *Etwas Verheimlichte*.

Die Hände in die Hüften gestemmt, drehte sie sich zu ihm um. »Raus damit!«, forderte sie.

»Womit?«

»Was immer es ist, das du gerade in diesem Augenblick mit deinem umfänglichen Gesäß zu verstecken bemüht bist. Immerhin, ein guter Versuch, mit dem du vielleicht sogar hättest Erfolg haben können, bedenkt man, dass dein Hinterteil vermutlich eine Mondfinsternis herbeiführen könnte, sollte es notwendig sein, aber mich kannst du nicht narren, Hans.« Sie streckte eine Hand aus. »Das Was-immer, wenn du so nett wärest.«

Hans zögerte nur wenige Sekunden, wohl wissend, dass er seine Schwester nicht mehr überlisten konnte, nun, da sie ihn einmal durchschaut hatte. Also löste er sich von der Werkbank, griff hinter sich und zog einen verblassten, zusammengefalteten, schäbigen und abgegriffenen Bogen Papier hervor, der sich durch düstere Farben und verschmierte Linien und Punkte auszeichnete.

»Das?«, fragte er mit mustergültiger Unschuldsmiene.

Gretel nahm ihm das Papier ab und schüttelte die Falten heraus. »Ja, Hans«, sagte sie mit immer noch finsterem Blick, den sie allerdings senkte, um das Dokument zu betrachten. »Dieses Ding, das einer Karte so sehr ähnelt, dass es tatsächlich eine Karte *ist.*«

Hans sah zu, wie sie die Karte durch ihr Opernglas betrachtete.

»Ich habe nur versucht zu tun, was das Beste für dich ist, verstehst du das nicht? Ich habe versucht, dich zu beschützen. Wie es sich für einen Bruder geziemt. Will sagen, es ist uns in der Vergangenheit dort im Wald nicht gut ergangen, dir und mir. Und es steht zu befürchten, *ich* befürchte, wenn man einer Person eine Karte gibt, dann wird sie, wenn sie die Karte erst in Händen hat, oftmals geneigt sein, dem Ding zu folgen, wohin es sie auch führt. Was in diesem Fall irgendwo …«

»Hans, ich schwöre, wenn du Worte wie ›dunkel‹ oder ›tief‹ von dir gibst …«

»Dächte ich doch nicht einmal im Traum dran!«

Gretel breitete die Karte auf dem Tisch aus und folgte mit entschlossenem Finger einer eiernden Linie. »Deine Sorge ist rührend, aber unnötig, Hans. Der Weg ist klar gekennzeichnet. Herr Arnold muss dies viele Male benutzt haben, um sein heimliches Ziel zu finden.«

»Nun, wenn er das getan hat und dies hier ist, wie kann er dann ohne dies dort sein?«

»Vermutlich ist ihm die Route inzwischen so vertraut, dass er es nicht mehr benötigt.«

»Dann glaubst du also, dass er noch lebt und zu diesem … *Ort* gegangen ist?«

»Ich halte es für möglich. Möglich, wenn nicht gar wahrscheinlich.« Sie faltete die Karte zusammen und schob sie behutsam, aber bestimmt in ihr Dekolleté, sodass sie sicher in ihrem Korsett ruhte. »Darüber hinaus ist das die einzige echte Spur, die wir haben. Was immer den Zauberer in den Wald gelockt hat, wird uns, ob er nun dort ist oder nicht, die Wahrheit darüber offenbaren, was aus ihm geworden ist. Davon bin ich überzeugt.«

»Dann gehst du also? In den Wald?«

»Nicht ich, Hans. Wir!«

Gretel glaubte fest an eine feste Hand, wenn es darum ging, ihren Bruder und seine kostspieligeren Gewohnheiten zu zügeln. Gewohnheiten, unter denen sein Hang, Abende, die zu Nächten wurden, im Wirtshaus zu vertrödeln, nicht an letzter Stelle stand. Dort pflegte er zu trinken und zu spielen, um, je nach Karten, Gesellschaft und Bierqualität, mit einem Gewinn oder, und das war weitaus wahrscheinlicher, mit leeren Taschen zurückzukehren. Wieder und wieder hatte Gretel ihm gepredigt, dass sein Talent für das Pokerspiel – sein Talent für wahrlich alle Spiele, die auf Karten basierten – durch sein Talent für das Trinken in Mitleidenschaft gezogen wurde. Das Wirtshaus jedoch förderte unglücklicherweise die Hingabe an beides zur gleichen Zeit. In Anbetracht ihrer prekären Finanzen hätte sie Hans normalerweise nach Hause gescheucht und ihn erst zu ihrer eigenen Weinbrandflasche und anschließend in die Küche geleitet. Doch wie dem auch sei, dies war keine normale Gelegenheit. Gretel war sich des Entsetzens, mit dem ihr Bruder selbst die lichtesten Waldwiesen beäugte, allzu deutlich bewusst; ihn aufzufordern, sie in das Herz der Dunkelheit zu begleiten, um dort nach wer weiß was zu suchen, stellte seinen Mut ebenso auf die Probe wie seine Loyalität. Daher schien es ihr fair und opportun zugleich, ihm zu gestatten, sich für den Rest des Abends in sein Wirtshaus zu verziehen. Er stürzte sich sogleich auf die Gelegenheit und die dargebotenen Münzen und eilte von dannen, ehe sie es sich mit dieser großzügigen Geste anders überlegen konnte.

In den Straßen von Gesternstadt war es immer noch angenehm warm, und als Gretel sich auf den Heimweg machte, sah sie sehr zu ihrem Missfallen, dass nach wie vor unzählige Paare Arm in Arm herumschlenderten. Sie murmelte gerade düster vor sich hin, was sie von Leuten hielt, die nichts Wichtigeres zu tun hatten, als ihr eine spezielle Person mit einem speziellen Körperbau und einem speziellen, verwegenen burgunderroten Umhang (mit goldenem Seidenfutter) auffiel, die direkt auf sie zukam. Ferdinand. Sie würde ihm die Stirn bieten. Sie würde offen mit ihm sprechen. Sie würden nicht konversieren, sie würde ihm lediglich ihre Meinung über Männer kundtun, die falsches Spiel mit der Zuneigung von Frauen trieben, denen sie bereits einen ganz speziellen Eindruck vermittelt hatten. Doch dann erkannte sie wieder, wie attraktiv er war. Bemerkte aufs Neue die formschöne Rundung seiner Waden. Erfuhr erneut die Mischung aus flauschiger Wärme und gespannter Erregung, die sie in seiner Gegenwart stets befiel. Ihre Entschlossenheit kollabierte wie ein vorzeitig dem Ofen entrissenes Käsesoufflé. Ohne Zweifel hätte sie sich selbst gleich hier auf der Großen Straße erniedrigt, wäre nicht eine große, schlanke junge Frau aus einer Tür getreten und hätte Ferdinands Arm ergriffen.

So schnell, wie sie sich schon lange nicht mehr bewegt hatte, schoss Gretel in die Deckung einer kleinen Gasse, aus der sie sodann vorsichtig hinausblickte. Das Paar spazierte vorbei. Arm in Arm. Plaudernd. Lächelnd. Lachend! Das Gelächter war die Stecknadel in dem Ballon, in den sich Gretels Contenance verwandelt hatte. In der Sekunde, in der sie außer Sicht waren, stürzte Gretel aus ihrem Versteck hervor, überquerte den Platz, bog scharf links ab, doch nicht in Richtung ihrer eigenen Tür, sondern in die von der des Schneiders. Wenn sie dem General das nächste Mal begegnete, das gelobte sie sich feierlich, dann würde sie glänzend aussehen, angetan nicht allein mit ihrer neuen Perücke, sondern auch mit einem neuen Gewand. Sie würde die glamouröseste, am aufwendigsten gekleidete Frau sein, die das Konzert besuchte, wenn der Tag dann gekommen wäre, und kein schnatternder Fehlgriff von einer Sieh-dir-nur-meine-schmale-Taille-an-Verlobten wäre imstande, ihr das Wasser zu reichen.

5

Die beiden nächsten Tage zeichneten sich für Gretels Geschmack durch ein wahres Übermaß an Aktivitäten aus. Als sie die Karte studiert hatte, war ihr ein Hinweis auf eine kleine Behausung an einem Ort aufgefallen, der ihrer Berechnung zufolge keinen Tagesmarsch von der Stelle entfernt lag, an der die Postkutsche sie absetzen würde. Diese Berechnung beruhte auf nichts Soliderem als einer vagen Ahnung, verstärkt durch ein unsicheres Gefühl und untermauert durch den sehnlichen Wunsch, es möge doch bitte wirklich so sein. Gretel hatte dem Eigner des Häuschens eine Nachricht geschickt, in der sie um Kost und Logis für eine Nacht gebeten und im Gegenzug faire Bezahlung und aufrichtige Dankbarkeit in Aussicht gestellt hatte. Darüber hinaus würden sie ihr Lager im Freien aufschlagen müssen. Was eine deprimierende Vorstellung war. Gretel war eine Connaisseuse der kleinen Schwelgereien, die das Leben zu bieten hatte, deren geringste in ihren Augen gutes Essen und ein bequemes Bett waren. Ein Lager im Freien schien, soweit sie gehört hatte, durch die Abwesenheit von beidem definiert zu sein. Perverserweise hatte sich Hans' Laune bei dem Gedanken daran, ›unter den Sternen zu schlummern‹, wie er es zu nennen beliebte, umgehend gebessert, wodurch sich auch seine Einstellung gegenüber der ganzen Expedition beträchtlich verändert hatte. Seine plötzliche Begeisterung für das Leben unter freiem Himmel, Lagerfeuer, Schnitzmesser und all die Dinge, die sonst noch dazugehörten, hatte ihn veranlasst, Berge an Ausrüstungsgegenständen anzuhäufen, von deren Existenz Gretel bis dahin nichts geahnt hatte. Das Wohnzimmer beherbergte einen mächtigen Haufen von diesem Zeug. Da gab es Feuersteine und Messer und Bindfadenknäuel und Segeltuchlaken und metallene Dreifüße und Angelhaken und Schlingen ... Gretel hatte sich gezwungen gesehen, dem Erwerb so vieler Utensilien ein Ende zu setzen und darauf hinzuweisen, dass sie bald mehr Geld investiert hätten, als der Fall jemals einbringen konnte, und dass sie so oder so nicht in der Lage wären, all das Zeug mitzuschleppen. Tatsächlich hatte sie Hans vor allem deswegen eingeladen, sie zu begleiten, weil sie seine Begabung als Packpferd zu nutzen gedachte. Wenn er nun dermaßen viel Zeug mitnahm, dass sie am Ende gezwungen wäre, ihr eigenes Gepäck selbst zu tragen, konnte ihr das nicht recht sein, denn wozu hätte sie ihn dann überhaupt mitnehmen sollen?

Einer der wenigen Vorzüge dieser Mission waren die geringen Kosten. Frühere Fälle hatten sie an Orte wie Nürnberg geführt, und wenngleich sie zu gern zu ihrem Vergnügen dort gewesen wäre, war dies doch ein ruinös kostspieliger Ort. Ein Bett für eine Nacht, gefolgt von einem Frühstück und ein paar Tagen unter Segeltuch dürften hingegen nicht besonders teuer sein. Über das Thema Geld hatte Gretel lange und intensiv nachgedacht. Sollte der Zauberer, wie sie stark argwöhnte, noch am Leben sein und sie ihn lebend finden, so würde die Versicherungsgesellschaft keine Zahlung leisten müssen. Wie sie bereits nachgewiesen hatte, war der Mann so gut wie pleite, woraus folgte, dass sie ihr Honorar nicht erhalten würde. Wie entzückt sie auch wäre, könnte sie Frau Arnolds Freude über die Wiedervereinigung mit ihrem Gatten erleben, konnte sie mit purem Entzücken doch keine Rechnungen bezahlen und kein Holz für den Winter kaufen. Aus diesem Grunde hatte Gretel nach sorgfältiger Überlegung Kontakt zu der Versicherungsgesellschaft aufgenommen und sich eine Bezahlung durch sie zusichern lassen, sollte es ihr gelingen, einen Beweis für die fortgesetzte Existenz von Ernst Arnold zu erbringen.

Aber lebte er wirklich noch? Da war immer noch der verstörende Beweis in Form des Blinddarms, den es zu erklären galt. Konnten sie sicher sein, dass er tatsächlich Herrn Arnold gehörte? Gretel hatte den eingelegten Körperteil zum Apotheker gebracht, der nun mit der Unterstützung von Otto Voigts Zauberei einige Tests durchführte, die, wie er ihr versichert hatte, als sie ihm das unerhörte Entgelt für seine Arbeit bezahlt hatte, die Herkunft des Überbleibsels zweifelsfrei aufdecken würden.

Doch selbst wenn der Zauberer nun bar seines Blinddarms war, mochte er noch am Leben sein. Die Wahrheit war, dass Gretel in diesen Wald ziehen würde, ohne zu wissen, ob sie nach einem verstümmelten Leichnam suchen sollte oder nach einem lebenden, atmenden Zauberer, der eine Geschichte zu erzählen hatte.

Nach einer weiteren ruhelosen Nacht setzte sich Gretel in ihrem Bett auf und blinzelte in die grelle Morgendämmerung, deren Licht sich den Weg durch die Lücken in ihren Fensterläden erzwang. Es war furchtbar früh, zu früh, den Tag zu beginnen, doch hatte es auch wenig Sinn, nun noch dem Schlaf nachzujagen, also befreite sie sich von der verknäulten Decke, warf sich einen Morgenrock über die Schultern und stieg die Treppe hinunter. Das Wohnzimmer bot keinen reizvollen Ort, sich zu setzen, nun, da eine Fülle an Ausrüstungsgegenständen für das Leben unter freiem Himmel in seiner Mitte ruhte, also ging sie weiter ins Esszimmer und setzte sich an ihren Schreibtisch. Sie zog einen Bogen Papier aus einem staubigen Stapel, tauchte eine etwas stumpfe Feder in die verwässerte Tinte und kritzelte einen Brief an Frau Arnold. Darin umriss sie die geplante Reise, die Kosten, die sie mutmaßlich würde vorstrecken müssen, und wie lange das alles dauern könnte, und versicherte, dass sie so schnell wie nur menschenmöglich mit Neuigkeiten in Bezug auf Frau Arnolds Gemahl und einer Rechnung zurückkehren würde. In Anbetracht der Tatsache, dass die Versicherungsgesellschaft nur zahlen würde, wenn sein Verschwinden nachweislich auf seiner Ermordung beruhte, fiel es ihr schwer, dem Brief einen heiteren Ton zu verleihen. Sie dachte daran, zum Ausdruck zu bringen, dass Herr Arnold ihrer Ansicht nach noch am Leben sein dürfte, wagte aber nicht, die Hoffnung der Frau schon in diesem Stadium zu wecken.

Die Haustür wurde aufgerissen, und Hans fiel herein. Bäuchlings blieb er auf dem türkischen Kelim liegen und hatte es offensichtlich nicht eilig, sich wieder zu erheben.

»Warst du die ganze Nacht im Wirtshaus?«, fragte Gretel.

»Hgmmnff«, informierte Hans den Teppich.

»Dachte ich's doch. Nun, erwarte nicht, dass ich deinem gebrechlichen Zustand mit Mitleid begegne. Wir müssen heute abreisen, ganz gleich, wie es dir geht.«

Mit einiger Mühe gelang es Hans, sich auf den Rücken zu rollen. Der zerdrückte Stummel einer nicht entzündeten Zigarre klemmte immer noch zwischen seinen Zähnen, als er die Sorgen seiner Schwester mit einem Wink seiner plumpen Pranke abtat.

»Frische Luft ist das beste Mittel gegen einen Kater. Ein forscher Spaziergang wird mich schnell wieder in Form bringen. Natürlich erst, wenn ich gegessen habe!«, fügte er hinzu und rollte weiter, um sich auf die Knie zu stemmen. Dann hockte er auf dem Boden, ein verwaschenes Grinsen im übermäßig geröteten Gesicht. In dieser Haltung verharrte er lange Zeit und ähnelte dabei, wie Gretel dachte, nichts anderem so sehr wie einem großen, glücklichen Schwein in einer morastigen Suhle.

»Das wird mehr als nur ein forscher Spaziergang, Hans. Wir werden tagelang fort sein, und da sind all diese Gerätschaften, die hierhin und dorthin getragen werden wollen. Und Feuerholz, das gesammelt werden will, Zelte, die aufgestellt werden wollen, Speisen irgendeiner Art, die zubereitet werden wollen. Ganz zu schweigen davon, dass wir die Karte scharfen Auges lesen müssen, falls wir je am rechten Ort eintreffen wollen.«

»Fürchte nichts diesbezüglich. Garnichtsbezüglich!«, lallte Hans noch immer trunken, erhob sich aber endlich auf seine unsicheren Beine. »Ich habe gute Neuigkeiten aus dem Wirtshaus.«

»Das scheint kaum möglich, aber fahr fort, ich höre.«

»Ei, ich sprach mit einem Kerl, der einen Burschen kennt, der einen Vetter hat …«

»Das hört sich bisher nach einem ganz gewöhnlichen Abend im Wirtshaus an.«

»… der war einmal auf einer Exhalation. Expektoration.« Hans brach ab und schüttelte sich wie ein nasser Hund, ehe er fortfuhr: »Einer Expedition, ja, das war's … er ist zu einem Abenteuer unter freiem Himmel an einem wilden, gefährlichen Ort aufgebrochen …«

»War er auf der Flucht vor dem Gesetz?«

»Was? Nein, ich glaube nicht. Soweit ich es sagen kann, war das seine Vorstellung von Spaß. Wie auch immer, der Punkt ist, dass er einen Führer hatte. Toller Bursche, dem Vernehmen nach. Trägt den Namen Cornelius Eisenfest. Ist ein echter Spezialist in diesen Dingen.«

»Diese Dinge?«

»Zeltbau, wandern, Feuer machen, Essen fangen, all das. Ein Mann, der in der Wildnis zu Hause ist, furchtlos, einfallsreich … und das Beste von allem? Darauf kommst du nie. Los, rate!«

Er verstummte, und Gretel erkannte ermattet, dass er auf einen Großen Moment hinarbeitete und dass sie, wenn sie je herausfinden wollte, was dieser Moment beinhaltete, bei seinem Spiel mitmachen musste.

»Er hat einen Bären mit bloßen Händen niedergerungen?«

»Höchstwahrscheinlich, aber das ist nicht das Beste.« Hans' Gesicht erglühte in einem zunehmend kräftigen Rosarot, während er damit beschäftigt war, sein Kichern zu unterdrücken.

»Er hat einen Topf Gold am Ende eines Regenbogens gefunden?«

»Jetzt wirst du albern.«

»Um Himmels willen, Hans, sag es mir einfach, damit wir beide mit unserem Leben fortfahren können!«

»Ich habe ihm eine Nachricht geschickt und gefragt, ob er uns helfen würde, und er hat geantwortet, er würde!«

»Was?«

»Ich habe ihn engagiert«, verkündete Hans, »damit er uns bei unserer Arbeit hilft. Dir bei deiner Arbeit. Wie du es auch betrachten magst. Er hat zugestimmt, sich in ein paar Tagen im Du-weißt-wo mit uns zu treffen, uns hinzuführen, wohin wir wollen, und auf uns aufzupassen.«

Gretel stellte erstaunt fest, dass das tatsächlich eine gute Nachricht war. Ein Mann, der Erfahrung im Leben unter freiem Himmel hatte, der vermutlich ein Feuer entfachen und eine Karte lesen konnte, würde diese ganze unerquickliche Angelegenheit viel erträglicher machen. Dennoch brachte sie es nicht über sich, Hans zu seinem Erfolg zu gratulieren, da er nun eine unerträglich selbstgefällige Miene zur Schau trug.

»Und wie will er uns an Tag zwei oder drei finden? Nicht einmal wir selbst haben eine klare Vorstellung von dem Weg, den wir einschlagen werden.«

»Aber Gretel, er ist ein erfahrener Fährtenleser. Er hat Menschen und Tiere und anderes über den ganzen Globus gejagt, da wird er wohl imstande sein, unseren Spuren zu folgen. Er würde schon früher zu uns stoßen, aber derzeit hängt er gerade irgendwo an einem Berg in den Alpen.«

Gretel sah sich gezwungen, einzuräumen, dass Hans seine Sache gut gemacht hatte. Sie bedachte ihn mit bestärkenden Worten, die darin gipfelten, ihm nahezulegen, dass eine seiner delikaten Mahlzeiten exakt die richtige Vorbereitung für ihre Reise wäre, und würde es ihm nicht gefallen, aus seiner geliebten Küche noch einmal das Beste herauszuholen, ehe er sich von ihr trennen müsse? Mehr Ermutigung brauchte er nicht, um davonzuhuschen und sich auf die Suche nach Bratwurst und Schweinshaxe zu begeben.

Kaum hatte er seinen Platz auf dem Teppich im Hausflur verlassen, da wurde ein versiegeltes Schreiben durch den Briefschlitz geworfen, von dem aus es kurz hierhin und dorthin segelte, ehe es auf einem staubigen Lichtstrahl sanft zu Boden ritt. Eifrig ließ Gretel ihren Platz am Schreibtisch hinter sich und hob es auf.

»Ah«, murmelte sie vor sich hin, als sie es las. Und dann, nachdenklicher: »Aah.« Der Brief stammte vom Apotheker und bestätigte, dass der Blinddarm ohne jeden Zweifel keinem anderen als Ernst Arnold gehört hatte. War die Wahrscheinlichkeit seines Ablebens damit gestiegen? Gretel erkannte, dass sie nicht sicherer war, als sie unsicher war. Dennoch war diese Information ein Faktum, und Fakten waren es, die am Ende die Wahrheit aufdecken würden.

Sie hatte sich noch keine zwei Schritte aus dem Hausflur entfernt, als jemand an die Tür hämmerte. Sie öffnete, bereit denjenigen zu schelten, der es für geboten hielt, an ihre Tür zu klopfen, noch ehe sie ihr Frühstück eingenommen hatte. Ihre Stimmung besserte sich jedoch augenblicklich, als sie eines der Fräuleins aus Madame Renoirs Salon auf der Schwelle erblickte. Die junge Frau hielt ihr eine große Kiste hin, verschnürt mit einem kirschroten Seidenband.

»Deine neue Perücke, Fräulein Gretel«, sagte das Mädchen. »Madame hat darauf bestanden, sie auszuliefern, sobald sie eingetroffen war.«

Mit zitternden Händen nahm Gretel sie entgegen. Es gab nur wenig, was solch eine überschäumende Freude in ihr auszulösen geeignet war, wie die Aussicht, eine brandneue, höchst elegante, erlesen gearbeitete und maßgefertigte Perücke zu tragen.

»Danke, meine Liebe«, sagte sie und keuchte auf, als sie das Klimpern winziger Glöckchen vernahm.

»Oh, Fräulein, das müssen die zusätzlichen Silberglöcklein sein, die du geordert hast«, informierte sie das Mädchen. »Sie sehen himmlisch aus!«

Beide Frauen strahlten einander an und verloren sich für einen kurzen Moment in der gemeinsamen Bewunderung der Schönheit der Welt und allem, was darinnen war.

Gretels Freude jedoch wich rasch der Trauer ob des Gedankens, dass sie ihre Beute noch an dem Tag würde zurücklassen müssen, an dem sie sie erhalten hatte. Es schien ihr grausam, dass das Leben die Dinge so angeordnet hatte.

»Eines noch«, sagte das Mädchen in ernsthaftem Ton. »Die Perücke muss eingetragen werden, ehe sie ausgetragen wird. Das heißt, du musst jede Gelegenheit wahrnehmen, sie zu tragen, kurz und häufig, ganz so, als würdest du ein neues Paar Schuhe einlaufen.«

»Jede Gelegenheit, sagst du?«

Das Mädchen nickte. »Anderenfalls wird sie bei der Gelegenheit, zu der du sie zu tragen beabsichtigst, nicht richtig sitzen. Madame war in diesem Punkt äußerst nachdrücklich.«

»Freilich.« Gretel gab dem Mädchen eine Münze, um es für seine Mühe zu entschädigen, und betrachtete nachdenklich die Schachtel. Die Perücke war ein ausgesprochen kostspieliger Luxus; eine Belohnung von ihr für sich, nachdem sie den vorangegangenen Fall erfolgreich abgeschlossen hatte. Da schien es nur angemessen, ihr gerecht zu werden, um das Beste aus ihrer Investition herauszuholen. Was bedeutete, dass sie das gute Stück, sollte es bei Herrn Mozarts Konzert im Bestzustand sein und perfekt auf ihrem Haupt sitzen, vorher tragen musste, wann immer sie konnte. Plötzlich fiel ihr auf, wie hilfreich die Abgeschiedenheit des Waldes sein konnte. Sie würde die Perücke mitnehmen. Sie würde sie zweimal am Tag für kurze Zeit tragen, fern von den naseweisen, scheelen Augen der Frauen von Gesternstadt, fern von schneidigen Generälen und ihren untauglichen Verlobten, sodass niemand mit ihr würde konkurrieren können, wenn der Tag ihres beider großen Auftritts gekommen wäre, Herrn Mozarts und ihres eigenen.

Zwei Stunden später trafen sie und Hans an der Postkutsche ein, etwas außer Atem, weil sie sich so hatten beeilen müssen, um sie nicht zu verpassen, und wegen der misslichen Last ihres Gepäcks. Das warme Wetter dauerte an, sodass auch die Morgensonne das Ihre zu ihrem Unbehagen beitrug. Schon jetzt zweifelte Gretel an der Wahl ihrer Kleidung. Lange und angestrengt hatte sie in ihren großen Kleiderschrank gestarrt und darauf gewartet, dass sich die perfekte Kleidung zeigen würde, doch ohne Erfolg. Ihr war, als widerstrebte es ihren geliebten Kleidern und Ensembles, sich an solch einen unzivilisierten Ort zu wagen, und so hatte sie allein mit den gegensätzlichen Einflüssen von Zweckmäßigkeit und Eleganz kämpfen müssen. Sie benötigte festes Schuhwerk und wusste doch, wie deprimiert ihr Geist auf dessen Hässlichkeit reagieren würde. Sie sollte nur dunkle Farben tragen, um in all dem Schmutz und Dreck des Waldes nicht aufzufallen, doch ihr Herz schlug ein wenig schneller beim Anblick eines fahlblauen Schimmerns oder des erfrischenden Leuchtens minzgrüner Farbe.

Am Ende hatte sie sich für ein Leinenkleid von der Farbe gepresster Brombeeren (oder, wie Hans sagte, eines schlimmen Blutergusses, aber der Tag, an dem Gretel in Modefragen auf Hans hören würde, wäre auch der Tag, an dem sie sich für immer auf ihr Sofa zurückziehen würde) entschieden, kombiniert mit einem cremefarbenen Mieder und einem passenden Bolerojäckchen. Sie hatte einen Hut mit breiter Krempe und schwarzen Fransen auf ihrem Kopf festgesteckt, da sie annahm, Schatten könnte nützlich sein. Zudem bestand er aus Krepp, was es ihr ermöglichte, ihn zusammenzufalten und wegzupacken, wenn sie stattdessen die neue Perücke tragen wollte. Denn Gretel beabsichtigte, ihren neuen Schmuck beim Gehen zu tragen, sobald sie außer Sichtweite der Stadt wären und der Schatten der belaubten Baumkronen sowohl ihr als auch ihm Schutz böte. Sie hatte sich überwunden, ihre Füße in ein Paar fester, knöchelhoher Stiefel zu stecken, wohl wissend, dass sie bei all dem Herumstapfen alles, was auch nur ein bisschen empfindlicher war, ruinieren würde. Zumindest würde es dort, wo sie hinging, nicht viele Leute geben, die ihre fehlenden Stummelabsätze bemerken konnten. Trotzdem schien sie immer noch die falschen Dinge gewählt zu haben, denn der Tag war außergewöhnlich heiß und das Leinen unangemessen dick.

»Wenn du mich fragst«, bemerkte Hans, »ist dieses Ausschreiten und Ausgreifen mehr als nur ein bisschen schweißtreibend!«

»Wir sind gerade erst losgegangen!«, ermahnte ihn Gretel. »Und den Weg zur Postkutsche hast du schon viele Male bewältigt, ohne in Schweiß auszubrechen.«

»Ah, aber nun habe ich den Schritt des Wanderers übernommen, Schwester mein. Siehst du? Siehst du, wie ich Arme und Beine schwingen lasse, um in einen Rhythmus zu kommen, mit dem ich die Wegstunden rascher und sicherer schaffen werde?« Obwohl sie ihren Bestimmungsort erreicht hatten, bestand Hans darauf, auf und ab zu marschieren, um seine neue Technik vorzuführen. Gretel sah ihrem Bruder mit einer Mischung aus Mitleid und Ärger zu. Nicht zum ersten Mal fragte sie sich, wie es möglich war, dass durch ihre Adern das gleiche Blut floss wie durch die eines Mannes, der sich (keuchend und schnaubend) auf jede Gelegenheit stürzte, eine Lederhose zu tragen. Aus der breitgefächerten Auswahl in seinem Kleiderschrank hatte er Filzhut und einen Düffelmantel mit Knebelverschlüssen ausgewählt, und so gab er nun, mit dem prallen Rucksack, den Bettrollen, dem aufgewickelten Segeltuchzelt und den herabbaumelnden Zinnkrügen, die bei jedem Schritt klimperten, eine recht lächerliche Figur ab – was sie gewiss auch tat, solange sie an seiner Seite war. In den kommenden Tagen würde sie gezwungen sein, sich wieder und wieder zu vergegenwärtigen, dass Hans' Auftreten weder gestern noch heute noch zu irgendeinem Zeitpunkt in der Zukunft der zierenden Art zugeordnet werden konnte. So oder so waren seine breiten Schultern und sein fügsames Gemüt das, was nun zählte.

»Ich kann dir Energie sparen, Hans«, sagte sie zu ihm und zeigte auf die Postkutsche, die nun bereit war, ihre Passagiere aufzunehmen. »Schlepp rasch deine Habe an Bord, dann bleibt uns vielleicht noch Zeit für einen kleinen Imbiss, ehe wir den Ausgangspunkt unserer Wanderung erreicht haben.«

»Recht hast du!« Mehr Anregung brauchte er nicht, um sich an die Arbeit zu machen.

Gretel wollte sich gerade selbst in die Kutsche mühen, als die vertraute, nasale Stimme des Feldobergendarmen Strudel sie veranlasste, auf der Stelle zu erstarren.

»Willst du mitten in deinen Ermittlungen die Stadt verlassen, Fräulein?«, fragte er.

»Wie Ihr seht, Herr Feldobergendarm.«

»Nicht dein üblicher *Modus operandi*. Willst du dich womöglich geschlagen geben und deine Untersuchung einstellen?« Er umrundete Gretel, während er sie mit seinen Fragen plagte, und sein dünner Hals, die dürren Glieder und die insgesamt schwächliche Statur verliehen ihm den Anschein von einem, der früher am Tage filetiert worden war und nun allein durch Knorpel und üble Laune aufrecht gehalten wurde.

»Mir ist noch nie ein Fall untergekommen, der mich gezwungen hätte, aufzugeben, wie Euch, dessen bin ich gewiss, bewusst sein dürfte.«

»So? Dann muss ich wohl davon ausgehen, dass du aus Gründen verreist, die etwas mit dem Fall zu tun haben?«

»Die Menschen von Gesternstadt können sich in der

Tat glücklich schätzen, dass Ihr für ihre Sicherheit verantwortlich zeichnet«, informierte ihn Gretel.

»Ah-ha!«, kläffte der Feldobergendarm triumphierend. »Was bedeutet, dass du über sachdienliche Informationen im Fall des vermissten Zauberers verfügst und dass du diese Informationen dem Feldobergendarmen dieser Gegend nicht vorenthalten darfst. Denn wenn du das tust, wird man dich wegen Behinderung der Gendarmenarbeit belangen, wegen der Zurückhaltung von Beweisen, der Erschwerung offizieller Ermittlungen und der Verschleierung von Tatsachen, die eine laufende Untersuchung betreffen!« Strudel war ganz außer Atem vor Freude über seine eigene Pfiffigkeit.

Gretel musterte ihn kühl. Der Mann war ein Idiot, aber er war auch das, was in Gesternstadt als Vertreter des Gesetzes gelten musste, und er konnte ihr eine Menge Schwierigkeiten bereiten, sollte ihm der Sinn danach stehen. Was aller Erfahrung nach das Einzige war, wonach ihm je der Sinn gestanden hatte. So verlockend die Idee war, ihn zunächst zum Schäumen zu bringen, um ihm anschließend eine vernichtende Replik zu erteilen, wusste sie doch, dass sie sich zurückhalten musste. Öffentliche Demütigungen förderten tendenziell die schlimmsten Seiten unbedeutender Amtsträger zutage und verlockten sie allzu leicht, Haftbefehle zu erlassen und Leute fortzuschaffen, einzuschließen und allen denkbaren Unannehmlichkeiten auszusetzen. Sie versuchte sich an einem Lächeln, das nicht ganz gelingen wollte und sich in einem kleinen Zucken ihrer Mundwinkel erschöpfte.

»Ich verspreche Euch, Feldobergendarm Strudel, sollte ich irgendetwas von Relevanz aufdecken, überhaupt irgendetwas, so werdet Ihr der Erste sein, der davon erfährt. Immerhin ist dies, wie Ihr so scharfsinnig erkannt habt, ein schwieriger Fall. Nichts ist mir teurer als meine berufliche Reputation, und um ihretwillen werde ich meinen Stolz vergessen. Wie viel größer wird unsere Chance sein, diesen Fall zu lösen, wenn wir unser Wissen bündeln?«

Strudel kniff die Augen zusammen. »Worte, doch woher soll ich wissen, dass du nicht längst über sachdienliche Informationen verfügst?«

»Glaubt Ihr denn wirklich, ich würde in den tiefen, dunklen Wald ziehen, wenn ich das täte?«, wandte sie ein. »Gerade aufgrund des Mangels an Hinweisen und Spuren habe ich beschlossen, mein Netz breiter auszuwerfen. Ihr müsst doch wissen, dass es mir persönlich viel abverlangt, freiwillig den Schauplatz meines Kindheitsalbtraums aufzusuchen.«

Das brachte den Feldobergendarmen aus der Fassung. Schmerzliche Erfahrung hatte ihn gelehrt, dass Gretel ihn beinahe immer zum Narren hielt, aber der Gedanke, die furchtlose Ermittlerin könnte tatsächlich gerade eingestanden haben, dass sie sich ängstigte, gefiel ihm so gut, dass er nicht widerstehen konnte, ihr zu glauben. Gretel sah zu, wie er versuchte, Wahrheit von Dichtung zu unterscheiden. Plötzlich weiteten sich seine Augen (was etwa bedeutete, dass sie nicht mehr weit davon entfernt waren, vorübergehend eine über die gewohnt verkniffenen Schlitze hinausgehende Form anzunehmen). Offensichtlich hatte sich eine Idee in seinem Kopf herausgebildet, wo sie immerhin reichlich Platz hatte, um ungehindert herumzuvagabundieren.

»Du!«, rief er mit gekrümmtem Finger Hans herbei.

Hans folgte und wischte sich mit einem beunruhigend grauen Taschentuch die Stirn. Gretel wusste sofort, was der Mann im Schilde führte. War man auf einfache Wahrheiten aus, so musste man einer einfachen Person einfache Fragen stellen. Oder, wenn greifbar, einem Einfaltspinsel.

»Puh! Beschwerliche Arbeit, all diese Schlepperei«, bemerkte Hans. »Wie kann ich Euch helfen, Herr Feldobergendarm?«

»Wie ich sehe, weiß deine Schwester dich zu beschäftigen. Sag mir, wohin führt der Weg?«

»Keine Ahnung«, erwiderte Hans. »Gretel weiß es auch nicht, um die Wahrheit zu sagen. Ahnungslos, wir beide. Ha, ha. Nicht gut für eine Ermittlerin, aber so ist es nun einmal. Man kann eben nicht immer gewinnen, was, Schwester mein?«

»Du weißt wirklich nicht, wo es hingeht?«

Hans schüttelte nachdrücklich den Kopf.

»Dann sag mir, wen werdet ihr treffen?«

»Ha! Es wäre alles viel einfacher, würden wir die Antwort auf diese Frage kennen. Verflixt knifflig sind sie, Eure Fragen, Herr Feldobergendarm. Bestimmt bringt man Euch all diesen Kram in irgendeiner Akademie bei.«

»Du weißt also nicht, wohin ihr geht oder wen ihr treffen werdet? Was hofft ihr dann in diesem tiefen, dunklen Wald zu erreichen?«

Gretel hielt die Luft an. Die Erwähnung des Unerwähnbaren könnte gerade gereicht haben, um Hans' Beherrschung weit genug zu erschüttern, dass er alle möglichen Dinge brabbeln und plappern würde, die Strudel ihrer Ansicht nach besser nicht hören sollte.

»Tja«, sagte Hans und wurde unter dem rosigen Teint, den er Anstrengung und Hitze verdankte, um gerade einen Ton blasser, »Gretel hofft, irgendeine Art von irgendwas von irgendeiner Art von irgendwem zu erfahren, das irgendwie irgendwohin führt, damit wir Frau Arnold irgendeine Art Antwort liefern können, für die wir bezahlt werden. Ich gehe einfach hin, wohin ich geschickt werde, und tue, was mir gesagt wird. Das ist das Los eines Bruders, Herr Feldobergendarm.«

Er war überzeugend, denn schließlich war das, was er sagte, wahrhaftig wahr.

Strudel bedachte die Geschwister mit einem fröhlichen Hohngrinsen, machte auf dem Absatz kehrt und stolzierte von dannen.

Gretel tätschelte den Arm ihres Bruders.

»Hilf mir auf meinen Platz, Hans. Und dann zu einem Imbiss, denke ich.«

»Imbiss!«, wiederholte er.

6

Gretel konnte Postkutschenfahrten wenig abgewinnen, aber dies war zur Abwechslung eine Gelegenheit, zu der die Reise enervierend flott vonstattenging. Allzu schnell waren sie an der Stelle an der Straße angelangt, von der aus sie mühelos den Waldrand erreichen konnten, und man reichte ihnen ihr Gepäck. Es war früh am Nachmittag, und die Hitze des Tages verlieh der Luft um sie herum einen gallertartigen Charakter, so schlimm, dass sie kaum mehr atembar schien. Und so standen die Geschwister mit feuchten Achselhöhlen und klammen Rücken am kiesigen Straßenrand und sahen der Kutsche nach, bis auch der letzte Rest der Staubwolke sich aufgelöst hatte.

»Tja«, sagte Hans, »da wären wir.«

»Da wären wir«, stimmte Gretel zu, und sie drehten sich zum Wald um. Der Waldrand setzte sich aus diversen, nicht zu dicht stehenden Laubbäumen in bezaubernden Schattierungen von Grün zusammen. »Er sieht recht nett aus, Hans. Ziemlich licht und grün und angefüllt mit lieblichen Blüten und angenehmen Düften, sollte man annehmen.«

Hans' Schweigen verriet ihr, dass sie womöglich zu dick aufgetragen hatte.

»Nun komm!«, sagte sie und ergriff den kleinen Kosmetikkoffer, in dem sie ihre geliebte Perücke verstaut hatte. »Lass uns an die Arbeit gehen!« Mit diesen Worten schritt sie aus, folgte dem trockenen, schmalen Pfad, der aus dem gleißend hellen Sonnenschein heraus und hinein in den getüpfelten Schatten der Bäume führte. Hans folgte ihr in kurzem Abstand, und sein voluminöses Gepäck klimperte und klapperte bei jeder Bewegung.

Das Waldesinnere erfreute auf Anhieb mit einer willkommenen Atempause vor dem Sonnenschein. Dennoch gab es mehr als genug Licht, das in gebrochenen Linien auf den Lehmboden fiel, über den sich winzige weiße Blümlein verteilten, die sich um die glänzenden Blätter von Bärlauch und kurze, drahtige Gräser schlängelten. Gefiederte Waldbewohner brachten ihnen auf ihrem Weg ein Ständchen dar, kleine Vögel von der harmlosen, hübschen Art flatterten zwischen den Stämmen von Eichen und Buchen bald hierhin, bald dorthin. Und Gretel behielt recht mit der Erwartung köstlicher Aromen von Kräutern und Pflanzen um sie herum. Es gab sogar Schmetterlinge zu sehen, und Gretel konnte sich selbst in der grantigsten Stimmung dem Reiz der Lepidoptera nicht entziehen.

»Siehst du, Hans? Es ist eigentlich gar nicht so schlimm. Im Handumdrehen werden wir uns an diesen Ort gewöhnt haben! Wir werden der Karte folgen und mit jedem Schritt munterer und sicherer werden, und rechtzeitig zum Abendessen werden wir das Häuschen der Frau Bergdorf erreichen. Alles, was wir zu tun haben, ist, uns strikt an dies hier zu halten«, erklärte sie und streifte sich den Riemen der Tasche über den Arm, um die Karte hervorzuholen und auseinanderzufalten. »Es ist alles recht deutlich zu erkennen. Wir folgen diesem Pfad, der hier markiert ist …« Für einen Moment hielt sie ihm das zerfledderte Papier unter die Nase. »… etwa bis zum Spätnachmittag. Dann sollten wir einen kleinen Bach erreichen, was der ideale Ort sein dürfte, um einen kleinen Imbiss einzunehmen.«

»So?«, sagte Hans mit einer Stimme, die kleinlaut klang, aber zugleich weniger ängstlich als er erwartet hatte.

»Und von da an ist es nur noch ein kurzes Stück einen sanften Hang hinauf durch einen etwas felsigeren Bereich des Waldes bis zu unserer ersten Übernachtungsstation.«

»Ei, das alles hört sich durchaus verkraftbar an«, stimmte Hans zu. »An diese Leibesübungen könnte ich mich gewöhnen, vielleicht sogar eine neue Gepflogenheit daraus machen«, verkündete er, ehe sie in kameradschaftlicher Stille weitergingen, abgesehen von dem leisen Knarzen von Hans' Lederhose.

Zwei Stunden später, nachdem sie in dem weiterhin malerischen, duftenden, liebreizenden Wald prächtig vorangekommen waren, studierte Gretel erneut die Karte und signalisierte Hans, er möge stehen bleiben.

»Wir dürften den Bach bald erreicht haben«, informierte sie ihn. »Zeit für unser Picknick.«

»Was?« Er drehte sich zu ihr um und bildete mit der Hand einen Trichter um sein Ohr.

»Picknick!«, brüllte sie unwillkürlich.

Hans schüttelte den Kopf. »Hat keinen Zweck!«, donnerte er zurück. »Bei diesem Gedröhn kann ich dich nicht hören!«

Gretel hatte gehofft, das beunruhigende Rumpeln, das sie nun schon seit einigen Hundert Schritten vernahm, wäre nur in ihrem Kopf. Doch leider war dem nicht so. Sie ging weiter und folgte einer Wegbiegung, nur um sich plötzlich mit den Zehenspitzen am Rand eines wilden, schnell fließenden Sturzbachs voller Steine wiederzufinden. Er war nicht breit, aber zu breit, um hinüberzuspringen. Durch die Geschwindigkeit hatte sich das Wasser tief in den Waldboden gegraben, der nun eine steilwandige Rinne aufwies, durch die das Wildwasser rauschte. Der größte Teil des Grollens entstammte dem Wasserfall ein kleines Stück flussaufwärts, über den eine Unmenge torfigen Wassers in die Tiefe donnerte, um gleich darauf an ihnen vorbeizuwirbeln.

Hans blieb neben ihr stehen. »Ah!«, formte er tonlos mit den Lippen.

Ah allerdings. Gretel scheuchte ihn mit wild wedelnden Händen zurück, und sie bahnten sich einen Weg am Ufer entlang zu einem grasbewachsenen Hügelchen, an dem der Lärm nicht mehr gar so schlimm und Kommunikation immerhin möglich war.

»Wie um alles in der Welt kommen wir da rüber?«, fragte Hans. Überflüssigerweise, soweit es Gretel betraf.

»Hast du nichts in deinem Bündel, das uns helfen könnte?«

»Ich werde nachsehen, aber …« Er schüttelte den Kopf und sog die Luft zwischen den Zähnen hindurch, wie um die Hoffnungslosigkeit des Unterfangens zu betonen. Dennoch nahm er den Rucksack ab und wühlte tief in seinem Inneren herum. »Nein, das wird nichts helfen … nein … nein. Oh, ein nettes Stück Weißwurst, an dem wir uns stärken könnten!« Er hielt kurz inne, um Gretel die Wurst zu geben, ehe er weiterkramte. »Oh, vielleicht … aber nein.« Er zog eine Bettrolle und das Segeltuch hervor. Dann gab es da noch ein Seil, aber es war dünn und kurz und nur dazu gedacht, ein Vorzelt oder eine Hängematte zu halten, nicht dazu, große Bayern über schnell dahinfließende Gewässer zu ziehen. Geschlagen richtete Hans sich auf. »Nichts«, sagte er matt. »Aber ein kräftiger Stecken könnte doch helfen, oder?« Er zog ein Klappmesser aus der Tasche. »Wenn wir hinüberwaten …«

»Waten! Willst du etwa vorschlagen, dass ich in *das da* hineintrete?«

»Das ist ganz ungefährlich. Wir bilden eine Menschenkette, und ich gehe vor und erkunde den Weg mit meinem treuen Stecken.« Er hüpfte von dannen und fiel über einen untadeligen Haselnussstrauch her. »Genau das brauchen wir, nett und elastisch, siehst du?« Um seine Aussage zu unterstreichen, bog er einen der größeren, biegsameren Schösslinge des kleinen Baums zurück. Unglücklicherweise waren seine Hände verschwitzt, sodass der Ast seinem Griff entglitt, zurückschnellte und ihm blitzschnell ins Auge schlug. »Au!«, jaulte er, hüpfte umher und hielt sich das Gesicht.

»Hans, bleib stehen und hör auf, so ein Gewese zu machen!« Gretel legte ihm die Hand auf den Arm. »Lass mich mal sehen. Ich bin sicher, es wird nicht …«

Aber es war. All das und noch etwas mehr. Als Hans sein Auge freigab, drehte sich Gretel der Magen um. Schon jetzt sah sie nur eine blutige, geschwollene Masse vor sich.

»Die gute Nachricht lautet«, sagte sie ihm so ruhig, wie sie es eben fertigbrachte, »dass dein Auge noch da ist, wo es sein sollte. Der gemeine Wald hat es dir nicht genommen.«

»Fürwahr eine gute Nachricht!«, japste Hans. »Und die schlechte …?«

»Es könnte … eine Weile ein bisschen schmerzen. Aber sieh es mal so«, fügte sie hinzu und suchte nach aufmunternden Worten, denn sie konnten es sich nicht leisten, seinen Schwung zu verlieren. »Wenn es erst verheilt ist, wirst du eine verwegene Narbe zurückbehalten, und nichts spricht so sehr für Tapferkeit wie eine verwegene Narbe.«

»Da hast du wohl recht, Schwester mein.« Hans drückte mannhaft die Schultern durch. »Ich werde es ertragen!«

»Das ist der rechte Geist. Allerdings wäre es, wenn du bereit bist, dein Taschentuch zu opfern, eine gute Idee, es zu bedecken.« Sie war erleichtert, als er dem provisorischen Verband zustimmte, denn der Anblick war arg übelkeiterregend. »Na also«, versicherte sie ihm, »hübsch seeräuberisch!«

»Findest du?« Hans kippte den Kopf mal in die eine, mal in die andere Richtung und blinzelte mit seinem gesunden Auge. Angemessen ermutigt hackte er einen wohldimensionerten Stecken aus der Hasel. Anschließend zogen sich beide ihre Stiefel und Strümpfe aus und hängten sie um ihre Hälse. Als sich der Moment nicht länger hinauszögern ließ, nahm Hans Gretels Hand, und sie näherten sich gemeinsam dem Wasserlauf.

»Herrgottsakra!«, kreischte Gretel, als ihre Füße in das klirrend kalte Wasser eintauchten. »Hat denn niemand diesem Wildwasser erzählt, dass Sommer ist?«

»Schmelzwasser von der Zugspitze!«, keuchte Hans zur Erklärung.

Zoll um Zoll schoben sie sich voran. Jeder Schritt war schlüpfriger und gefährlicher als der vorangegangene. Die Steine, auf die sie traten, waren mit schleimigen

Algen bedeckt, und die Kraft des Wassers, das an ihren Füßen, ihren Waden und schließlich ihren Knien zerrte, brachte beide bedrohlich ins Wanken. Gretel spürte, wie schnell die Säume ihrer gerafften Röcke und Unterröcke nass und schwer wurden und sich ihrem Wunsch vorwärtszukommen widersetzten. Sie musste sich schwer anstrengen, um ihre Beine anzuheben und durch den Fluss zu bewegen.

»Geh weiter!«, schrie Hans und tastete mit seinem Stecken, der sich in der Tat als wahrer Segen erwies. »Es funktioniert. Wir haben es bald geschafft.«

Hochmut mochte vor dem Fall kommen; blinder Optimismus – oder, in Hans' Fall, halbblinder Optimismus – kommt recht häufig vor einem schmerzhaften und demütigenden Umkippen. Gerade als sie nur noch einen Schritt vom anderen Ufer entfernt waren. Gerade als Hans galant seiner Schwester den Vortritt einräumte und sie zur anderen Seite geleitete. Gerade als er sich ein verhaltenes, stolzes Lächeln gestattete und sogar Gretel sich zu einer gedämpften Gratulation bereitfand, wurden Hans die Füße unter dem Leib fortgerissen. Mit einem Aufschrei fiel er nach hinten und konnte sein eigenes, beträchtliches Gewicht unter dem Einfluss der nicht geringen Last des Rucksacks, der immer noch über seinen Schultern hing, nicht abfangen. Abwärts ging es, flach auf den Rücken und ins Wasser. Glücklicherweise war der Fluss nicht tief genug, dass er hätte ertrinken können. Unglücklicherweise *war* er tief und wasserreich genug, um jeden wichtigen Bestandteil ihrer Überlebensausrüstung für die Wildnis aufzuweichen und unbrauchbar zu machen. Die Decken. Die Bettrollen. Das Essen. Alles wurde so schnell nass und zweimal so schwer und halb so nützlich, wie Hans »Kruzitürken!« fluchen konnte.

Nach einer Menge Keuchen und Prusten und ungezählten gemurmelten Verwünschungen gelang es Gretel endlich, ihren Bruder aus dem Fluss zu ziehen. Einige Augenblicke lagen sie schnaufend am Ufer, ehe sie sich wieder in der Lage fühlten, ihren Weg fortzusetzen. Endlich schmeichelte und nörgelte Gretel überzeugend genug, dass Hans sich wieder auf die Beine stemmte. Der Tag verklang nun schnell. Bald würde es dämmern, und keiner von ihnen wollte im Dunkeln durch die Wälder streifen. Sie verzichteten auf ihr Picknick, um sich vor Anbruch der Nacht in Sicherheit zu bringen, und nagten stattdessen niedergeschlagen im Gehen an einem Stück nasser Wurst. Das Knarzen von Hans' Lederhose war einem Schmatzen gewichen.

Unterwegs fiel Gretel eine subtile Veränderung ihrer Umgebung auf. Die Bäume standen hier enger beisammen, das Unterholz war dichter, und das Blätterdach hielt mehr von dem ab, was vom Sonnenschein geblieben war. Derweil dampfte Hans in dem, was noch von der Hitze des Tages übrig war, sanft vor sich hin.

»Sag, Gretel, wie weit noch?«

Nach einem Blick auf die Karte versicherte sie: »Gar nicht mehr weit.«

»Gute Sache. Nasses Leder scheuert nämlich.«

»Nur eine vorübergehende Unannehmlichkeit. Bald werden wir uns in der Behaglichkeit des kleinen Gasthauses befinden, wo zweifellos schon jetzt ein Mahl vorbereitet wird, und dann kannst du in trockene Kleider schlüpfen.«

Gretel tat, was sie nur konnte, um alles im besten Licht darzustellen, dennoch konnte sie ein schleichendes Unbehagen vor sich selbst nicht leugnen. Sie sagte sich, es wäre weiter nichts als eine lange verschüttete Erinnerung, die nun an die Oberfläche drängte und gar nicht beachtet werden sollte. Trotzdem konnte sie einen Grund für ihr Unbehagen nicht ignorieren, und das war das starke Gefühl, dass sie beobachtet wurden. Oder womöglich verfolgt. Das Wort »belauert« brach über ihr Bewusstsein herein, und sie prügelte es sich aus dem Kopf. Gewiss gab es allerlei Waldkreaturen um sie herum. Natürlich mussten alle möglichen kleinen Tiere die fremden Eindringlinge in ihrer Mitte neugierig beäugen. Sie war zu groß und zu kühn und zu alt, um sich von ein paar Eichhörnchen ängstigen zu lassen. Mit zusammengekniffenen Augen musterte sie die Karte durch ihre Lorgnette.

»Wenn ich nicht sehr irre, sehen wir das Häuschen …«

»Jetzt!«, beendete Hans ihren Satz in einem Ton, der sie veranlasste, wie angewurzelt stehen zu bleiben, so wie er es auch getan hatte, und nachzusehen, was ihn dazu veranlasst haben mochte, in solch einem kleinen Wörtchen so viel zum Ausdruck zu bringen.

Tatsächlich war das Häuschen ganz einfach zu sehen, nur war nichts einfach an ihm. Es stand auf einer liebreizenden Lichtung in einem Garten voller Blumen, und ein schmaler Pflasterweg schlängelte sich von einem herzigen Holztor in einem weißen Lattenzaun zu dem Gebäude. Der Wald war beiseitegetreten, als hätte ihn etwas aufgehalten, um diesen schönen Ort menschlicher Behausung zu öffnen. Doch war dieses Häuschen kein gewöhnliches Häuschen. Es hatte Fenster, wo Fenster sein sollten, und einen Schornstein, wo ein Schornstein sein sollte, und eine Vordertür auf der Vorderseite. Aber …

Gretel und Hans standen da und starrten es an. Gretel wusste, dass sie den Atem angehalten hatte, und sie war sicher, dass es ihrem Bruder nicht anders erging. Keiner von ihnen sagte ein Wort. Keiner von ihnen rührte sich. Soweit es Gretel betraf, so war sie sich gerade der einzigen Zeit in ihrem Leben überaus bewusst, in der sie ein beinahe überwältigendes Bedürfnis zu rennen verspürt hatte. Aber dieses Bedürfnis wurde von dem schließmuskellösenden Schrecken annulliert, der nun von ihr Besitz ergriff. Am Ende konnte sie weiter nichts tun als wie erstarrt dastehen und das anstarren, was vor ihnen lag, denn ihre Unterkunft war nicht mehr und nicht weniger als das detailgetreueste, kunstvollste, bunteste, aufwendigste und prächtigste Musterexemplar von einem Pfefferkuchenhaus, das man sich nur vorstellen konnte.

7

Hans erholte sich ausreichend für eine Kehrtwende und einen Fluchtversuch. Gretel packte ihn am Kragen.

»Wo, denkst du, dass du hingehst?«, fragte sie.

»Weg von hier. Weg von dem da!«, entgegnete er flüsternd.

»Das ist nur ein Haus.«

»Du weißt genau, was das ist!«, widersprach Hans und wand sich unter ihrem Griff.

»Du übertreibst. Es ist ein traditioneller Baustil und nicht wirklich aus … Pfefferkuchen.«

»Woher willst du das wissen?«

»Sieh es dir genauer an. Na los, sieh hin.«

Er zwang sich, mit seinem einen verfügbaren Auge zu dem Häuschen zu spähen.

»Na ja«, räumte er ein. »Es sieht schon aus wie ein echtes Haus. Das nur aussieht wie … Essen.«

»Wie gesagt, eine Tradition, die zu der althergebrachten hiesigen Architektur gehört. Nur du und ich können da irgendetwas anderes hineininterpretieren.«

»Gleichwohl glaube ich nicht, dass du eher als ich geneigt bist, die Nacht hier zu verbringen.«

»Ich will die Nacht ganz gewiss nicht hier draußen verbringen. Denk doch mal an unsere Lage: Du bist nass geworden, ebenso wie unsere Schlafsachen und unsere Nahrung. Es ist beinahe dunkel. Wir haben hier eine Unterkunft gebucht. Ich habe eine sehr nett formulierte

Buchungsbestätigung von der Eignerin, Frau Burgdorf, erhalten, die so gescheit und gastfreundlich klingt, wie der Tag lang ist. Ich bin nicht bereit, mich von Gespenstern vertreiben zu lassen und Behaglichkeit und ein gutes Mahl gegen Mangel und Entbehrung einzutauschen.«

»Ei, wenn du es so sagst …« Hans hatte sich so weit beruhigt, dass Gretel riskierte, ihn loszulassen.

»Es ist Tradition, Hans, weiter nichts.«

»Na gut. Aber ich mache dich darauf aufmerksam, dass ich, sollte irgendetwas aus diesem Haus kommen, das auch nur entfernt einer traditionellen Hexe ähnelt …«

In diesem Moment wurde die leuchtend rote Tür mit den dekorativen Elementen, die so enorm an aufgespritzten Zuckerguss gemahnten, langsam geöffnet, und eine Gestalt trat heraus.

Hans keuchte auf.

Gretel auch.

Dort vor ihnen stand eine Frau von augenfälliger Eleganz und Schönheit. Sie war groß und schlank und hatte sich das goldene Haar auf eine Weise auf dem Kopf festgesteckt, die zwanglos und spielerisch erschien, im Ergebnis jedoch wahrlich raffiniert war. Ihr Kleid bestach mit fließenden Linien schimmernden Satins. Nicht gerade Haute Couture; eher etwas, das man zu einer Soiree im eigenen Hause tragen würde. Mit dem ersten Blick erfasste Gretel die wagemutig hohen Absätze ebenso wie die geschmackvollen Smaragdohrringe nebst dem zugehörigen Ring und den schmalen, geflochtenen goldenen Armreif mit der passenden Brosche. Sie kam nicht umhin, eine jede Frau, die sich so stilsicher mit Accessoires zu rüsten verstand, von Herzen zu bewundern. Dieses Wunderwesen wahrer Anmut blinzelte kurz in die niedrig stehende Sonne und schirmte ihre Augen mit der Hand ab.

»Hallo? Ach, meine Schätzchen, seid ihr es? Seid ihr endlich eingetroffen? Willkommen! Willkommen!«, rief sie mit einer Stimme, die keine Spur von Schrulligkeit aufwies, dafür aber ein unüberhörbares erotisches Gurren. Während sie sprach, erhob sie ein langstieliges Cocktailglas, wie um einen Toast auf ihre Ankunft auszubringen.

»Jemine!«, entfuhr es Hans, der sich nun eines gänzlich anderen Flüstertons bediente als noch Augenblicke zuvor. »Jemine!«, wiederholte er ohne besonderen Grund.

Gretel versetzte ihm einen Stoß nach vorn, und schritt dann selbst den Pfad hinauf, um ihrer Gastgeberin die Hand zu schütteln. »Wir freuen uns sehr, den Weg zu deiner Pforte gefunden zu haben, Frau Burgdorf«, versicherte sie.

»Ach, um Himmels willen, Liebes, nenn mich Zelda, *bitte*. Jeder tut das. Und außerdem suche ich immer, wenn ich ›Frau Burgdorf‹ höre, unwillkürlich nach meiner Schwiegermutter! Ha, ha!« Sie ignorierte Gretels ausgestreckte Hand und beugte sich zu ihr, um ihr einen geräuschvollen Kuss auf jede Wange zu pflanzen. »Du bist dran!«, quietschte sie Hans an, der sich ebenso willkommen heißen ließ. »Meine Güte, du bist aber ein kräftiger Bursche! Und was hast du nur mit deinem armen Auge angestellt? Kommt herein, dann kümmere ich mich darum. Aber zuerst, wer möchte einen Cocktail?« Sie hakte sich bei Hans unter und tänzelte mit ihm über die Schwelle. Gretel folgte den beiden.

War das Äußere des Hauses eine Hommage an die bayrische Kultur, zeigte sich das Innere gänzlich anders. Es war offen und weiträumig, angefüllt mit Chaiselongues, Polsterbänken, Fellteppichen, seidenen Überwürfen und mehr Kissen, als Gretel zählen konnte. Obwohl sie es versuchte. Alles in allem vermittelte die Einrichtung ein Gefühl der Muße und des Luxus. Sie war unkonventionell, aber edel und irgendwie gar nicht überkandidelt. Plötzlich spürte Gretel, dass sie über alle Grenzen hinaus ermattet war. Ob es an dem Marsch an diesem heißen Tag lag, an dem Nahrungsmangel oder am Anblick all dieses verführerischen Komforts, wusste sie nicht zu sagen; sie wusste nur, dass sie sich auf der Stelle hinlegen musste, wollte sie nicht einfach umfallen.

»Vergib mir … Zelda, aber ich muss mich einen Moment setzen.«

»Oh, aber gewiss! Ihr müsst beide erschöpft sein. Es ist so ein langer Weg bis zur Postkutschenstation. Also, Fräulein Gretel, setz dich einfach hierher …« Sie führte sie zu einem grünen Samtsofa, auf das Gretel sich beglückt herabsinken ließ. »Perfekt. Tritt dir die Schuhe von den Füßen, Liebes, entspann dich. Du bist jetzt in Zeldas Heim, und ich wünsche mir nichts mehr, als meine Gäste glücklich und entspannt zu sehen.« Dann geleitete sie Hans zu einem hohen Hocker, der aussah, als gehöre er in eine Bar. »Du nimmst hier Platz und mixt uns allen ein paar nette Getränke. Hier.« Sie schob ihm eine Armladung voller Flaschen mit juwelenfarbenen Flüssigkeiten, einen Schüttelbecher und einen Eiskübel vor die Nase. »Ich glaube, du bist ein Mann, der sich ein wenig mit Getränken auskennt, habe ich recht?« Als Hans beglückt nickend vor sich hin murmelte, klatschte sie entzückt in die Hände. »Wunderbar! Ich werde Wasser und einen Verband für dein armes Auge besorgen, und dann werden wir unsere Cocktails schlürfen, und wenn ihr euch erholt habt, zeige ich euch eure Zimmer, damit ihr euch zum Abendessen umziehen könnt.«

Damit rauschte sie aus dem Zimmer.

»Jemine!«, sagte Hans wieder einmal und starrte die geschlossene Tür an, durch die sie verschwunden war, als könnte er hindurchblicken und sie noch etwas länger betrachten. »Nicht die Spur von Hexenhaftigkeit, was, Schwester mein?«

»Vielleicht nicht, Hans«, stimmte ihm Gretel zu und zog sich die nassen Stiefel von den nassen Füßen. »Aber gib acht: Charme vermag einen Mann schneller zu Fall zu bringen als ein scharfes Messer.«

Und Zelda Burgdorf hörte den ganzen Abend nicht auf, ihren Charme zu versprühen. Auf höchst unwiderstehliche Art noch dazu. Auch Gretel erlag ihm rasch. Nach dem Genuss von Hans' selbst erfundenen grellbunten Cocktails wurden sie beide in ihre kleinen, aber behaglichen Räume gebracht, wo sie die nassen Kleider ablegen, sich waschen und in die verbliebenen frischen und trockenen Kleidungsstücke schlüpfen konnten. Die meisten Sachen hatten ein Bad im Fluss hinter sich und hingen nun zum Trocken am Küchenherd. Ihre Gastgeberin stattete sie freundlicherweise mit eigentümlich fließenden Roben und Hausmänteln aus, was Hans auf dem Weg zum Esstisch zu der Äußerung nötigte, sie ähnelten nichts so sehr wie einer Gruppe von Künstlern und Dichtern. Nun folgte ein delikates Mahl, bestehend aus einer mit Rahm und Mandeln gefüllten Forelle an Minzkartoffeln und grünen Bohnen, gefolgt von sirupgetränktem Biskuit. Und während sie aßen, unterhielt sie Zelda unentwegt mit Geschichten aus ihrer glanzvollen Vergangenheit.

»Du hast an so vielen faszinierenden und weit entfernten Orten gelebt«, stellte Hans fest und tupfte sich Kognak vom Kinn. »Was hat dich hierher verschlagen?«

»Ach, ein Mädchen kann die Stadt schon leid werden«, verriet ihm Zelda. Was bedeutete, dass sie ihm rein gar nichts verriet.

Gretel kämpfte gegen die Wirkung von Speis und Trank und behaglicher Umgebung an. Sie musste herausfinden, ob die Frau irgendetwas über den Zauberer wusste, natürlich ohne allzu viel preiszugeben über ihre eigenen Gründe, sich in den Wald zu wagen. Nach denen Zelda sich überhaupt nicht erkundigt hatte. Was entweder hieß, dass sie extrem diskret und wohlerzogen war oder irgendetwas anderes. Außerdem konnte Gretel, so sehr sie die Gesellschaft ihrer Gastgeberin und die Entspannung für Geist und Körper zu schätzen wusste, das quälende Gefühl nicht abschütteln, dass irgendetwas nicht stimmte. Und quälende Gefühle, die sich nicht abschütteln ließen, durften nicht ignoriert werden. Sie waren, das verriet ihr die Erfahrung, nicht grundlos so hartnäckig.

»Was ist mit Herrn Burgdorf? Ist er … nicht hier, dein Gemahl?«, fragte Gretel und formulierte ihre Frage bewusst vage.

Zelda zuckte mit den Schultern und trank einen weiteren Schluck von ihrem blaugrünen Cocktail. Obwohl sie zum Essen zwei Sorten Wein und zum Abschluss einen guten Kognak gereicht hatte, trank sie selbst nie etwas anderes als diesen Cocktail. »Nein, keiner meiner Gatten ist hier«, sagte sie.

»Wie viele hat es denn gegeben?«, wollte Hans wissen. Dank Zelda zierte nun ein frischer Verband sein Auge, aber der Bluterguss, den ihm der Haselzweig beschert hatte, breitete sich aus und überzog schon das halbe Gesicht mit einem blauschwarzen Farbton. Die andere Hälfte erglühte in dem gewohnten Rosarot, das sich stets nach dem Abendessen einzustellen pflegte.

»Vier. Die armen Schäfchen. Keinen konnte ich lange halten. Der erste ist in eine Bärenfalle getreten – oh, er war so ein feiner, attraktiver junger Mann! Der zweite ist während unserer Flitterwochen im Comer See ertrunken – er war kein guter Schwimmer, müsst ihr wissen. Der dritte«, sie brach ab, um noch etwas mehr zu trinken, »der dritte war schon älter. Eine wunderbare Seele, so einfühlsam und klug, das habe ich an ihm geliebt. Und ein Liebhaber der schönen Künste. Wir sind an so viele Orte gereist, um uns die Meisterstücke anzusehen.«

»Was ist aus ihm geworden?«, fragte Hans.

»Er hat sich der Malerei zugewendet, wollte seinen Helden nacheifern. Dann, eines Tages, hat er sein Terpentinglas mit dem Wasserglas verwechselt und …« Sie zog ein bekümmertes Gesicht und schüttelte den Kopf. »Es ist so traurig. Seine Gemälde waren am Ende recht gut. Mein armer Liebling.«

»Und Nummer vier?«, erkundigte sich Gretel.

»Ach, meine wahre Liebe! Mein vierter Ehemann war Diamantenhändler. Ach, was hatten wir für eine wunderbare Zeit! Amsterdam, London, der Orient …«

»Und er lebt auch nicht mehr?«, wagte Hans sich vor.

»Leider nicht. Ist in einen Minenschacht gefallen. Er war so tief, sie konnten nicht einmal seinen Leichnam bergen. Und dabei hat ihm die Mine erst seit wenigen Wochen gehört. Wie auch immer«, sagte sie, und ihre Züge lichteten sich ein wenig, »sie haben zwei sehr große Diamanten dort unten entdeckt, als sie versucht haben, ihn rauszuholen. Gewiss hat mein armes Lämmchen versucht, einen davon für mich zu holen. Seht ihr?« Sie reckte eine zarte Hand vor, und da sah Gretel, dass sie den Smaragdring gegen einen Solitär-Ring mit einem großen Diamanten ausgetauscht hatte.

»Ein ausgezeichnetes Erinnerungsstück!«, bemerkte Gretel.

Zelda seufzte. »Ja, ich nehme an, das ist er. Aber ein Erinnerungsstück hält ein Mädchen bei Nacht nicht warm.«

Zu ihrer Linken vertiefte sich Hans' Gesichtsfarbe, und er hüstelte ein wenig.

»Sag mir«, drang Gretel weiter in ihre Gastgeberin, »hattest du je einen Gast namens Ernst Arnold?«

»Ich glaube nicht. Andererseits nennen mir meine Gäste nicht immer ihren richtigen Namen. Ich bin sehr stolz darauf, ein diskretes Haus zu führen, Fräulein. Die Angelegenheiten meiner Gäste sind nicht die meinen.«

»Eine laudable Geisteshaltung. Doch ich frage mich, ob dir unter deiner Kundschaft je ein Zauberer aufgefallen ist?«

Zeldas Miene war unergründlich. Sie nippte an ihrem Trunk und strich mit einem langen Finger über den Rand des Glases. »Zauberer? Nein. Nein, ich glaube nicht.«

Gretel nickte und ließ den Kognak in seinem Schwenker kreisen. Möglich, dass die Frau die Wahrheit sagte.

Was jedoch diese Möglichkeit unterlief, war der Umstand, dass sie nicht das geringste Interesse an diesem Thema zeigte. Es schien ein ganz gewöhnlicher Bestandteil der menschlichen Natur zu sein, dass man, wurde man nach einem speziellen Mann mit einem speziellen Namen und einem sehr speziellen Beruf gefragt, mehr zu erfahren wünschte. Warum fragte Zelda nicht ein einziges Mal, aus welchem Grund Gretel nach dem Mann suchte oder glaubte, dass er in Zeldas Haus genächtigt hatte? Ein so eklatanter Mangel an Interesse erschien Gretel verdächtig.

»Du lebst, verglichen mit deinen jungen Jahren, heute recht einsiedlerisch, wenn ich das so sagen darf, Frau Zelda. Findest du das Leben in den Wäldern nicht ein wenig zu ruhig?«, erkundigte sich Gretel.

»Ach, Liebes, ich habe genug von all der Herumtreiberei!«, gab Zelda entschieden zurück und tauchte eine neue Olive in ihren Cocktail. »Nein, heute ziehe ich das einfache Leben vor, obgleich, wie ich zu sagen pflege …«, hier unterbrach sie sich kurz, um Hans mit einem prüfenden Blick zu mustern, »… dann und wann sehnt ein Mädchen sich schon nach männlicher Gesellschaft.«

Hans leerte sein Glas.

Gretel verdrehte die Augen. Das fehlte ihr gerade noch, dass sich ihr Bruder auf eine Art romantisches Techtelmechtel mit einer lustigen Witwe einließ. Sie stemmte sich auf die Beine und packte Hans am Arm.

»Wir müssen früh raus. Danke für das gute Mahl und den angenehmen Abend. Wir müssen nun gute Nacht sagen.«

Sie dirigierte Hans in sein Zimmer, ehe sie sich in ihres

zurückzog. Es war klein und hüttig, hatte eine niedrige Decke, aber ein Mobiliar, das wie das im Erdgeschoss vornehm, luxuriös und ein kleines bisschen dekadent war. Das Bett sah mit seiner gesteppten, mit Satin eingefassten, samtenen Tagesdecke und den Federkissen ganz besonders einladend aus. Immer noch in geborgten Kleidern warf sich Gretel bäuchlings hinein, mediziniert von Cocktails und Kognak, ohne sich auch nur die Mühe zu machen, die Kerze auf dem Nachttisch zu löschen. Bald darauf schlief sie tief und fest.

Diese segensreiche Ruhe hielt jedoch nicht mehr als eine Stunde vor. Dann weckte sie ein verstörender Traum, in dem sie erneut in dem Pfefferkuchenhaus ihrer Kindheit gefangen war. Verschwitzt und außer Atem kam sie zu sich, kämpfte sich heraus aus dem Albtraum. Für einen Moment, als sie die Augen aufschlug, sah sie nicht mehr das kleine, aber luxuriöse Schlafzimmer, das sie vor Kurzem betreten hatte, sondern einen beengten, kahlen Raum voller Staub und Spinnweben um sich herum. Der Anblick war flüchtig, aber zutiefst verstörend. Gretel jedoch betrachtete ihn als Überbleibsel ihres Traums, fegte ihn beiseite und stand auf, um die Fensterläden zu öffnen. Die Nacht war feucht und hatte ihr in Hinblick auf frische Luft nicht viel zu bieten. Sie setzte sich an die Frisierkommode und zog sich den Kosmetikkoffer heran, den sie so hingebungsvoll über viele Meilen getragen hatte. Bei dem Gedanken an das, was in ihm schlummerte, ergriff ein kleiner Schauder der Erregung Besitz von ihr. Einem Impuls folgend öffnete sie den Koffer und nahm ihre wundervolle Perücke heraus. Sie fühlte sich unter ihren Fingern weich und luxuriös und teuer an.

Gretel ergriff eine Bürste und reparierte alle zerdrückten Stellen, die der Transport in dem beengten Behältnis hinterlassen hatte. Dann setzte sie sich das gute Stück mit großer Sorgfalt auf den Kopf, schob die eigenen Locken darunter und steckte sie mit etlichen Haarnadeln fest. Sodann kontrollierte sie das Ergebnis im Spiegel. Um besser sehen zu können, schlang sie sich die Kette ihrer Lorgnette über den Kopf – bemüht, sich nicht in der Perücke oder ihrem schmückenden Beiwerk zu verfangen – und hob das Opernglas an ihre Augen.

»Vortrefflich!«, sagte sie zu sich. »Einfach vortrefflich!«

Doch während sie die Perücke betrachtete, sah sie gerade für den Bruchteil einer Sekunde etwas, bei dessen Anblick ihr Herz einen Schlag aussetzte. Ihr schien, dass der Raum hinter ihr sich erneut in die Version verwandelt hatte, die sie in ihrem Albtraum erlebt hatte. Sie peitschte herum, doch alles war genauso, wie es sein sollte, samten und allerliebst. Die Kerze war weit heruntergebrannt und spendete nur noch ein schwaches, unzuverlässiges Licht. Gretel rieb sich die Augen, schalt sich im Stillen dafür, dass sie ihrer eigenen überfütterten und überreizten Fantasie zum Opfer gefallen war, und beschloss, eine Erfrischung würde ihr helfen, sich besser zu fühlen und hoffentlich wieder einzuschlafen. Das geborgte Unterkleid klebte unangenehm an ihrem Körper, und ihre Kehle war scheußlich trocken. Sie brauchte Wasser und ihr eigenes Nachthemd, das inzwischen getrocknet sein sollte.

Mit der Kerze und der Perücke immer noch auf dem Kopf verließ sie, um das Haus nicht zu wecken, auf Zehenspitzen den Raum und stieg die schmale Treppe zur

Küche hinab, in der sie die nassen Kleider zum Trocken aufgehängt hatten. Dort war es noch unordentlich und voller Geschirr und Essensreste, aber davon abgesehen sah der Raum genauso aus, wie man es erwarten sollte: schlichte Holzmöbel, eine Anrichte mit allerlei Töpfen und Gläsern und Flaschen mit Eingemachtem und Essiggurken, Kräuterbündel und Zwiebeln, die an den Balken hingen, und ein großer schwarzer Herd mit einem beachtlichen Ofen, in dem zweifellos das Abendmahl zubereitet worden war. Ihre Kleider fand Gretel auf dem hölzernen Trockengestell. Das Nachthemd war vollends trocken, also zog sie sich um und achtete sorgsam darauf, die Perücke nicht herunterzuschütteln, als sie es sich über den Kopf zog. Sie fand auch ihren kurzen grünen Wollumhang, und auch der schien frei von Flusswasser zu sein. Rasch warf sie ihn über die Schultern, um die Hände frei zu behalten, und schlüpfte in ihre angenehm warmen Stiefel. Schon fühlte sie sich etwas besser. Sie schöpfte noch eine Tasse Wasser aus einem Kübel unter dem Fenster und kehrte in ihr Zimmer zurück.

Als sie die Treppe hinaufstieg, spürte sie plötzlich, wie sich in ihrem Inneren Verdrießlichkeit breitmachte. Was nur ein einfacher Spaziergang über einige Meilen hätte sein sollen, hatte sie ramponiert und zerschlagen zurückgelassen, ganz besonders Hans, und Ausrüstung und Vorräte ruiniert. Sie hatten beide mehr getrunken, als gut für sie war, was bedeutete, dass sie am nächsten Tag Kopfschmerzen würden mitschleppen müssen, ein Umstand, dem durch Schlafmangel kaum abzuhelfen wäre, und zu allem Überfluss hatte sich Frau Burgdorf in Hinblick auf den Zauberer als wenig mitteilsam erwiesen. Schlimmer, sie hatte sich absolut verschlossen gezeigt. Warum, fragte sich Gretel.

Zurück in ihrem Zimmer faltete sie ein weiteres Mal ihre Karte auseinander und musterte sie blinzelnd im Kerzenschein. Morgen würde ihre Wanderung erst richtig beginnen. Ohne weitere Informationen über Herrn Arnolds Verbleib hatten sie keine andere Wahl, als sich auf die Karte zu verlassen und darauf zu vertrauen, dass diese sie zu ihm führen würde. Mit einem verärgerten Seufzer faltete sie das Ding zusammen und stopfte es in die Tasche ihres Umhangs. Sie wollte gerade wieder ins Bett fallen, als ein seltsames Geräusch ihre Aufmerksamkeit erregte. Sie spitzte die Ohren. Da war es wieder, etwas zwischen einem Kichern und einem Heulen, das aus einem der anderen Schlafzimmer kam. Gretel ging hinaus, und auf dem Treppenabsatz hörte sie das Geräusch ein drittes Mal und identifizierte seinen Ursprung als Hans' Zimmer. Vielleicht musste auch er einen Albtraum erdulden. Doch noch während dieser Gedanke in ihrem Geist Gestalt annahm, war Gretel plötzlich überzeugt, dass sich der in Purpur und Scharlachrot gehaltene Teppich unter ihren Füßen einfach verflüchtigte und an seiner Stelle die kahlen, abgenutzten und splittrigen Bodenbretter zum Vorschein kamen. Sie blinzelte heftig und umklammerte das Geländer am oberen Ende der Treppe, um nicht den Halt zu verlieren. Doch ihre Hand landete nicht auf einem Nussbaumhandlauf, sondern auf einem geborstenen Stück ungehobelten Kiefernholzes, das infolge der fleißigen Arbeit des ihm innewohnenden Holzwurms bereits im Zerfall begriffen war. Das flackernde Licht ihrer Kerze warf zerklüftete Schatten auf die Umrisse halb wahrgenommener Dinge, die ihr vor die Augen sprangen und wieder verschwanden. Allmählich fing es in ihrem Magen ahnungsvoll zu brodeln an.

Sie dachte daran, nach Hans zu rufen, aber etwas hielt sie zurück. Stattdessen schlich sie zu seiner Tür und drückte sie gerade weit genug auf, um hineinzuschauen. Was sie sah, jagte ihr einen Heidenschreck ein. Ihr Bruder saß aufrecht mit schwarzer Augenklappe, einem geborgten roten Pyjama aus chinesischer Seide und einem debilen Grinsen im Bett. Zelda, in einem mit Federn besetzten Chiffonunterkleid, das kaum lang genug war, ihre Scham zu bedecken, tanzte verführerisch durch den Raum. Solch ein Anblick war von Natur aus verstörend, bedachte man, dass sie gerade des erotischen Treibens ihres Bruders gewahr wurde, aber das war nicht das Schlimmste. Ihre Wahrnehmung registrierte noch immer alles in zwei Versionen. Alles, was sie sah, wechselte vom einen zum anderen, als würde das ganze Haus unter einer Art Bann stehen. Und dieser Bann schien langsam seine Wirkung einzubüßen, sodass die düsterere, erschreckendere Realität, die zu verschleiern er geschaffen war, immer häufiger und länger zutage trat. Während sie hinsah, verwandelte sich Zelda selbst, und aus der glamourösen, anziehenden Frau eines gewissen Alters wurde ein greisenhaftes, zahnloses, hakennasiges, warziges altes Weib. Ihr geschmeidiger, schlanker Körper offenbarte seine wahre knochige, gebeugte, altersfleckige Erscheinung. Unzweifelhaft sah Hans nur die hübsche Version, denn selbst halb trunken wäre er schreiend vor Entsetzen geflüchtet, hätte er die Natur dessen erkannt, was nun zu ihm aufs Bett kroch.

Gretel riss die Tür weit auf und donnerte: »Hans! Hans, steh auf! Du wirst getäuscht!«

»Was ist? Verflixt, Gretel, ein bisschen Respekt gegenüber der Privatsphäre eines Mannes ...«, keuchte er und zog sich verschämt die Decke bis zum Kinn.

»Sie ist nicht, was sie zu sein scheint!«, beharrte Gretel.

Zelda die Schreckliche zischte wütend in Gretels Richtung, ehe sie sich wieder Hans zuwandte und ihn in ihrer Tarnung als Zelda die Aufreizende affektiert anlächelte.

»Deine arme Schwester ist nur eifersüchtig, Hansi. Sie ist eine einsame Frau. Lass dir von ihr nicht den Spaß verderben«, gurrte sie und kraulte Hans unterm Kinn, als wäre er eine überdimensionierte Miezekatze.

Und Hans schnurrte beinahe. »Ja, geh weg, Gretel, bitte!«, bettelte er und wedelte mit einer Hand.

Gretel wusste, sie musste ihn dazu bringen, die wahre Frau Burgdorf zu sehen. Sie suchte in ihrem Gedächtnis nach allem, was sie über Hexen in Erinnerung behalten hatte, aber es war alles so tief begraben. Das war schlicht kein Thema, über das sie gern nachdachte. Sie zwang sich, alles wieder wachzurufen, was sie infolge ihres Kindheitstraumas gelernt hatte. Hexen waren vor allem gefährlich, weil sie gewiefte Täuscherinnen waren, und Hans wurde derzeit getäuscht, wie ein Mensch nur getäuscht werden konnte. Hastig ging sie in Gedanken alle Hexenproben durch, die sie kannte, aber sie hatte keine Zeit, die Frau auf einen Tauchstuhl zu schnallen oder sie mit Hexenkeksen zu füttern, und ihre Aussichten, sie zu überzeugen, eine intime Durchsuchung über sich ergehen zu lassen, schienen äußerst gering zu sein.

»Hans, ich versichere dir, das ist eine Täuschung, ein Bann, ein Zauber. Sie ist nicht, was sie zu sein scheint!«

»Geh zurück in dein Zimmer, Schwester mein. Du leidest offenbar immer noch unter den Auswirkungen dieser wahrlich wunderbaren Cocktails.«

In diesem Moment brachte etwas die Luft um Gretels Kopf herum in Unruhe. Kaum spürte sie die Bewegung, da drehte sie sich um, gerade rechtzeitig, um etwas zur Tür hereinfliegen zu sehen. Das Etwas fegte an ihrer Perücke vorbei in den Raum, machte kehrt und hielt im Sturzflug auf ihr Gesicht zu, wo es gerade lange genug verweilte, dass Gretel sehen konnte, dass es sich um eine kleine, schnelle und sichtlich erregte Fledermaus handelte.

Auch Zelda sah das Tier und kreischte wütend, als die Fledermaus auf sie zuflog. Erst jetzt erinnerte sich Gretel, dass Hexen, obwohl sie sich alle Arten von Kreaturen als Vertraute zu halten pflegten, eine Fledermaus nicht anrühren würden. Und Frau Burgdorf brachte dem Tier unverkennbar eine bittere Antipathie entgegen, denn sie schlug immer wieder nach ihm, während es durch den Raum sauste und rauschte. Nicht nur, dass die Fledermaus die Frau veranlasste, ihre Verführungsbemühungen gegenüber Hans zu unterbrechen, sie schien überdies deren Fähigkeit zu stören, den Illusionszauber aufrechtzuerhalten, den sie über sich und ihrem Heim platziert hatte. Was bedeutete, dass nun auch Hans sehen konnte, was sie war.

Gretel hatte ihren Bruder über die Jahre viele seltsame Geräusche von sich geben hören. Manche waren trunkene Vorhaltungen gewesen. Andere Freudenschreie (gewöhnlich hervorgerufen durch den Anblick von Essen). Wieder andere waren erstickte Rufe inmitten irgendeiner vermeintlichen Gefahrenlage gewesen. Doch wie dem auch sein mochte, nie, *nie* zuvor hatte sie von ihm etwas vernommen, das dem entsetzten Gebrüll, das nun aus seiner Kehle kam, auch nur entfernt geähnelt hätte. Und noch während er schrie, sprang er wie von einer Schleuder geschossen vom Bett auf. Zelda war mit der Fledermaus beschäftigt, die großen Wert darauf zu legen schien, sich mit der Hexe anzulegen. Für einen Moment ließ sie ab, um zu Gretel zu fliegen, sodass die ihr direkt in die leuchtenden kleinen Augen sehen konnte, doch schon im nächsten Moment machte sie kehrt, um erneut die Hexe zu attackieren. Plötzlich begriff Gretel, dass dies nicht irgendeine alte Fledermaus war: Es war Jynx, des Zauberers Fledermaus. Ihr blieb jedoch keine Zeit, darüber nachzudenken, denn Hans drängte sie zur Tür hinaus.

»Lauf, Gretel! Um Himmels willen, steh da nicht einfach rum! Siehst du denn nicht, was sie ist? Was *das* ist?«

Allerdings sah sie, denn nun, da ihr Schwindel offenbar geworden war, ließ die Hexe den durch ihren Illusionszauber geschaffenen Anschein fallen, und alles und jedes zeigte sich in seiner wahren Gestalt. Das Haus war nicht länger eine einladende, schwelgerische, unkonventionelle Zuflucht; es war eine übelriechende, feuchte und schmutzige Hexenhöhle. Während Gretel und Hans die Treppe hinunterjagten, konnten sie hören, wie die Hexe ihnen fluchte und die Verfolgung aufnahm. Die Treppe schwankte und bebte, als wolle sie die Geschwister zu Fall bringen. Die Küche, die so warm und gepflegt ausgesehen hatte, solange sie verzaubert gewesen war, war nun ein stinkender Ort voller verfaulter Lebensmittel, auf denen es vor Maden und Würmern nur so wimmelte. Hans schrie erneut, und Gretel hätte wohl mit eingestimmt, hätte sie genug Atem gehabt, um gleichzeitig zu brüllen und zu rennen, was, wie sie erkannte, nie der Fall zu sein schien. Als sie zur Hintertür stürmten, besaß sie die Geistesgegenwart, Hans' Rucksack von dem Trockengestell neben dem Ofen zu reißen und ihm hinterherzuwerfen.

»Nimm das«, gellte sie, »und stopf alles rein, was irgendwie nützlich ist! Schnell!« Schon konnte sie die Schritte der Hexe über den Treppenabsatz donnern hören. Obwohl sie durch die gefürchtete kleine Fledermaus ein wenig aufgehalten wurde, würde sie schon bald über sie herfallen. Gretel konnte sich nicht vorstellen, was die Frau mit ihnen im Sinn hatte, aber es war gewiss nicht ihre Absicht, abzuwarten und es herauszufinden. Sie scheuchte Hans zur Tür.

»Warte!«, kreischte er. »Mir fehlen noch die …«

»Keine Zeit. Weiter!«

Sie riss die Tür auf. Draußen schirmte das dichte Laub den Mondschein ab. Kaum ein Stern war zu erkennen. Stattdessen versank alles in stygischer Schwärze. Verschreckt von dieser scheußlichen Finsternis zauderte Gretel. Noch immer umklammerte sie ihren Kerzenstummel, doch bei dieser Dunkelheit glich seine Flamme einem kläglichen Glühwürmchen. Später würde sie in Betracht ziehen, dass es dieses Zaudern war, was sie beinahe alles gekostet hätte.

»Mein Hut!«, brüllte Hans und schoss zurück in den

Raum, um ihn zu holen, den Rucksack immer noch über eine Schulter geschlungen.

In dieser Sekunde erreichte Zelda das untere Ende der Treppe und schickte hastig einen Zauber aus, um die Tür zuzuknallen und Stühle hochzuschleudern und zu einer Barrikade aufzustapeln.

Gretel erkannte, dass sie in der Falle saßen. Sie und Hans – der seinen Rucksack und den geliebten Hut an sich drückte – wichen so weit sie konnten dorthin zurück, wo sich Sekunden zuvor noch ihr Fluchtweg befunden hatte. Und Zelda kam mit blitzenden Augen, die klauenartigen Hände ausgestreckt, langsam, aber sicher durch den Raum auf sie zu.

8

Jetzt hab ich euch!«, kreischte Zelda.

»Aber warum willst du uns überhaupt?«, fragte Gretel und hüpfte davon in der Hoffnung, mit Gerede die Zeit schinden zu können, die sie brauchte, um einen Fluchtweg zu ersinnen.

»Vor allem mich?«, fiepte Hans. »Was willst du von mir? Ich meine, ernsthaft, ich bin für niemanden von Nutzen. Ich verstehe, dass du scharf auf Gretel bist, ein Geist wie der ihre kann recht praktisch sein, aber ich …?«

Gretel tat einen Schritt zur Seite und trat ihm kräftig auf die Zehen. Da sie ihre Stiefel trug, er hingegen barfuß war, resultierte selbiges in einem »Umpf« gefolgt von Schweigen.

»Welch eine Gelegenheit!«, rief Zelda. »Ich konnte mein Glück kaum fassen, als ich deinen Brief erhalten habe. All diese vielen Jahre habe ich überlegt, wie ich euch herlocken könnte, und dann schreibst du mir und fragst mich, ob ich Räume für eine Nacht zur Verfügung stellen kann. Ha!«

»All diese Jahre?«, hakte Gretel nach.

Hans fand seine Stimme wieder, auch wenn die nun noch etwas schriller und ein gutes Stück zittriger klang als bei der letzten Benutzung. »Du willst doch nicht sagen … Du kannst doch nicht meinen … Du kannst doch unmöglich …? Kannst du? Bist du? Sag mir, du bist es nicht!«

»Natürlich nicht. Mach dich doch nicht lächerlich!«

»Aber sie könnte es doch sein!« Schon der Gedanke reichte, dass er unwillkürlich zurückwich, bis ihm die aufgestapelten Stühle den Weg versperrten. »Ich meine, wir haben Du-weißt-schon-was nie wirklich sterben sehen, nicht wahr? Sie könnte überlebt haben. Sie könnte.«

»Das hat sie natürlich nicht!«, brüllte nun Zelda gereizt. »Du schubst eine Hexe in den Ofen und knallst die Tür zu. Ganz egal, wie gut sie zaubert, sie wird knusprig und tot enden. Meine arme liebe Schwester hatte nicht die kleinste Chance.«

»Deine Schwester!«, riefen Gretel und Hans im Chor.

»Ganz recht. Das ist die, die ihr beide so grausam und kaltblütig ermordet habt.«

Gretel schraubte sich in die Höhe. »Wir haben in Notwehr gehandelt, nicht mehr und nicht weniger.«

»Sagt ihr!«

»Wir waren Kinder!«, betonte sie.

»Kinder können grausame und tückische Wesen sein. Jeder weiß das.«

»Ganz im Gegensatz zu den lieblichen, arglosen, ehrlichen Hexen, nehme ich an«, konterte Gretel.

»Nicht alle Hexen sind böse«, erwiderte Zelda.

»Richtig, aber deine Schwester war es. Sie hat uns gefangen gehalten, uns schrecklich schlecht behandelt, und sie hatte vor, Hans zu verspeisen, wenn sie ihn erst ein bisschen gemästet hätte.«

In diesem Moment richteten sich alle Augen für einen Moment starren Blicks auf Hans' gewaltige Ausmaße. Es war schwer, sich vorzustellen, dass es eine Zeit gegeben hatte, in der ihn jemand hatte mästen wollen.

»Dafür habe ich nicht mehr als euer Wort!«, kreischte Zelda, die angefangen hatte, auf eine fahrige Art herumzustreifen, und Gretel fiel auf, dass die Würmer und Spinnen und Schnecken und nun auch Ratten, mit denen sie anscheinend ihr Heim teilte, begannen, sich wie eine kleine, ekelhafte Armee hinter ihr zu scharen. »Jahrelange habe ich zusehen müssen, wie ihr zwei die Helden gespielt habt. Geld von König Julian, Geschichten in der Gazette, ein kostenloses Haus und so, und ständig hieß es nur, wie schlau ihr gewesen wäret und wie schrecklich meine Schwester.«

»Ich bin überzeugt, sie hatte auch ihre guten Seiten«, wagte sich Hans vor.

»Halt die Goschen, Hans!«, zischte Gretel ihn über ihre Schulter hinweg an. »Und fang an, diese Barrikade abzubauen, während ich sie ablenke. Los!« Sie wartete, bis sie sicher war, dass Hans vorsichtig ein Möbelstück nach dem anderen entfernte, ehe sie mit ihrer winzigen Kerze vortrat, sodass Hans' Aktivitäten hinter ihr im Dunkeln blieben. Sie hatte sich überlegt, dass sie es mit einer Person zu tun hatten, die nicht ganz bei Verstand und definitiv in Trauer war und zudem einen Groll ob all der Aufmerksamkeit hegte, die sie und Hans als Kinder erfahren hatten. Eine Aufmerksamkeit, die sie zweifellos gern selbst beansprucht hätte.

»Ich verstehe, dass dich das geärgert haben muss«, sagte Gretel und trat noch einen oder zwei Schritte auf die bockige Hexe zu. Es kostete sie den letzten Nerv, das zu tun, während ihr Geist, ihr Körper und ihre Seele ihr zubrüllten – und zwar auf ziemlich überzeugende Weise –, sie solle in die andere Richtung davonrennen.

»Ich nehme an, niemand hat einen Gedanken für eine trauernde Schwester erübrigt.«

»Allerdings nicht. Meine einzige lebende Verwandte, aber hat das jemanden interessiert? Nein! Wurde ich für meinen Verlust entschädigt? Nein! Ausgestoßen wurde ich, gemieden als die Schwester einer vermeintlichen Mörderin, und gezwungen, fortzuziehen.«

»Daher die Weltenbummelei?«

»Oh, diese Idioten, die ich heiraten musste, um all diese Reisen zu bestreiten, obwohl ich doch nichts anderes wollte, als nach Hause zurückzukehren.«

Gretel war verwirrt. »Aber dies ist nicht dasselbe Haus und nicht derselbe Ort ...?«

»Natürlich nicht. Nie hätte man mir gestattet, dorthin zurückzukehren und ein neues Haus zu bauen. Als ich Gemahl Nummer vier endlich los war ...«

»... ah, ja, die füglich tiefe Diamantmine.«

»Der Narr hätte eben nicht so vertrauensvoll sein sollen.« Mit einer rüden Geste setzte sich Zelda über Herrn Burgdorf hinweg. »Bis dahin war ausreichend Zeit vergangen, und ich hatte ein auskömmliches Vermögen gescheffelt, um mich hier niederzulassen.«

»Und Gäste zu beherbergen?«, fragte Gretel verblüfft.

»Ich habe auf den rechten Moment gewartet«, erklärte Zelda mit einem Lächeln, das erheblich beängstigender war als ihr böses Gesicht.

»Um uns zu schnappen«, sagte Gretel. »Eine interessante Tarnung – die einsame, sinnliche Hauswirtin.«

»Der Zauber war ermüdend, ebenso wie die Kundschaft.«

»Zu der auch Ernst Arnold gehörte, nicht wahr?«

»Mag sein«, sagte die Hexe, der es unverkennbar widerstrebte, Gretel in irgendeiner noch so geringfügigen Weise behilflich zu sein, obwohl es doch schien, als sei diese Postkutsche eh längst abgefahren.

»Nun, wäre sie in seiner Karte nicht eingezeichnet gewesen, dann hätte ich deine hübsche kleine Falle nie gefunden. Er muss also hier gewesen sein, warum sonst hätte er diesen Ort so deutlich kennzeichnen sollen?«

Das Lächeln der Hexe wurde breiter und versorgte ihre Gäste mit dem Anblick von derart ruinierten schwarzen Zähnen, dass Gretel folgerte, die Frau müsse ihr ganzes Leben lang an Kandiszucker und Pfefferkuchen genagt haben. »Er hatte, wie es scheint, einen schärferen Verstand als du, denn er hat seine Karte gut genug verschlüsselt, dass du sie nicht enträtseln konntest.«

Und auf einmal erkannte Gretel die Wahrheit. »Die Kennzeichnung der Hütte auf der Karte – das war keine Empfehlung, es war eine Warnung!« Im Stillen schalt sie sich für ihre eigene Dummheit. Eine Dummheit, die sie in solch eine schreckliche Gefahr geführt hatte.

»Ich hätte ahnen können«, krähte Zelda nun, »dass deine Stümperei euch irgendwann herführen würde. Du und deine ach so schlaue Ermittlerei. Pah! Alles, was ich zu tun hatte, war, die Schlinge auszulegen und zu warten. Und warten konnte ich, ganz gleich wie lange es dauert.«

»Ich weiß nicht, ob ich erstaunt oder geschmeichelt sein soll, da du so viel auf dich genommen und deinen Groll so lange gepflegt hast. Ich glaube, ich bin beides.«

»Ich will Rache!«, kreischte Zelda, was die Ratten mit schrillem Fiepen quittierten und Hans mit einem vereinzelten Schluchzen.

Die Hexe hob beide Arme und fing an, tonlos einen Zauber zu murmeln. Gretel wusste, sie musste schnell handeln, doch ihre Möglichkeiten waren begrenzt. In diesem Moment kam Jynx in die Küche, flog auf Zelda zu und unterbrach sie bei ihrer Zauberei. Gretel zischte Hans zu »Mach diese Tür frei!« und wollte ihm gerade zu Hilfe kommen, als der Kerzenstummel in ihrer Hand zerfiel und heißes geschmolzenes Wachs über ihre Finger rann.

»Au!«, jaulte sie und ließ die brennenden Überreste der Kerze los. Sie fielen jedoch nicht direkt zu Boden, sondern in die Falten ihres Kleides, das über dem Trockengestell vor dem Ofen hing. Erschrocken sah sie zu, mit welcher Wildheit die Flamme auf den Stoff übergriff. Das ganze Kleidungsstück verbrannte in einer rauchenden Feuersbrunst, die augenblicklich auch die Kleider in der Nähe entzündete. Plötzlich schien der ganze Raum angefüllt mit Flammen. Und Schreien, unter denen ihre eigenen nicht die leisesten waren.

Sie machte kehrt und stieß Hans zur Tür. Gemeinsam donnerten sie, getrieben von ihrem unbändigen Entsetzen, durch die verbliebenen Möbelstücke, rammten die Tür auf und fielen hinaus in die Finsternis.

»Lauf, Hans! Komm schon, steh auf und lauf!«, schrie sie und zerrte ihn auf die Beine.

Hinter ihnen hüllte sich in widernatürlicher Geschwindigkeit das ganze Häuschen in Flammen, als wäre all die Magie, mit der es überzogen war, der am leichtesten entflammbare Stoff, den es je gegeben hatte. Pfefferkuchen und Zuckerguss mochten nicht real gewesen sein, dennoch lag in der Luft ein erstickender Geruch von verbranntem Zucker. Aus dem Inneren des Hauses hörten sie Zelda kreischen und fluchen. Etwas raste durch die einstürzende Tür hinter ihnen her. Für einen Moment fürchtete Gretel, es sei die Hexe auf ihrem Besen, doch es war nur des Zauberers Fledermaus, deren Fell ein wenig angesengt war. Sie flatterte unstet schlingernd umher und litt sichtlich unter den Auswirkungen von Hitze und Rauch. Schließlich landete sie auf Gretels Perücke und klammerte sich mit den winzigen Krallen an den Ketten der Silberglöckchen fest.

Irgendwelche Dinge explodierten im Häuschen. Gretel nahm Hans bei der Hand, und sie rannten gemeinsam in die Deckung des Waldes. Erst, als sie völlig außer Atem und nicht imstande waren, noch einen Schritt zu tun, sanken sie hinter einer umgestürzten Eiche zu Boden, kauerten sich tief herab und drehten sich um, um den letzten Augenblicken des Pfefferkuchenhauses beizuwohnen. Das Inferno zerriss die Schwärze der Nacht, jagte bunte Funken und Flammenzungen hoch in den tintendunklen Himmel. Es war ein Wunder, dass der Wald selbst kein Feuer fing. Sogar der Rauch war von einer ungewöhnlich bösen Natur, stank nach verbranntem Kandis und schwelendem Moder und hob sich fleckig grün und purpurn von der Feuersbrunst ab. Während sie zusahen, stürzte das Haus in sich zusammen.

»Gütiger Himmel!«, keuchte Hans. »Jetzt ist sie bestimmt erledigt.«

Gretel hätte ihm gern zugestimmt, doch ihr war gerade erst ein dunkleres Rauchgebilde in einer recht eigentümlichen Form aufgefallen, das nur Sekunden vor dem Zusammenbruch des Hauses durch den Schornstein entfleucht war. Es mochte weiter nichts sein als eine Folge der in Flammen aufgegangenen Bestandteile der Küche. Vermutlich, überlegte sie, war es tatsächlich nur das und nicht wert, Hans gegenüber erwähnt zu werden.

Ausgehend davon, dass es wohl das Beste wäre, nicht allzu weit zu gehen, ehe sie wieder ganz bei Sinnen waren und die Karte eingehend studiert hatten, stapften sie in, wie sie hofften, gerader Linie von dannen, bis sie das Feuer nicht mehr riechen und das Knistern der Flammen nicht mehr hören konnten. Bald fanden sie einen hohlen Baum, kletterten hinein und verbrachten den Rest der Nacht in unbeständigem, mit Träumen gespicktem Schlaf.

Ein schmerzhaft verrenkter Hals gepaart mit dem grellen Licht einer sommerlichen Morgendämmerung weckte Gretel, und sie kämpfte sich aus dem Baum heraus und setzte sich auf einen moosbewachsenen Felsbrocken. Hans folgte ihr mit leidvollem Schnauben und lehnte sich an den Stamm ihres provisorischen Boudoirs.

»Jemine!« Hans rieb sich die Augen. »Die Vögel in dieser Gegend machen einen ganz schönen Lärm. Bisschen früh für so eine Munterkeit, hätte ich angenommen.«

»Sie haben den Vorteil, dass ihre Köpfe nicht von den Nachwirkungen von Cocktails geplagt werden«, klärte Gretel ihn auf.

»Ei, dann könnten sie doch wenigstens ein bisschen Rücksicht auf den Rest von uns nehmen«, entgegnete er und ächzte, als sich eine stimmgewaltige Amsel neben ihm niederließ und anhub, den neuen Tag willkommen zu heißen.

Gretel zeigte auf den durchhängenden, um nicht zu sagen zerdrückten Rucksack, der immer noch am Rücken ihres Bruders hing. »Was hast du eingesteckt?«, fragte sie. »Lass uns mal sehen.«

Er schüttelte das Ding auf und tauchte tief hinein, um gleich darauf nacheinander seine Schätze herauszuholen.

»Ein Kartenspiel … Zigarren … oh, gut, mein Feuerzeug«, sagte er und hörte auf, in dem Rucksack zu wühlen, um es auszuprobieren, zuckte aber dann heftig zusammen, weil ihn die Flamme daran erinnerte, wie knapp sie in der vergangenen Nacht davongekommen waren. Dann widmete er sich wieder seiner Habe. »Etwas Schwarzbrot … ein Beutel Sahnebonbons, bin ich froh, dass ich die eingesteckt habe … noch ein Kartenspiel … und das hier«, verkündete er und hielt eine Drahtschlinge hoch.

»Was, genau, ist das?«

»Das Ding, das uns ein Frühstück fangen wird, Schwester mein: eine Fangschlinge.«

»Verstehe. Und wie oft hast du so eine Fangschlinge schon erfolgreich eingesetzt?«

»Nun ja, nie. Um genau zu sein, habe ich auch noch nie eine Fangschlinge *erfolglos* eingesetzt, was man als hundertprozentige Erfolgsrate werten könnte. Es kommt immer nur darauf an, wie du es betrachtest.«

»Ich betrachte es realistisch, Hans. Was bedeutet, dass zwischen uns und einer Ernährung aus Waldkräutern und Wasser nur dieses Schwarzbrot und die Bonbons stehen.«

»Sei nicht so defätistisch. Ich werde uns bald ein fettes junges Kaninchen gefangen haben.«

»Ach? Und wie viele dieser Tiere hast du gesehen, seit wir den Wald betreten haben?«

»Na ja, gar keins. Aber das ist doch ganz normal, nicht

wahr? Ich meine, es sind scheue Kreaturen, dazu geboren, sich verstohlen zu verhalten, listig und ganz allgemein raffiniert.«

»Was sie nicht davon abhalten wird, sich von deiner so fachmännisch aufgebauten Schlinge fernzuhalten?«

Hans schnaubte verärgert, wählte eine Zigarre aus seiner Kiste, lehnte sich zurück und schloss die Augen vor dem missbilligenden Blick seiner Schwester und der schwierigen Lage, in der sie sich befanden.

Gretel machte eine Bestandsaufnahme der Situation. Sie hatten sich im Wald verlaufen, waren beide gekleidet wie Deppen, hatten ihre kostbare Zeltausrüstung verloren und waren nach der Begegnung mit der Hexe reichlich durch den Wind. Sie beklagte den Verlust ihres entzückenden Leinenkleids, erinnerte sich dann jedoch, wie schnell es in Flammen aufgegangen war. Was für eine Farbe benutzten die nur bei diesen modernen Geweben, fragte sie sich und blickte an ihrem Nachthemd hinab, das mit Staub und Schmutz aus dem Häuschen und Schlamm und Pflanzenteilen von der Nacht unter freiem Himmel gesprenkelt war. Ihr armes Opernglas war ebenfalls dreckverkrustet, davon abgesehen aber unbeschädigt. Der kurze Umhang bot zumindest ein bisschen Schutz für ihre Sittsamkeit, und die Karte steckte noch immer sicher in der Tasche. Ihre Stiefel, so hässlich sie auch sein mochten, waren ein Gottesgeschenk. Mit einer Hand tastete sie ihre Perücke ab. Wie es schien, hatte sie die Feuerprobe unbeschadet überstanden und war samt Schleifen und Glöckchen und einer zusätzlichen Fledermaus immer noch in einem guten Zustand. Hans sah mit seinem chinesischen Seidenpyjama und dem bayrischen

Hut aus wie ein verirrter Akteur aus einer Amateuroperngruppe. Ihre Ausrüstung war jämmerlich. Sie hatte weder ihren Kamm noch ihren Puder. Wie es schien, war es schon arg weit mit ihnen gekommen. Trotzdem. Da war immer noch die Karte, Hans' Feuerzeug, mit dem sie ein Lagerfeuer entzünden konnten, und genug Nahrung für einen halben Tag.

Sie faltete die Karte auseinander, legte sie auf einen anderen, moosbewachsenen Stein und strich sie glatt, so gut sie konnte. Nachdem sie ihre Lorgnette abgewischt hatte, konnte sie die feineren Details dessen genauer untersuchen, was der Zauberer gezeichnet und geschrieben hatte. Das Waldgebiet war mit Zugängen klar zu erkennen. Der Weg war ebenfalls deutlich gekennzeichnet, ebenso wie seine Nebenwege und diverse Sackgassen. Außerdem gab es besorgniserregend vage Flecken, an denen Worte wie »dicht« oder »morastig« oder »knifflig« zu lesen waren, und in unregelmäßigen Abständen ein paar recht gute Zeichnungen von Wölfen und Bären. Wieder betrachtete sie das Hexenhaus. Es war als schlichte Waldhütte dargestellt, doch nun, da sie es genauer in Augenschein nahm, fiel ihr ein merkwürdiges Symbol an der Tür auf. Vermutlich hätte einer von der Zauberersorte es zu lesen verstanden. Als sie ihre Route mit dem Finger nachzog, stellte sie fest, dass sie gar nicht weit vom Wege abgekommen waren und schon in Kürze wieder zu ihm zurückgelangen konnten. Dann konnten sie ihre Reise in die markierte Richtung fortsetzen. Gretel nahm an, dass, mit ein bisschen Glück und Rückenwind, ein Marsch von etwa drei Tagen vor ihnen lag. Sie würden schlafen müssen, wo immer sie gerade umfielen, und hoffen, dass Cornelius Eisenfests Können als Spurensucher ihn befähigte, sie zu finden, ehe sie dem Hunger erlagen. Das Ziel hüllte sich auf der Karte in ein Geheimnis voller Schnörkel und sonderbarer Sinnbilder, deren Bedeutung sie nicht erfassen konnte. Dennoch war es für den Zauberer offenbar maßgeblich. Das war, davon war sie überzeugt, der Ort, an dem er sich während seiner geheimnisvollen Ausflüge aufgehalten hatte. Es war, davon war sie ebenso überzeugt, der Ort, an dem sie entweder den Mann selbst oder eine Antwort auf die Frage, was aus ihm geworden war, finden würden.

Steif stemmte sie sich auf die Beine.

»Komm mit!«, ordnete sie gestreng an. »Wir haben zu arbeiten, Hans. Und wenn wir je wieder etwas Anständiges essen und aus diesem Wald herauskommen wollen, sind es diese Karte und dieser Fall, die uns beides ermöglichen werden. Wir gehen weiter!«

9

Nach einem fünfzehnminütigen Kampf mit dem Unterholz fanden sie sich in der Tat auf dem Weg wieder, was Gretel Hoffnung verlieh, dass sie doch in der Lage wären, anhand von Ernsts Karte korrekt zu navigieren. Der Tag war heiß, sodass keiner von ihnen ernsthaft unter dem Kleidermangel litt, aber Hans musste die Risiken des Marsches ohne Schuhe erdulden. Sein Weg wurde akzentuiert von Geschrei und Gejaule, wann immer er in Disteln oder Nesseln trat. Doch bald hatte er seine schmerzhafte Lektion gelernt und suchte den Boden vor sich nach sicheren Stellen ab, auf die er seine Füße setzen konnte. Jynx, erschöpft von den Strapazen der letzten Nacht, hing kopfüber schlafend an Gretels Perücke. So wenig ihr der Anblick dieses Dings vor der fahlen Schönheit ihres Kopfputzes auch gefiel, konnte sie doch nicht bestreiten, dass es bei ihrer Flucht vor der Hexe von entscheidender Bedeutung gewesen war. Wie es schien, wollte auch die Fledermaus den Zauberer finden und hatte beschlossen, dass ihre größte Chance, wieder mit ihrem Meister vereint zu sein, darin lag, sich an Gretel zu halten – oder vielleicht auch an die Karte.

Unterwegs fiel Gretel auf, dass sich der Wald um sie herum veränderte. Die Bäume standen dichter, blockierten noch mehr vom Licht der Sommersonne. Den Baumbestand dominierten nun Kiefern, Fichten und Lärchen, während die Laubbäume immer seltener und kleiner wurden. Die blumenbewachsenen Hänge waren ganz verschwunden und mit ihnen der Geruch der Rosen und der kleinen, süß duftenden Blümchen. Stattdessen verfing sich langsam der beißende Odor der Kiefern in Gretels Kehle.

Sie aßen das Brot und den größten Teil der Bonbons während der ersten zwei Stunden. Irgendwann stolperte Hans über ein Dornengestrüpp und füllte seinen Hut mit saftigen Brombeeren, die sie weitere zwei Stunden bei Kräften hielten und ihrer beider Münder purpurn färbten. Sie tranken aus Bächen und Quellen, und wann immer sie auf eine Wasserstelle trafen, beklagte Hans den Mangel an Bier, und Gretel quälte sich mit dem dringender werdenden Bedarf an einem wie auch immer gearteten, provisorischen Wasserklosett. Schließlich wies sie Hans an, Wache zu halten, während sie sich hinter einen mit Efeu bewachsenen Baum kauerte.

»Vor wem bewache ich dich?«, fragte Hans.

»Nicht *wem*, sondern *was*.«

»Was?«

»Bären, vielleicht. Oder Wildschweine. Oder Wölfe«, klärte sie ihn auf.

Hans keuchte erschrocken. »So erwischen die einen, die Wölfe und was nicht alles? Während man so indisponiert ist? Das kommt mir aber nicht gerade fair vor.«

Gretel kam hinter dem Baum hervor und hoffte, dass die Blätter, die sie anstelle von Papier benutzt hatte, sich nicht als Giftsumach erweisen würden.

»Ich bezweifle, dass die wilden Tiere in den Gepflogenheiten der feinen Gesellschaft unterwiesen wurden, Hans. Hier können wir auf derlei Etikette nicht zählen.«

»Aber glaubst du wirklich, dass es hier Bären gibt? Ich meine, man hört Geschichten ... aber ... wenn da wirklich welche sind, wie sollen wir uns dann verteidigen?«

»Soweit ich weiß, gibt es in diesem Punkt zwei verschiedene Lehrmeinungen. Die eine besagt, dass Menschen keine natürliche Beute für Wölfe oder Bären sind und man nur genug Lärm und sich selbst ausreichend groß machen müsse, und schon werden sie in die andere Richtung davonlaufen. Die andere Weisheit lautet, man müsse sich der Schläue bedienen und sich leise bewegen, um hungrige Bestien so weder auf sich aufmerksam zu machen noch zu einem Angriff zu provozieren.«

Hans kaute die Information so langsam und sorgfältig durch wie einen Mundvoll grätenreichen Fischs. Endlich zuckte er mit den Schultern. »Ich glaube, wir beide sind besser in laut und groß als in unsichtbar und still. Das ist die Taktik, die wir wählen sollten.«

»Solange du mir versprichst, nicht zu singen!«

»Singen nicht. Aber pfeifen werde ich. Und ich werde mit dem hier schlagen«, beschied er ihr und riss einen langen Ast von einem dürren Baum gleich neben sich. »Das Geräusch, wie ich Nesseln und so was zurückschlage, wird jedem die Botschaft vermitteln, dass ich ein Mann der Tat bin, entschlossen, kraftstrotzend, niemand, mit dem man sich anlegen sollte.«

Gretel musterte ihren Bruder mit seiner schmutzigen roten Seide, der Augenklappe, dem mit Brombeersaft befleckten Gesicht und den bloßen Füßen. In ihren Augen sah er aus, als hätte sich bereits jemand gewaltig mit ihm angelegt. Sei's drum, wenn es ihm half, sich besser zu fühlen ...

»Schlag nur zu, Hans. Und lass uns noch zwei Stunden marschieren, ehe wir uns ein Nachtlager bereiten.« Während sie die Worte sprach, war sie sich nur zu bewusst, wie kärglich und unbequem dieses Lager aussehen würde. Sie hatten keine Betten und kein Bettzeug und auch nichts, woraus sich ein Zelt hätte errichten lassen. Sie hatten nichts, worin sie kochen konnten oder worauf und nicht einmal ein Arzneischlückchen Branntwein, das sie sich hätten teilen können.

»Schau«, jubilierte Hans begeistert, »wilder Knoblauch! Davon müssen wir etwas mitnehmen.« Er zerrte an den leuchtenden Blättern, bis eine schmutzig gelbe Knolle zum Vorschein kam, die zu säubern er sich kaum Mühe gab, ehe er herzhaft hineinbiss und vergnügt darauf herumkaute. »Mmmm. Wirklich erfrischend. Willst du auch?«

»Ich ziehe meinen gekocht vor. Lass uns etwas davon mitnehmen, dann kannst du ihn etwas verlockender zubereiten, wenn wir erst ein Feuer entzündet haben.«

Der Gedanke, dass es ihm obliegen würde, Feuer zu entzünden und Essen zu kochen, beflügelte Hans genauso, wie Gretel es beabsichtigt hatte, und so pfiff und schlug er und nagte dann und wann ein wenig an seinem Knoblauch, sodass allein sein Atem auf jeden Möchtegernräuber zutiefst abschreckend gewirkt hätte. Sie hatten eine gute Strecke hinter sich gebracht, bis er anfing darum zu betteln, dass sie ihr Lager aufschlugen. Gretel konnte ihm zureden, noch ein wenig weiterzugehen, um einen perfekten Ort zu finden – ebener Grund, ein bisschen Abstand zwischen den Bäumen, vorzugsweise nahe einem Bach. Sie ließ ihn glauben, sie hätte es eilig, die

Suche nach dem Zauberer voranzubringen, was durchaus der Fall war, aber ihm war nicht klar, dass sie auch erpicht darauf war, noch etwas mehr Abstand zwischen sich und was immer von Zelda übrig war zu bringen. Obwohl sie sich die ganze Zeit gesagt hatte, dass die Hexe tot sein musste, konnte sie das unbehagliche Gefühl nicht abschütteln, dass sie immer noch verfolgt und beobachtet wurden. Endlich ließ sich Hans nicht mehr weitertreiben, und so suchten sie sich einen Platz, der ihren Anforderungen weitgehend genügte, sammelten Zweige, Laub und herabgefallene Äste und schichteten ein Feuer auf.

In Anbetracht dessen, wie einfach es gewesen war, das Hexenhäuschen in Brand zu stecken, waren sie umso erschrockener, als es nun völlig unmöglich schien, ein einfaches Lagerfeuer zu entfachen. Gretel wünschte sich, sie hätte noch ein anderes Kleidungsstück, dass sie dem Ansinnen hätte opfern können, doch keiner von ihnen konnte es sich noch leisten, auf einen Teil der verbliebenen Kleidung zu verzichten. Hans beugte sich tief über die gewagte Konstruktion aus Holz und Reisig und blies genauso kräftig wie ein Blasebalg in die schwelende Glut, die sein Feuerzeug an der Basis des Dings hinterlassen hatte, doch nicht eine Flamme wollte hervorbrechen.

»Wirklich, Hans, ich dachte, du weißt, wie das geht.«

»Das Holz ist feucht. Der Wald ist zu dicht. Hier kann nichts anständig trocknen.« Er schnaufte und blies noch kräftiger.

»Wir müssen doch irgendetwas haben, womit wir das in Gang bekommen können. Was ist mit deinen Zigarren?«

»Meine besten Havannas? Niemals!«

»Also gut, wie wäre es dann mit einigen deiner Spielkarten?«

»Meine Karten?!«

»Warum nicht? Du hast zwei ganze Sätze. Ich glaube, die Wahrscheinlichkeit, dass wir vier Leute für eine Runde Canasta zusammenbekommen, ist eher klein, meinst du nicht auch?«

»Aber Gretel, meine Karten sind mein Handwerkszeug.«

»Sie sind brennbar. Willst du denn kein fröhliches Feuer, an dem du deine armen Füße ausruhen kannst? Das uns in der Dunkelheit Licht spendet? Auf dem du Knoblauch rösten kannst?«

Hans klappte den Mund zu weiterem Protest auf, doch ein anderes Geräusch brachte ihn zum Schweigen. Es war ein langes, tiefes, klagendes Heulen. Als es endete, trat eine gespannte Stille ein. Und dann fing es wieder an. Und als es das tat, gesellte sich ein zweites, unheimliches urzeitliches Heulen hinzu. Und dann ein drittes. Und ein viertes.

Wortlos und mit zitternden Händen riss Hans die Karten von dem Haufen seiner Habseligkeiten und hielt das Feuerzeug an eine nach der anderen, bis sie ordentlich brannten und die dünnen Zweige ganz oben auf dem Holzhaufen mit ihnen. Danach war er vollauf damit beschäftigt, das Feuer mit so viel Holz zu versorgen, wie sie nur finden konnten. Keiner von ihnen sprach das Wort »Wolf« aus, denn wer musste das noch hören, wenn doch die Kreaturen selbst ihnen ein Ständchen brachten? Als Hans endlich überzeugt war, dass das Feuer gleichmäßig entfacht war und die Wölfe sich nicht nähern würden, nahm er die verbliebenen Knoblauchknollen und vergrub sie unter der Glut, um sie zu garen. Gretel empfand es irgendwie als Rückschritt, Dinge in die Erde zu legen, nachdem sie sich erst vor ein paar Stunden die Mühe gemacht hatten, sie aus ihr herauszuholen, aber sie kam zu dem Schluss, dass dies vielleicht nicht der passende Moment für Kritik war. Irgendwann schlug Hans mit seiner Freiluftküche ein wenig über die Stränge und lehnte sich zu weit über das Feuer, was ihn eine Braue kostete. Die Entfernung dieses verlässlich ausdrucksstarken, struppigen Gesichtsschmucks an seiner Stirn verlieh ihm eine dauerhaft verdatterte Miene, die eigentlich ganz gut zu ihm passte. Er sah aus, als würde das Leben ihn konstant überraschen, was von der Realität nicht so weit entfernt war. Als er die gebackenen Knoblauchknollen unter jeder Menge Au und Weh und mit verbrannten Fingern aus dem Feuer geholt hatte, legte er eine auf ein Ampferblatt und überreichte sie mit großem Stolz seiner Schwester. Gretel war hungrig genug, dass sie den Knoblauch nun auch roh und schmutzig verspeist hätte, umso entzückter war sie, als sie feststellte, dass er recht delikat schmeckte. Warmes Essen in ihrem leeren Magen weckte ihr Wohlwollen, und neue Hoffnung rann durch ihre Adern.

»Hätte ein bisschen Salz vertragen können, Hans, aber davon abgesehen wirklich gut. Ich wusste, es gab einen Grund, dich mitzunehmen.«

Jynx wurde recht lebendig, als die Dämmerung hereinbrach, und jagte umher, um sich an den herumfliegenden Käfern zu laben.

»Donnerwetter!«, staunte Hans. »Wenn wir unser Abendessen doch auch so leicht fangen könnten!«

Sie rundeten ihr Mahl mit den letzten Bonbons ab. Da sie das Feuer so hoch wie nur möglich aufgeschichtet hatten, beschlossen sie, Rücken an Rücken sitzend zu schlummern. Auf diese Weise, so überlegten sie, konnte sich nichts zur Verstohlenheit Neigendes verstohlen an sie heranschleichen. Gretel fürchtete, sie würde in dieser Haltung allenfalls fünf Minuten Schlaf bekommen und erwähnte das auch Hans gegenüber, als sie sich an seinen breiten Rücken lehnte und die müden Augen schloss.

Nach der tiefen Dunkelheit zu schließen, mussten seit diesem Moment mehrere Stunden vergangen sein, als Gretel plötzlich aufschrak. Das Feuer brannte noch, hatte aber schon beinahe das ganze Holz verzehrt und bestand nun nur noch aus einem unbedeutenden Häuflein glühender Kohlen, die einen ebenso unbedeutenden Lichtschein verbreiteten. Gretel erkannte, dass sie nicht mehr aufrecht saß, sondern flach auf dem Rücken auf dem belaubten Boden lag. Sie drehte sich um, um sich auf den Ellbogen zu stützen und in die Finsternis zu blinzeln. Ein Augenblick reichte aus, die schreckliche Wahrheit zu offenbaren: Hans war verschwunden.

Eine ganz Minute lang stand Gretel neben dem verkümmernden Feuer und zischte »Hans!« in die Dunkelheit, doch Antwort erhielt sie nicht. Wahrlich albern war dieser Versuch, sich Gehör zu verschaffen, und zugleich alles zu tun, um nicht gehört zu werden. Und dennoch wiederholte sie den Namen in der Hoffnung, dass ihr Bruder auf ihn reagieren würde, *Unerwünschte Andere* – ganz besonders solche von der pelzigen Variante – jedoch nicht. Tatsächlich reagierte nichts und niemand. Sie überdachte ihre Möglichkeiten. Er mochte davongekrochen sein, um von dem Waldwasserklosett Gebrauch zu machen, sprich dem Schutz eines nicht weit entfernten Baumes. Aber dann hätte er ihr beharrliches Keifen gehört und geantwortet. Er mochte auf einen somnambulen Irrweg geraten sein, was auch bedeutete, dass er irgendwo weit entfernt in einen Sumpf oder ein Loch oder tiefen Schlaf gefallen sein mochte. Er könnte auch (sie wagte kaum, den Gedanken zu fassen) geholt worden sein. Von etwas. Oder jemand. Aber solch ein Unterfangen wäre gewiss mit einer Menge Widerstand und Lärm einhergegangen, was sie unmöglich hätte verschlafen können. Sie verwarf diese Möglichkeit und entschied stattdessen, dass er aufgewacht war, triefäugig und übernächtigt, und aus irgendeiner Hans eigenen Motivation das Lager verlassen hatte, nur um sich dann zu verlaufen. Aller Wahrscheinlichkeit nach hatte er sich dann erneut dem Schlaf ergeben, und sie würde ihn irgendwo reglos wie einen Holzklotz vorfinden, möglicherweise gleich neben einem Holzklotz.

Ihr blieb keine andere Wahl, als sich auf die Suche zu machen. Sie packte ihre wenige Habe inklusive ihrer Perücke zusammen und schulterte den Rucksack. Jynx flatterte neben ihr her, ein Stückchen Dunkelheit, das sich durch die Dunkelheit bewegte. Gretel entdeckte einen länglichen, dünnen Zweig und überredete eines seiner Enden, Feuer zu fangen. Diese rauchende Fackel musste ihr sowohl Licht als auch Schutz spenden. Sie fühlte sich allerdings nicht sehr nach einem von beidem an. Nichtsdestoweniger suchte sie den Boden nach Spuren ab, die ihr verraten konnten, in welche Richtung Hans verschwunden sein mochte, ausgehend von der Überlegung, dass ein Mann von solch robuster Gestalt gewiss eine Spur hinterlassen haben musste. Und tatsächlich gab es Hinweise. Zerdrückte Pflanzen. Abgebrochene Äste. Stellen, auf denen das Moos zertreten war. Ein Dutzend Schritte weiter fand sie sein Taschentuch. Nach Kräften bemüht, nicht darüber nachzudenken, was sich in der Finsternis jenseits des Lichtscheins ihrer Fackel verbergen mochte, ging sie weiter. Hier und da hörte sie Trippeln und Scharren. Eine Eule rief. Glücklicherweise heulte nichts, sodass sie sich erfolgreich einreden konnte, dass in der näheren Umgebung keine Wölfe waren. Dann und wann wagte sie es, nach ihrem Bruder zu rufen, um anschließend angestrengt auf eine Antwort zu lauschen. Langsam baute sich Ärger in ihr auf. Warum war er nicht verlässlich genug, sich einfach nur für eine Nacht nicht vom Fleck zu rühren? Oder sich nicht mit Hexen einzulassen? Nicht in Bäche zu fallen? Sich nicht beinahe das Auge auszuschlagen? Sie hatte ihn vor allem mitgenommen, damit er ihre Übernachtungsgerätschaften schleppte, und nun hatten sie keine mehr, und sie musste das übrig gebliebene Gepäck allein tragen. Die Dinge waren, so konnte man wohl sagen, nicht nach Plan verlaufen.

Der Pfad, dem sie folgte, wurde immer schmaler und kurvenreicher, und die Bäume zu beiden Seiten rückten immer näher an ihn heran, so nahe, dass sie sich fragte, wie Hans sie hatte passieren können. Sie entdeckte mehrere Seidenfasern, die sich an den Stämmen der Lärchen verfangen hatten, die nun den Weg säumten, was darauf hinwies, dass es beim Vorankommen ihres Bruders recht beengt zugegangen sein musste. Und dann hörte sie seltsame Geräusche, erst nur ganz leise, dann immer deutlicher. Im Stillen nahm sie sich fest vor, Hans bei der ersten sich bietenden Gelegenheit zu fragen, was es damit auf sich hatte, dass in seiner Gegenwart so häufig sonderbare Geräusche aufzutreten schienen. Vorsichtig schlich Gretel weiter in die Richtung, aus der sie nun eine Art von Musik zu hören glaubte. Da waren Glockenklänge, leises Trommeln und etwas, das sich anhörte wie eine Harfe. Das alles war recht melodisch und angenehm, was einiges dazu beitrug, ihre Besorgnis zu lindern. Als sie überzeugt war, den Ursprung der Klänge beinahe erreicht zu haben, kauerte sie sich auf die Knie und krabbelte auf einen kleinen Hügel hinauf, von dem aus sie hinab ins Tal blicken konnte.

Welch ein Anblick bot sich ihren Augen!

Am Ende eines sanften Hangs öffnete sich eine Lichtung, und dort schien eine Party von Miniaturleuten stattzufinden. Sie sah zwei große Feuer, um die diese winzigen Wesen herumsaßen oder -tanzten, während die Kapelle mit Begeisterung auf ihren entsprechend kleinen Instrumenten aufspielte. Lichtlein tüpfelten die tiefen Zweige von Bäumen und Sträuchern, und mit Hilfe ihrer Lorgnette erkannte Gretel, dass es sich um Glühwürmchen in Marmeladengläsern handelte. Die Atmosphäre war ausgelassen und lustig, und tatsächlich tanzten und tranken und schmausten diese kleinen Leute in ihren bunten Kleidern, als gäbe es keinen sichereren und lieblicheren Ort als den Wald. Und in ihrer Mitte, trampelnd und schwankend, tanzte Hans. Sollte er gegen seinen Willen mit Gewalt verschleppt und festgehalten worden sein, so ließ er sich davon jedenfalls gewiss nichts anmerken. Stattdessen schien er sich prächtig zu amüsieren. Als bekennender Nichttänzer tat er sein Bestes, um bei dem lebhaften Jig mitzuhalten, doch nur die Leichtfüßigkeit seiner Gastgeber schützte selbige vor schmerzhaften bleibenden Schäden.

Während sie hinschaute, blickte er auf und sah sie.

»Gretel!«, rief er fröhlich winkend und offenkundig erfreut, sie zu sehen. »Komm her zu uns! Schaut, ihr alle, das ist meine Schwester. Komm und beteilige dich an der Lustbarkeit!«

Gretel vermerkte in Gedanken, dass sie einmal ernsthaft mit ihrem Bruder über dessen Hang diskutieren musste, Leuten, die er gerade erst kennengelernt hatte, einfach so zu vertrauen. Nun jedoch stand sie erst einmal auf, schlug sich mit den Händen den Schmutz von Umhang und Nachthemd, so gut sie nur konnte, und kletterte hinab, um sich ins Getümmel zu stürzen. Sofort war sie von neugierigen kleinen Leuten umzingelt. Sie schossen herum, sprangen und huschten auf eine Weise umher, die hätte beunruhigend sein müssen, doch zugleich trugen sie alle ein breites Grinsen oder ein strahlendes Lächeln in den Gesichtern, was es unmöglich machte, sie zu fürchten, auch wenn ihre Zahl recht groß war.

»Hier!« Hans ergriff ihre Hand und zog sie zu dem Bereich, der an diesem Ort als Tanzfläche gelten musste. Gretel sah, dass eine Art Kräuterpackung hinter seine Augenklappe gestopft worden war. Sie roch recht stark, aber nicht unangenehm. »Das musst du versuchen, Schwester mein! Dieser Tanz ist lustiger als jeder, den du bisher getanzt hast, das verspreche ich dir!« Er hielt sie fest und wirbelte sie mit einer Energie und Begeisterung herum, die sie ihm nie zugetraut hätte, ganz besonders in Anbetracht des Mangels an Schlaf, Nahrung und Schuhen. Ihr fielen winzige Humpen aus Nussschalen auf, die überall herumstanden, und ein größerer, der aus einem Stück Rinde bestand und nur Hans gehören konnte.

»Wer sind deine neuen Zechkumpane, Hans? Wie kommt es, dass du mich zurückgelassen hast, um mit ihnen hierherzukommen? Haben sie dich bedroht?«

»Bedroht? Gute Güte, nein! Was für ein Gedanke!« Noch während er sprach, brach er in Gelächter aus, stellte aber dann fest, dass er dabei in Ermangelung von Atemluft nicht mehr tanzen konnte. Endlich hörte er auf, mit ihr über den festgetrampelten Waldboden zu wirbeln. »Nein, ich bin aufgestanden, um, ei, zu tun, was ein Mensch eben tun muss, wenn er den ganzen Tag Quellwasser getrunken hat … und auf dem Rückweg bin ich einer kleinen Truppe dieses wunderbaren Volks begegnet. Sie waren auf dem Weg zu der Party und haben mich eingeladen, mitzukommen. Abzulehnen kam mir flegelhaft vor.«

»Und dir ist nie in den Sinn gekommen, mich zu wecken?«

»Wollte dich nicht stören«, erklärte er unter neuerlichem Gewieher. »Ich dachte, ich könnte später zurückgehen, um dich zu holen und vorzustellen.« Mit einer langsamen, ausholenden Armbewegung erfasste er die ganze Gesellschaft. »Dies, Schwester mein, sind die Waldkobolde, und eine fröhlichere und zufriedenere Schar von Leuten kannst du dir gar nicht vorstellen.«

Gretel musterte ihn stirnrunzelnd. »Was trinkst du?«, fragte sie und war gezwungen, die Stimme zu erheben, um das Crescendo aus Musik, Jubel und Gelächter zu übertönen. »Es scheint ziemlich stark zu sein.«

»Wunderbares Zeug!«, stimmte Hans zu und griff nach seinem Trinkgefäß, um es ihr anzubieten. »So etwas ist mir noch nie begegnet, muss ich sagen. Hier, sei mein Gast!«

Gretel schnüffelte misstrauisch an dem Trunk. Wenn ihr der Sinn danach stand, konnte sie sogar ihren Bruder unter den Tisch trinken, aber der Schnaps bei dieser Party hatte etwas Fremdartiges an sich. Etwas, das nicht allein auf Alkohol beruhte, wie sie dachte.

»Danke, nein«, sagte sie. »Ich ziehe es vor, nur mit Leuten zu trinken, denen ich zuerst vorgestellt wurde.«

»Dann lass uns das sofort korrigieren!«, beharrte Hans und bewegte sich auf eine Weise, die andeutete, dass Konzentration derzeit nicht gerade seine starke Seite war, während er in der Menge nach jemandem Ausschau hielt. Gretel folgerte, dass Hans zwar mit den Füßen noch auf dem Waldboden sein mochte, mit dem Kopf allerdings schon in einem Wolkenkuckucksheim war.

10

Die Kobolde waren reduzierte Ausgaben eher gewöhnlicher Menschen. Im Grunde unterschieden sie sich nicht von, sagen wir, den Leuten aus Gesternstadt, abgesehen von ihrer Größe und ihrem etwas rustikaleren Aufzug. Die meisten trugen Kleidungsstücke, die aus den Gaben eben jenes Waldes gefertigt zu sein schienen, in dem sie lebten, alles in Blattgrün oder Erdbraun, gesponnen oder gewoben aus der sie umgebenden Flora. Hier und da akzentuierten schmückende Käferflügel oder winzige, polierte Steinchen ihre Montur, und Gretel kam nicht umhin, die geschickte Schneider- und Näharbeit zu bewundern, ohne die solch winzige, detaillierte und robuste Kleidung niemals hätte hergestellt werden können.

»Schau hier!«, sicherte sich Hans die Aufmerksamkeit eines erwachsenen Kobolds, einem Männchen mit einem adretten Bart und einem freundlichen Lächeln. »Sag meiner Schwester guten Tag!«

»Grüß Gott!«, rief der kleine Mann und streckte eine Hand aus, während die andere den Trinkkrug weiter fest umklammert hielt. Sein Handschlag war fest, doch während des Händeschüttelns fiel ihr sein unsteter Blick auf, der regelrecht flackerte, als er Augenkontakt zu ihr herstellte. Wieder fragte sie sich, was all diese Leute sich einverleibten.

»Ich freue mich, deine Bekanntschaft zu machen …« Sie wartete darauf, dass Hans sie ordnungsgemäß vorstellte. Als er das nicht tat, sah sie sich gezwungen, ihn zu ermuntern: »Hans? Ein Name?«

»Oh, er hat keinen«, erklärte Hans. »Keiner von denen heißt so oder so. Das ist eben die Art, wie das hier gehandhabt wird, freundlich, lässig, jeder ist hier gleich, was ich, muss ich sagen, recht erfrischend finde.«

Der Kobold nickte. »Wir sind alle Freunde hier. Ein formelles Herr Dies oder Frau Das brauchen wir nicht.«

»Aber«, fühlte Gretel sich zu fragen genötigt, »wie wisst ihr dann, von dem ihr sprecht?«

»Ach, das fördern wir nicht«, klärte der Kobold sie auf. »Nützt nix, über Leute zu sprechen, die nicht zugegen sind. Könnte fehlgedeutet werden. Könnte als Tratsch angesehen werden und verletzende Worte beinhalten. Nein, das wäre gar nicht gut. Nicht hier.«

Hans strahlte. »Ich mag diese kleinen Kerle so gern!«

Tratsch war eines von Gretels Lieblingshassobjekten, und trotzdem fand sie das Konzept, mit dem der Kobold aufwartete, mehr als nur ein bisschen problematisch. »Niemand könnte mehr zustimmen als ich, soweit es bösartiges Geflüster betrifft, glaub mir, und doch, wie könnt ihr eine spezielle Person identifizieren, wenn es nötig ist? Wenn ihr beispielsweise eine bestimmte Person sucht oder die Dienste einer anderen erbitten wollt? In beiden Fällen mag es notwendig sein, diese Person bei Dritten zur Sprache zu bringen.«

»Das ist leicht. Wir benutzen einfach etwas, das für diese Person charakteristisch ist, vielleicht seinen Beruf oder eine herausragende Eigenschaft.«

»Und wenn derjenige keinen Beruf hat und auch keine … herausragende Eigenschaft?«

Der Kobold nahm einen durstigen Zug von seinem Trunk und zog die Brauen hoch. »Ich kann mir nicht vorstellen, warum man ihn suchen sollte, wäre das der Fall. Aber angenommen, es gäbe Gründe dafür, dann würden wir die Beziehung dieser Person zu einer anderen Person nutzen, bis wir zu einer vorstoßen, die etwas aufzubieten hat, das der Erwähnung wert ist. Also sagen wir, du möchtest nach dieser Person da drüben fragen …« Er unterbrach sich, und Gretel folgte seinem Fingerzeig zu einem jüngeren männlichen Kobold mittlerer Größe und unscheinbaren Aussehens, »… dann würdest du nach dem Sohn des Mannes mit der Gesangsbegabung fragen.«

»Ich verstehe. Und das lässt sich auf jeden anwenden, ganz egal, wie langweilig seine Familie ist?«

»Gewiss doch. Du musst nur immer weitermachen. Alle Identitäten gehen auf jemanden zurück, der erwähnenswert ist, also kannst du im Bedarfsfall bis zu dieser Person zurückgehen.«

Dies schien Gretel eine unnötig komplizierte Art zu sein, die Dinge anzugehen. Zudem befürchtete sie, man könnte sie am Ende als die Schwester des betrunkenen Einfaltspinsels bezeichnen. »Sag mir«, fragte sie, »wie sprecht ihr andere persönlich an?«

»Ach, auf irgendeine freundliche Art. Es ist hilfreich, wenn man ein kleines Detail hinzufügt. Die meisten Leute grüßen mich als Freund Mittelgroß, was sich auf meine Größe bezieht, die weder groß noch gänzlich bedeutungslos ist. Diese alte Dame dort … siehst du sie? Jeder begrüßt sie als Großmutter Wiealt?!, weil sie so alt ist.« Er leerte seinen Krug und stierte triefäugig in die zechende Menge. »Und da drüben sehe ich Freund Einer-zu-viel. Das ist der, der unter dem Tisch liegt.«

Hans lachte. »Großartiges System, nicht wahr? Und das Allerbeste ist, dass man sich keine Namen merken muss. Ist das nicht schlau? Will sagen, wenn man so viel zu feiern hat, wer will sich dann schon damit abplagen, sich an Namen zu erinnern, wenn man die Leute auch einfach damit ansprechen kann, was offensichtlich kennzeichnend für sie ist? Verflixt pfiffig, findest du nicht?«

Gretel wusste sehr wohl, dass es Zeiten gab, zu denen ihr Bruder sich während seiner Saufgelage kaum an seinen eigenen Namen erinnern konnte. Bedachte sie, dass die Kobolde seine Liebe zu berauschenden Getränken zu teilen schienen, war diesem System ein gewisser Aspekt der Vernunft nicht abzusprechen. Dennoch war sie nicht überzeugt, dass sie nach dem benannt werden wollte, was an ihr unübersehbar war, umso mehr, nachdem sie im Freien genächtigt und seit Tagen ihr Haar nicht gebürstet hatte, immer noch das schmuddelige alte Nachthemd mit dem Umhang trug und nur raten konnte, wie glänzend und fleckig ihr Teint nach allem, was sie jüngst durchgemacht hatte, aussehen mochte.

»Ich glaube wirklich, Schwester mein, ich habe hier meine Seelenverwandten gefunden.«

»Hans«, flüsterte sie in der Hoffnung, niemand außer ihm könne sie hören. »Du bist nicht Herr deiner Sinne!«

»Aber Gretel, sieh dich doch einmal um«, rief er und wedelte so sehr mit seinem Krug, dass ihm das penetrant riechende Koboldbier über die nackten Füße schwappte. »Welch ein Spaß! Welch eine Fröhlichkeit! Welch eine Art zu leben!«

»Eine Party ist überall auf der Welt eine Party.«

»Nicht für Waldkobolde. Sie verbringen so jede Nacht. Tage sind lediglich dafür da, sie so behutsam wie möglich hinter sich zu bringen und nur zu tun, was unbedingt getan werden muss, Nahrung suchen, Bier brauen und so was. Den Rest der Zeit verbringen sie damit, zu trinken, nett zueinander zu sein und den Rest der Welt seinen Gang nehmen zu lassen. Ich sage dir, ich liebe diese kleinen Kerle. Das sind meine Brüder im Geiste. Mein Volk«, beharrte er etwas weinerlich.

»Wirklich, Hans? Und das trotz der Tatsache, dass du ungefähr so viel wie ein kleiner Ochse wiegst, während deine winzigen Freunde schon von einem Spaniel, der sich irgendwo unachtsam niederlässt, zerquetscht werden könnten?«

»Musst du immer nur das Schlechte sehen? Hier«, er nahm einen Humpen Bier von einem aus einem Baumstamm gehauenen, massiven Hocker, »das ist, was du brauchst. Du wirst staunen, wie deine Sorgen sich verflüchtigen, verflüchtigen, verflüchtigen ...« Und damit wirbelte er auf seinen schmutzigen Füßen herum und taumelte zurück, um sich erneut dem Tanz anzuschließen.

Eine vorübergehende Koboldfrau erbarmte sich Gretels und führte sie zu einer weichen, moosigen Ecke unter einer Heckenkirsche, wo sie sich ausruhen konnte. Sie stattete sie mit einer Decke aus, gestrickt aus Distelwolle, gesammeltem Hasenhaar und Eulenfedern, einem Krug, der, wie sie versprach, nichts Stärkeres als Quellwasser enthielt, und einem Teller mit Speisen. Gretel nahm Platz und knabberte an den erstaunlich wohlschmeckenden

Häppchen, die notwendigerweise recht winzig waren. Sie erkannte Nüsse, Beeren und Samen, eine Art ungesäuertes Brot und anderes Gebäck und mied sorgfältig alles, was einem Pilz auch nur entfernt ähnelte. Als ihr Magen endlich voll war, legte sie sich unter die Walddecke, schloss die Augen und war trotz der fortdauernden Musik und des Tanzes bald eingeschlafen.

Am nächsten Morgen erwachte sie inmitten einer Szenerie, die ihren Geist in die Nachwehen einer historischen Schlacht versetzte, obwohl es eher nach gegrillten Speisen und süßen Getränken roch als nach Schießpulver. Hie und da verstreut am Boden lagen kleine Leiber, deren Haltung darauf hinwies, dass sie mitten im Tanz oder im Trinken oder eher beidem zusammengebrochen waren. Einige der Kobolde schnarchten leise, andere hicksten, und ein paar weitere murmelten in ihrem mutmaßlich von Träumen erfüllten Schlaf. Hans lag im Zentrum all der Kobolde wie ein gestrandeter Wal, umgeben von Sprotten. Gretel setzte sich auf und strich sich das plattgedrückte Haar aus dem Gesicht. Zwei junge Koboldmädchen trotteten herbei. Ihr fiel auf, dass die Füße der Mädchen kaum den Boden zu berühren schienen. Dieser nicht vorhandene Bodenkontakt bedeutete, dass sie sich beinahe vollkommen lautlos bewegten und natürlich keinerlei Spuren hinterließen, und Gretel fragte sich unwillkürlich, ob das Gefühl, beobachtet zu werden, das sie begleitet hatte, seit sie den Wald betreten hatten, womöglich auf die Kobolde zurückzuführen war. Waren sie ihr und Hans gefolgt und hatten nur auf den rechten Moment gewartet, um sich zu zeigen? Sie versuchte herauszufinden, was Hans an sich haben mochte, um sie dazu zu verleiten, sich ihm zu offenbaren, und kam zu dem Schluss, dass es aller Wahrscheinlichkeit nach etwas damit zu tun hatte, dass sie einen Trinkkumpan erkannten, wenn sie ihn vor sich hatten. Sie war gespannt, ob all die Kobolde immer noch so schonungslos fröhlich waren, wenn sie sich gemeinsam der Wonnen des Katzenjammers erfreuten.

Eines der Koboldmädchen bot ihr Brombeeren an. »Bist du hungrig, Neue Freundin Gewaltig Groß?«, fragte sie herzig.

Nach einem raschen mentalen Kunstgriff gelang es Gretel, diese Nomenklatur mit Anstand zu akzeptieren. Schließlich war sie eine neue Freundin und, verglichen selbst mit dem größten der hiesigen Kobolde, unbestreitbar groß.

»Danke«, sagte sie und nahm die dargebotenen Beeren an. Als sie das tat, fiel ihr eine deutlich hervortretende Narbe am Arm des Koboldmädchens auf. Sie begann oberhalb des Ellbogens, zog sich über das Gelenk und bis über den halben Unterarm. Verlegen zog das junge Mädchen den Arm weg.

»Ein beklagenswerter Unfall?«, erkundigte sich Gretel. Das Mädchen nickte, doch ihre Begleiterin ergriff das Wort.

»Süßling Klettermax ist von einem Baum gefallen. Wieder einmal.«

Die beiden wechselten reuige Blicke.

»Und hat einen schlimmen Bruch davongetragen, wie es aussieht«, bemerkte Gretel.

»Das habe ich, Neue Freundin Gewaltig Groß. Mutter war sehr aufgebracht.«

»Das sind die Leute oft, wenn sie feststellen, dass ihre größte Furcht sich um Haaresbreite nicht erfüllt hat«, entgegnete Gretel. »Das muss schrecklich wehgetan haben.«

Süßling Klettermax schüttelte den Kopf. »Ach, wir haben Dinge, die den Schmerz nehmen«, erklärte sie. »Aber die Heilung hat lang gedauert, und ich durfte auf nichts mehr klettern, nicht einmal auf einen Strauch!«

»Darf ich mal sehen?« Gretel streckte die Hand aus, und das Mädchen ließ zu, dass sie die Verletzung näher in Augenschein nahm. »Ein ernsthafter Bruch wie dieser verheilt manchmal sehr schlecht, aber dies sieht aus, als wäre der Arm so stark wie eh und je. Er wurde fachmännisch gerichtet. Ihr müsst einen guten Apotheker oder Knocheneinrichter unter euch haben.«

»Haben wir nicht«, erwiderte das Mädchen.

Die Freundin stimmte zu. »Der Alte Knochenwirker tut, was er kann, aber seine Augen sind nicht mehr so gut wie früher.«

»Ich hatte solch ein Glück. Ein Fremder war in unserem Lager. Auf der Durchreise. Er ist nur ein paar Nächte geblieben. Er war da, als ich gestürzt bin, und er hat mir den Arm gerichtet. Er war so klug, die Stiche so sauber, und der Knochen ist besser zusammengewachsen, als irgendjemand auch nur gehofft hat.«

»Das war allerdings großes Glück«, sagte Gretel, deren Verstand in hektische Betriebsamkeit verfiel, grundverschiedene Fakten zusammenfügte, Hypothesen entwarf und Schlüsse zog. »Dieser Fremde, das war kein Kobold?«

»Oh, nein, er kam von außerhalb des Waldes. Er war wie du und dein Bruder. Nur … schmaler.«

»Manche sind das«, räumte sie ein. »Aber dann hatte er vielleicht einen Namen?«

Die beiden Mädchen brachen in Gelächter aus, und Gretel erkannte ihren Fehler sogleich. Da er kein Waldkobold war, hatte er gewiss einen Namen, aber ebenso gewiss hätte sich keiner der Kobolde gemüßigt gesehen, ihn danach zu fragen. Sie versuchte, die erstrebten Antworten auf einem anderen Wege zu finden.

»An jemanden, der euch solch einen großen Dienst erwiesen hat, werdet ihr euch gewiss gut erinnern. Was könnt ihr mir über den rätselhaften Fremden erzählen?«

Süßling Klettermax lächelte, als sie an ihren Retter dachte. »Er war groß. Also, nicht nur verglichen mit mir, sondern richtig groß. Er hatte ein freundliches Gesicht mit sanften Augen und eine nette Art zu sprechen. Immer gefallsam. Fröhlich in Wort und Tat. Er hat gut zu uns gepasst. Abgesehen von seinen Kleidern!« Die beiden kicherten. »Lange, fließende Roben von tiefem Purpur waren das, dazu ein passender Hut, und alles war mit Sternen bestickt, als wäre ein Stück des Nachthimmels herabgestiegen, um an unserem Fest teilzuhaben!«

Nun war Gretel die, die lächelte.

»Solch ein Mann wird, stelle ich mir vor, eingeladen, öfter zu kommen.«

»Gewiss! Freund Heilt Alles ist stets willkommen. Er ist gern vorbeigekommen, um mit uns zu feiern und nach mir zu sehen«, berichtete das Mädchen, und eine zauberhafte Röte zog sich über ihr winziges Gesicht.

Gretel spürte, wie sich die Aufregung in ihr erhob, und schlug sie umgehend nieder. Für eine Demonstration triumphaler Freude war es noch zu früh am Tage, ganz besonders, da sie noch kein anständiges Frühstück verzehrt hatte. »Nur eines noch. Wann habt ihr diesen guten Mann zum letzten Mal gesehen?«

»Oh, er war beim Beerenexplosionsfest hier. Er ist während der ganzen Festlichkeiten geblieben – drei Tage und drei Nächte. Erst danach ist er weitergezogen. Wir haben uns ja so gefreut, ihn als unseren ganz besonderen Ehrengast bewirten zu können.«

»Beerenexplosionfest hört sich nach einem großen Ereignis an. An welchem Tag wird es gefeiert?«

»Das ist ein beweglicher Feiertag«, klärte das Koboldmädchen sie auf und wollte von dannen eilen. Sein Interesse an dem Gast schwand zugleich mit der Geduld, die es für all die Fragen aufzubringen imstande war, aber so ist es nun einmal mit der Jugend. Die Freundin des Mädchens trottete bereits den Pfad hinunter.

»Warte!«, rief Gretel und mühte sich auf die Beine. »Wann war es dieses Jahr? Wann habt ihr Freund Heilt Alles zum letzten Mal gesehen?«

Aber da sprangen drei junge Kobolde aus dem Unterholz und verjagten die kreischenden Mädchen. Der Lärm weckte die anderen im Lager, darunter auch Hans, der holpernd und vor sich hin murmelnd zu Bewusstsein kam.

»Kruzitürken, Gretel, musst du so ein Geschrei machen?«, fragte er und rieb sich den Kopf. Moos und Farn klebten an seinem Seidenpyjama, und in seinem Haar hatten sich etliche Zweiglein verfangen, doch statt sie herauszuzupfen, rammte er sich lediglich den Hut auf den Schädel. Neben ihm erwachte Freund Mittelgroß und sah bemerkenswert frisch und fröhlich aus. Tatsächlich schien

Hans der einzige Partygast zu sein, der nach all dem Suff unter irgendwelchen Nachwirkungen litt. Woraus sie ihr Bier auch brauten, die Kobolde waren offensichtlich daran gewöhnt.

»Guten Morgen, Neue Freundin Gewaltig Groß«, tschilpte Hans' Saufkumpan. Gretel bemühte sich, die deprimierende Tatsache zu ignorieren, dass er das gleiche kennzeichnende Merkmal an ihr wahrgenommen hatte wie die beiden Mädchen. Ein Ansinnen, das nicht leichter wurde, als er sich zu ihrem Bruder umdrehte und ihn mit einem »Gegrüßet seist du, Neuer Freund Beherzt!« bedachte. »Was für ein herrlicher Tag. Lasst uns frühstücken und einen Spaziergang machen, damit wir in guter Verfassung für die Feier heute Abend sind.«

Hans ächzte leise. »Höchst anständig von dir, aber ich glaube, die nächste Feier lasse ich aus. Euer Bier hat es in sich. Ganz besonders am Morgen danach, muss ich sagen.«

Freund Mittelgroß klopfte ihm vergnügt auf den Rücken – nachdem er auf einen umgestürzten Baumstamm gesprungen war – und lachte über seine sonderbare Idee. »Aber wieder anzufangen ist doch die beste Medizin! Bald wirst du trinken wie ein wahrer Waldkobold.«

Gretel ging dazwischen. »Ich fürchte, wir werden weiterziehen müssen, bevor solch eine nützliche Fertigkeit perfektioniert werden kann.«

»Weiterziehen? Aber ihr seid doch gerade erst angekommen.«

»Wir sind leider nicht zu unserem Vergnügen in diesem Wald. Wären wir, dann würden wir uns nichts mehr wünschen, als hierzubleiben und Gäste solch exzellenter

Gastgeber zu sein.« Als er diese Schmeichelei vernahm, warf sich der Kobold beglückt in die Brust. Gretel nutzte ihren Vorteil. »Wir suchen jemanden, und diese Suche drängt und ist in vielerlei Hinsicht von großer Wichtigkeit, auch wenn ich darüber bedauerlicherweise nicht reden kann. Wie dem auch sei, ihr könntet uns vielleicht behilflich sein …«

»So gut wir nur können! Wir sind stets entzückt, einem Mittrinker zu helfen.«

Gretel nickte ihm dankbar zu. Hans sah aus, als hätte er das Gleiche getan, wäre es nicht gar so schmerzhaft für ihn. Noch immer rieb er sich die Schläfen.

»Ich frage mich«, nahm Gretel den Faden wieder auf, »ob du mir wohl verraten kannst, wann Freund Heilt Alles zum letzten Mal vorbeigekommen ist.«

»Freund Heilt Alles? Fabelhafter Bursche. Ihr solltet sehen, was er für Süßling Klettermax getan hat!«

»Ich habe es gesehen. Wahrlich fabelhaft.«

»Ist uns jederzeit willkommen. Wir freuen uns stets, einen Krug Bier mit ihm zu teilen.«

»Und zum letzten Mal habt ihr das … wann getan? Erinnerst du dich?«

Der Kobold runzelte die Stirn und wühlte unverkennbar in seinen Erinnerungen.

»Soweit ich gehört habe, war er beim Beerenexplosionsfest«, eilte Gretel ihm zu Hilfe.

»War er? Du hast vermutlich recht. Die Sache ist nur, es gibt so viele Feste. Schwer, sich zu erinnern, wer hier war und wer nicht.«

»Vielleicht wäre es hilfreich, wenn du mir einfach sagst, wann dieses Fest stattgefunden hat.«

»Ah, ja, das kann ich tun. Es findet immer an einem Dienstag statt.«

»Gut, und …«

»Es sei denn, es ist später Vollmond, dann muss es natürlich an einem Mittwoch stattfinden.«

»Natürlich.«

»Aber ich glaube, dieses Jahr war der Mond nicht spät. Oder vielleicht doch? Ha, gute Güte! Wie das alte Gedächtnis einen doch im Stich lassen kann!«

Gretel konnte sich des Verdachts nicht erwehren, dass es dem alten Gedächtnis auch nicht half, in jeder Nacht des Jahres in Alkohol eingelegt zu werden.

»Wie auch immer«, fuhr er fort. »Ich weiß, es war nach dem Sommerjahrmarkt, denn der ist immer im … Mai. Juni! Ja, definitiv Juni. Und …« Er dachte so angestrengt nach, dass sich Schweißperlen auf seiner kleinen Stirn bildeten. Plötzlich strahlte er. »Und es war, bevor ihr gekommen seid! Also, da haben wir es. Ja. Genau.« Er nickte nachdrücklich, äußerst zufrieden mit seiner Gedächtnisleistung.

Gretel war weniger beeindruckt. »Du sagst also, er war irgendwann zwischen Juni und jetzt hier? Wunderbar. Du hast uns ja so geholfen. Komm mit, Hans, wir müssen noch meilenweit gehen. Zeit, dass wir uns auf den Weg machen.«

Hans verlegte sich auf Gewimmer. »Aber, Gretel, wir haben gar keine Ausrüstung mehr. Und keinen Proviant. Und wissen wir überhaupt, wo wir hingehen? Und mein Kopf tut weh. Und vielleicht sollte ich einfach ein Nickerchen machen, und …«

»Hans! Wir haben keine Zeit für deinen Katzenjammer.

Wir haben immer noch die Karte, also, ja, wir wissen, wohin wir gehen, auch wenn wir nicht so sicher sind, wie wir hingelangen. Wir wissen auch, dass der Zauberer hier war …«

»Wissen wir?«

»Ja. Während du gefeiert und geschlafen hast, habe ich meine Ermittlungen vorangetrieben. Die, wenn ich dich daran erinnern darf, der Grund für unseren Aufenthalt an diesem Ort sind. Erfreulicherweise konnte ich herausfinden, dass er häufig hier war und dass er den gebrochenen Arm eines Koboldmädchens gerichtet hat. Weniger erfreulich ist, dass sich hier niemand erinnert, wann er zum letzten Mal gesehen wurde. Was extrem frustrierend ist.«

»Ist es?«

»Ja, natürlich ist es! Das Datum könnte uns den endgültigen Beweis für Herrn Arnolds fortdauernde Existenz liefern. Wie die Dinge derzeit liegen, haben wir nur eine starke Ahnung oder vielleicht eine gewisse Wahrscheinlichkeit, bedenkt man die Heilungsfortschritte an besagtem Arm, dass sein letzter Besuch noch nicht lange zurückliegt. Doch wie lange genau können wir derzeit nicht wissen.«

»Einen gebrochenen Arm hat er gerichtet, ja? Hattest du nicht gesagt, seine Magie wäre Glumpert?«, wandte Hans ein.

»War sie. Ist sie. Was auch immer. Aber ich habe den Arm gesehen, und der ist irgendwie fachmännisch zusammengefügt worden. Jetzt komm, wir werden diese guten Kobolde um etwas Proviant bitten und uns auf den Weg machen.«

11

Tatsächlich statteten die Kobolde die Geschwister mit frisch gebackenen Broten, Pasteten, Früchten und Nusskäse und einem frischen Umschlag für Hans aus, den er später auf sein Auge legen sollte. Zu seiner großen Verwunderung schenkten sie ihm zudem ein in aller Eile gefertigtes Paar Stiefel, hergestellt aus geflochtenen Ranken, Rinde und Moos, die, wie er beteuerte, höchst bequem waren. Gretel bedachten sie mit der Feder-Distelwoll-Decke, wofür sie unendlich dankbar war. Freund Mittelgroß studierte mit ihr zusammen die Karte und sorgte dafür, dass sie den richtigen Pfad zu dem gewünschten Ort einschlugen. Er erzählte ihr, dass Kobolde ortsgebundene Wesen waren und es vorzogen, in ihrem Bereich des Waldes zu bleiben. Aus diesem Grund hatte er sich auch nie weiter als einen Tagesmarsch von ihrem Zuhause entfernt und konnte ihnen nicht verraten, was die Reisenden jenseits dieser Distanz vorfinden würden.

Jynx kehrte von seiner nächtlichen Jagd zurück und klammerte sich an einen Riemen von Hans' Rucksack. Das ungleiche Trio wurde mit fröhlichem Winken verabschiedet. Hans warf noch einige sehnsuchtsvolle Blicke zurück und erging sich in tief empfundenen Seufzern. Gretel versprach ihm, dass sie die Kobolde eines Tages besuchen würden, achtete aber zugleich darauf, dass er keine Flaschen mit Koboldbier in seinem Rucksack versteckte.

Das Wetter war immer noch schön. Etwas zu schön, soweit es Gretel betraf. Da lag eine Schwere in der Luft, die den Verdacht nahelegte, dass die zunehmende Hitze bald in ein Gewitter münden würde. Zu ihrem Schutz blieben ihnen nur die Bäume, die, wie Gretel vage vermutete, bei Blitz und Donner *Kein Guter Aufenthaltsort* waren. Als sie zwei Stunden lang marschiert waren, machten sie eine Pause und nahmen ein rasches Mittagsmahl ein, in dessen Folge Gretel die höllische Aufgabe zukam, dafür zu sorgen, dass Hans nicht in einen Schlummer fiel, der den Rest des Tages vorgehalten hätte. Schließlich trotteten sie weiter. Der Wald wurde mit jedem Schritt dichter und dichter. Nach weiteren zwei Stunden hielt Gretel erneut inne, um ihre Perücke aufzusetzen. Sie hatte nicht vergessen, dass sie sie »eintragen« musste, und als Hans kommentierte, sie sähe lächerlich aus, bedachte man den Rest ihrer Kleidung und ihre derzeitige Umgebung, erwiderte sie, es würde ihre Moral stärken, an das Konzert zu denken, an feinen Staat und daran, etwas Niveauvolles und Schlammfreies zu tun. Jynx war offensichtlich ganz ihrer Meinung, denn er verließ seinen Thron auf dem Rucksack und ließ sich stattdessen erneut auf Gretels Perücke nieder. Die Mühsal der Auseinandersetzung mit seiner Schwester hatte Hans völlig ausgelaugt, und so sank er zu Boden und erklärte sich für unfähig, noch einen einzigen Schritt zu tun, ehe er ein erholsames Nickerchen gehalten und den Rest seines Katers ausgeschlafen hätte. Demonstrativ streckte er sich aus und platzierte seinen Hut entschlossen auf dem Gesicht. Gretel erkannte die Zeichen, die ein Mann zu senden wusste, der nicht bereit war, sich noch einen Zoll weit zu bewegen. Und tatsächlich sehnte auch sie sich nach einer Ruhepause von den Mühen und Entbehrungen des Wanderns. Unter denen die Abwesenheit eines Wasserklosetts nicht die geringste war. Daher ließ sie den melodisch schnarchenden Hans allein und suchte nach einem verschwiegenen Örtchen, an dem sie tun konnte, was getan werden musste und sich nicht länger aufschieben ließ.

Trotz des dichten Waldes und der Fülle an Deckung fiel es Gretel schwer, eine Stelle aufzutun, an der sie sich sicher fühlte. Das lag nicht zuletzt an der Tatsache, dass sie immer noch von dem Gefühl geplagt wurde, beobachtet zu werden. Diese Vorstellung war nun sogar noch beunruhigender als zuvor, denn nun konnte sie sich auch nicht mehr denken, die Kobolde könnten ihnen gefolgt sein. Also, wer dann? Oder gar, was? Am Ende jedoch blieb ihr keine andere Wahl mehr, als ihr Nachtgewand zu heben und sich unelegant zwischen Kiefernnadeln und Brombeeren zu knien. Kaum aber hatte sie ihr Hinterteil gesenkt, da drang ein unpassendes Geräusch an ihre Ohren. Es schien Musik zu sein. Nicht die fröhliche Waldkoboldvariante, eher etwas, das beinahe orchestral klang. Ein Blechblasinstrument, befand sie. Ein Horn. Ein Jagdhorn!

»Wie ergreifend!«, beschied sie dem Wald. In ihrem Geist flammte das Bild einer glamourösen Jagdgesellschaft auf. Da gäbe es geschmeidige, tänzelnde Pferde, geritten von tapferen, flotten Männern, zweifellos elegant gekleidet. Womöglich wurden sie von Damen in luxuriösen Reitkleidern mit hinreißenden Schleiern begleitet, die Wangen reizvoll gerötet, die keine Spur von Furcht zeigten, während sie graziös hinter den Hunden hergaloppierten. Es gäbe vielleicht ein Dutzend dieser schwarz-braunen Hunde, die eifrig der Fährte der Beute folgten und vor Aufregung bellten. Eventuell handelte es sich gar um eine königliche Jagdgesellschaft! In diesem Fall fänden sich dort attraktive uniformierte Soldaten und die Pferde hätten Zaumzeug und Sättel aus feinstem Leder, eingefasst mit Messing oder Silber. Und es wäre mehr als nur ein einfacher Hornist zugegen; da wären noch andere Musikanten und Höflinge und weniger bedeutende Angehörige der königlichen Familie, und zweifellos würde eine ganze Entourage der Jagdgesellschaft mit allem Zubehör für ein aufwendiges Picknick folgen.

»Wundervoll!«, rief Gretel, stand auf und verdrehte sich den Hals, um besser zu hören. Wieder erklang das Horn, dieses Mal sogar begleitet von den Rufen der Jäger, die Pferde und Hunde antrieben. Und nun konnte sie auch das hungrige Gebell des Rudels hören, als selbiges die Fährte irgendeiner armen Kreatur aufnahm. Während sie lauschte, wurden die Geräusche lauter. Und gerade, als Gretel einen flüchtigen Moment lang Mitgefühl für das Tier aufbrachte, dem sie folgten, gerade, als sie sich kurz, aber lebhaft vorstellte, wie die Hunde es stellten, zu Boden rangen und ihm keine Chance zur Flucht ließen, gerade da setzte sich ein schrecklicher, beängstigender Gedanke in ihr fest. Und wollte nicht mehr loslassen. Denn ein furchtbarer Gedanke, der in Wahrheiten und Fakten und der Unabwendbarkeit einer Ereigniskette wurzelt, die zu einer unausweichlichen Schlussfolgerung führen muss, lässt sich niemals einfach abschütteln. Und dieser Gedanke besagte, dass die Beute … sie selbst war.

Nichts verleiht den Füßen auch des widerwilligsten

Läufers solche Flügel wie Furcht. Gretel brach aus dem Unterholz hervor, ohne auf die Brombeersträucher zu achten, die ihre Klauen in sie schlugen, oder auf die Nesseln, die ihr die Haut verbrannten, so sehr konzentrierte sie sich darauf, so weit wie möglich von diesen nun schrecklichen, zahnreichen Hunden wegzukommen. Immer wieder versuchte sie, sich einzureden, dass sie nicht dazu ausgebildet waren, Menschen zu jagen und ihr folglich nicht alle Glieder einzeln ausreißen würden. Doch zugleich wusste sie, dass sie derzeit nach nichts mehr riechen dürfte als nach einem Waldbewohner. Noch dazu nach einem verängstigten, verschwitzten solchen. Und war es nicht gerade der Geruch der Angst, der Tiere auf der Jagd in einen wahren Blutrausch zu treiben pflegte, der durch nichts anderes als den Tod des Opfers zu stillen war? Oder würde ihre Ausbildung die Vorherrschaft behalten, würden die Hunde sich demütig den Befehlen des Jägers fügen? Das Risiko war zu groß, um diese Theorie auf die Probe zu stellen. Sie durfte nicht auf die Fähigkeiten anderer vertrauen oder auf die wankelmütige Natur eines Tieres, dessen natürlicher Wille gebrochen worden war, um den Wünschen eines Menschen zu genügen. Ihr blieb keine andere Wahl als zu rennen und weiter zu rennen. Bald wurde ihr bewusst, dass sie der Meute nicht davonlaufen konnte, ganz gleich, wie viel Vorsprung sie hatte. Also musste sie sie austricksen. Beim Anblick eines Bachs fiel ihr ein, dass eine Geruchsspur nicht durch Wasser verfolgt werden konnte, und so warf sie sich mitten hinein. Glücklicherweise war dies nicht der reißende Fluss, den sie früher auf ihrer Reise passiert hatten, sondern nur ein flaches und zahmes Fließgewässer. Als sie es durchquerte, empfand sie das kalte Wasser, das sich einen Weg in ihre Stiefel bahnte, als vage belebend. Zugleich spürte sie, wie Jynx in ihrer Perücke herumpolterte und sich krampfhaft festklammerte, während sie ihre Flucht fortsetzte.

Das Horn wurde geblasen.

Die Hunde schlugen an.

Der Jäger brüllte *Halali!*

Das Wasser zerrte an Gretels Füßen, als sie sich auf der anderen Seite ans Ufer zog. Für einen Moment lag sie keuchend auf dem Boden, und ihr nasses Nachtkleid sammelte Staub, der sich auf dem Stoff in Schlamm verwandelte. Dann jedoch sprang sie auf und rannte weiter. Ein Blick über die Schulter offenbarte ihr die kräftigen dunklen Farben der Hunde in beängstigend geringer Entfernung, und zwischen den Bäumen konnte sie fragmentierte flüchtige Eindrücke farbenfroher Reiter gewinnen. In diesem Moment wusste Gretel nicht, welches Los schlimmer war: von diesem Rudel angefallen oder Hohn und Spott der Jagdgesellschaft ausgesetzt zu werden. Entsetzt hörte sie Pfoten durch das Wasser platschen. Ihre List hatte versagt. Keuchend sah sie sich nach einem Ausweg um. Ein krummer Baum kam in ihr Blickfeld, einer der wenigen, die nicht schmale, hoch aufragende Kiefern waren, und bot ihr seine breiten, tiefen Äste als Leiter dar. Sie packte den untersten und zog sich hinauf. Ihre Stiefel gestatteten ihr zwar, sicheren Halt auf der knorrigen, rauen Rinde zu finden, doch ihr Nachthemd und der Umhang lieferten ihr kaum Schutz, sodass ihre Arme und Beine bald scheußlich zerkratzt waren. Als sie versuchte, sich an einem glatteren Ast festzuhalten, rutschten ihre verschwitzten Finger ab, und sie schaffte es erst beim dritten Versuch, sich hinaufzuziehen. Während die Meute unter ihr den Baum umkreiste, hochsprang und nach ihr schnappte, gelang es ihr endlich, sich rittlings auf den gewünschten Ast zu setzen. Dort blieb sie, klammerte sich fest und betete, dass die Hunde schlechtere Kletterer waren als sie. Bisher hatte sie Jagdhunde nur von fern gesehen, wie sie malerisch durch die Landschaft geflogen waren. Aus der Nähe, das scharfe Ende ihr zugewandt, waren sie weiter nichts als geifernde, mordgierige Bestien. Gretel überlegte, wann sie wohl das letzte Mal gefüttert worden waren. Oder ob die erbärmlichen Dinger überhaupt gefüttert wurden. Womöglich waren sie darauf angewiesen, ihre Beute zu töten, wollten sie etwas in die Mägen bekommen. Dennoch fiel es ihr schwer, Mitleid zu empfinden, solange die Kreaturen sie als ihr Abendmahl betrachteten.

Des Jägers Rufe hallten ihm voraus über die kleine Lichtung. Er rief seine Meute mit fester Stimme, was die Tiere ein wenig zu besänftigen schien. In seiner Begleitung befand sich ein zweiter Reiter, ein Angehöriger der Jagdgesellschaft auf einem prachtvollen schwarzen Hengst, der die Uniform eines Mitglieds der persönlichen Garde König Julians trug. Eine Uniform, zu der ein Umhang in einem kräftigen Burgunderrot gehörte. Mit einem goldenen Seidenfutter.

»Nicht jetzt!«, murmelte Gretel vor sich hin. »Um Himmels willen nicht hier!« Denn sie kannte die breiten Schultern, die schmalen Hüften, die langen Beine und die wohlgeformten Waden in den edlen Lederstiefeln nur zu gut, wenn es ihr von ihrem Platz aus auch schwerfiel, das Gesicht des Reiters zu erkennen. Nur ein Mann hatte solch eine Statur und gab zu Pferde eine so gute Figur ab. Das konnte nur General Ferdinand von Ferdinand.

»Fräulein Gretel, magst du das da oben sein?«

Offensichtlich konnte er sie besser sehen als sie ihn, Gott sei's geklagt!

Gretel setzte sich so aufrecht hin, wie sie nur konnte, und nahm den ganzen Rest ihrer zerschlagenen Würde zusammen. Als sie die Hand hob, um ihre Perücke zu richten, ertastete sie das weiche Fell von Jynx, der immer noch dort nistete. Im Stillen sagte sie sich, dass es nicht darauf ankam, was man trug, sondern wie man es trug; eine Philosophie, der sie wahrlich noch nie zuvor beigepflichtet hatte. Nun jedoch schien ein passender Moment zu sein, um damit anzufangen. Ihr Sitzast wählte diesen Moment, um wenig hilfreich in die Tiefe zu sacken, woraufhin die Hunde nur noch mehr knurrten und schnappten, was ihnen tadelnde Worte seitens des Jägers eintrug.

»Ich ermittle in einem Fall«, informierte sie Ferdinand. »Ich arbeite im Verborgenen und wünsche nicht, dass meine Identität offenbart wird«, fügte sie in der Hoffnung hinzu, so ihre obskure Erscheinung erklären zu können.

»So? Nun, du siehst zweifellos verkleidet aus.«

Plötzlich sackte der Ast eine weitere Armlänge herab. Gretel klammerte sich fest.

»Ob Ihr wohl so gütig wäret, Eurem Mann zu sagen, er möge die Hunde zurückrufen …?«, fragte sie.

»Aber gewiss.« Der General erteilte einen Befehl, und der Jäger sammelte, wenn auch ein wenig widerstrebend, seine Hunde ein und führte sie zurück zur Jagdgesellschaft.

»Habt recht vielen Dank«, sagte Gretel, machte aber, da ihr bewusst war, wie unwürdig ihr Abstieg mutmaßlich erscheinen würde, keine Anstalten, hinunterzuklettern. Als sie sich durch die Bäume umsah, konnte sie elegant gekleidete Damen und Herren auf hübschen Pferden sehen, die gespannt darauf warteten, wo die Jagd sie als Nächstes hinführen würde. Im Geiste beschwor sie sie, zu bleiben, wo sie waren. Kämen sie auch nur ein bisschen näher, würde die ganze Versammlung sie sehen können. Wie, um ihr Unbehagen noch zu verschlimmern, entdeckte sie Ferdinands Verlobte in der Jagdgesellschaft. Sie ritt ein schneeweißes Pferd, in dessen Mähne rosarote Bänder geflochten waren, und trug ein Reitkleid von einem träumerischen Himmelblau, das ihr goldenes Haar, das sich unter dem passenden Schleier lockte, in ein perfektes Licht rückte.

Gretel hatte es sich stets zum Grundsatz gemacht, ihre Zeit und Energie nicht mit dem Hass auf eine Person zu vergeuden, der sie nie persönlich begegnet war, ganz gleich, wie schlimm deren Untaten gewesen sein mochten. Ferdinands Auserkorene, das musste gesagt werden, hatte sich, soweit Gretel es beurteilen konnte, gar keine Untaten zuschulden kommen lassen, doch das linderte den Hass, der nun ganz eigenmächtig in ihrer Brust brodelte, nicht im Mindesten. Plötzlich fiel ihr auf, dass Ferdinand sie musterte.

»Bist du mit Komtesse Margarita bekannt?«, fragte er.

Gretel knirschte mit den Zähnen. Der Titel brachte das Fass beinahe zum Überlaufen.

»Wie ich bereits sagte, ich bin geschäftlich hier und habe in meiner Funktion als private Ermittlerin wichtige Arbeit zu tun. Ich habe keine Zeit für Geplauder und seichte Unterhaltung mit …« Sie suchte nach einer Umschreibung, mit der sie sich nicht für alle Zeiten selbst diskreditierte, nach deren Äußerung sie sich aber dennoch besser fühlen würde, »… Leuten«, schloss sie lahm und fühlte sich erheblich schlechter, weil sie sich so lasch gezeigt hatte.

Der General lächelte sein aufreizend anziehendes Lächeln. »Gewiss, ich verstehe dich voll und ganz.«

»So?«, blaffte sie ihn an. »Das glaube ich nicht.«

»Oh, ich bin nicht so schwer von Begriff, wie ich aussehe.«

»Nun hascht Ihr nach Komplimenten.«

»Haschen und Jagen zur gleichen Zeit?« Er lachte. »*So* gescheit bin ich nicht.«

»Nicht? Dann ist es ja umso besser, dass Ihr Euch eine gescheite Braut geangelt habt, nicht wahr? Gemeinsam werdet Ihr gewiss so gescheit sein wie …«

»Du?« Er lächelte unentwegt.

Gretel brachte nur ein Stirnrunzeln zustande.

»Bitte, Fräulein, gestatte mir, dir von dem Baum zu helfen.«

»Nicht nötig.«

»Wirklich? Es sieht aus, als säßest du ein wenig in der Klemme.«

»Das tue ich nicht. Ich fühle mich absolut wohl. Ich bin hier oben, um meine Umgebung besser überschauen und Punkte und Fakten im Auge behalten zu können, die für den Fall, an dem ich arbeite, von Bedeutung sind«, beschied sie ihm und wünschte sich verzweifelt, die Hunde hätten sie nicht mitten im Pieseln gestört.

»Ich verstehe. Also willst du nicht, dass ich dir herunterhelfe.«

»Danke, nein.«

Eine unbehagliche Stille machte sich breit.

Sie schaute hinab und begegnete seinem Blick, und ihre sowieso schon weichen Knie wurden noch etwas weicher, denn in seinen Augen glaubte sie echte Zärtlichkeit und Wärme wahrzunehmen, während er sie betrachtete.

»Fräulein«, begann er, dann, weicher, sogar ein wenig schmachtend. »Gretel ... ich will schon eine Weile mit dir sprechen. Ich möchte nicht, dass du denkst ...«

Aber was genau sie nicht denken sollte, blieb ein Rätsel, denn in diesem Moment ertönten laute Schreie und Rufe und ein mächtiger Lärm aus den Reihen der Jagdgesellschaft.

»Der König! Der König ist verletzt! König Julian ist verletzt! Holt den Apotheker! Der König, der König!«

Ferdinands Miene wurde ernst, und er sah sich zu den Jägern um, ehe er erneut Gretel anblickte.

»Es tut mir leid«, sagte er. »Ich muss gehen. Der König ...«

»Ja, natürlich. Ihr müsst. Geht, geht!« Sie winkte und bedachte ihn mit einem Lächeln, von dem sie hoffte, dass es der Tapfer-aber-rührend-verlorenen-und-mir-egal-ob-du-das-merkst-Variante angehörte.

Er wendete sein Pferd und gab ihm die Sporen. Gretel sah ihm nach, als er durch den Wald pflügte und seinem Herrn und Meister zu Hilfe galoppierte.

12

Gretel versuchte gar nicht erst vom Baum zu klettern, ehe sie sicher war, dass die königliche Jagdgesellschaft sich entfernt hatte. Glücklicherweise waren all diese Leute voll und ganz damit beschäftigt, ihren verletzten König zurück zum Sommerschloss zu bringen, und folglich nicht in der Stimmung zu trödeln. Den herüberhallenden Rufen und Befehlen entnahm Gretel, dass König Julian abgestiegen war, um die doch recht schwachen und knarrenden Beine auszustrecken, und eines der etwas nervöseren Pferde ihm auf den Fuß getreten war. Keine ausreichend schwere Verletzung, um eine andere königliche Kehrseite auf den Thron zu bringen, aber es reichte freilich, um alle in helle Aufregung zu versetzen, nicht zuletzt den Reiter des schandhaften Rosses, dessen Zukunft nun nicht mehr gar so gewiss war. So vorsichtig wie möglich glitt Gretel von dem Ast herab, zog sich aber dennoch weitere Kratzer und Blutergüsse zu. Zumindest waren die Spuren ihrer eigenen tollpatschigen Schritte gut zu erkennen und zurückzuverfolgen, sodass sie bald wieder an der Stelle war, an der sie Hans zurückgelassen hatte.

»Da bist du ja!«, johlte er, kaum dass er sie sah. »Ich war drauf und dran, mich auf die Suche zu machen.«

»Das sehe ich«, gab Gretel mit einem ostentativen Blick auf das Feuer zurück, das er entzündet hatte, um Koboldpastete darauf zu erwärmen.

»Na ja, ich habe darüber nachgedacht, dich zu suchen, und darüber, dass ich nicht weiß, in welche Richtung du gegangen sein könntest oder warum oder wie weit et cetera und so fort, und dann dachte ich, nein, Hans, dafür bist du zu schlau!«

»So?«

»Ja. Ich habe kombiniert ... siehst du? Du bist nicht die Einzige, die dazu imstande ist, Schwester mein. Ich habe kombiniert, dass du nicht weit von unserem Lager fortgegangen wärest, weil die Zeit für einen Imbiss kurz bevorstand, und den würdest du gewiss nicht verpassen wollen. Außerdem habe ich kombiniert, dass du keinen Alarm geschlagen hast und es folglich nichts gibt, worüber ich hätte alarmiert sein müssen.«

»Brillant, Hans.«

»Und meine letzte Schlussfolgerung führte zur Tat ...«

»... die darin bestand, Essen vorzubereiten?«

»Ich wusste, der Geruch von gutem Essen würde dich zurücklocken.«

Gretel hätte die Argumentation ihres Bruders zu gern zerpflückt und Nadeln in sämtliche Einzelteile gerammt, aber sie war zu erschöpft, zu gerädert, zu müde und zu niedergeschlagen, um sich damit herumzuplagen. Stattdessen ließ sie sich vorsichtig nahe dem Feuer auf dem Boden nieder. »Deine investigativen Methoden mögen fragwürdig sein, Hans; glücklicherweise sind deine kulinarischen Fertigkeiten verlässlich.« Sie wedelte mit der Hand in Richtung der dampfenden Pasteten. »Gib mir eine davon, ehe ich meinen Lebenswillen verliere, ja?«

Hans schob seinen reichlich deformierten Hut auf dem Kopf zurück, beugte sich über die kleinen Flammen und holte mit zwei Haselzweigen geschickt eine Pastete aus dem Feuer. Immerhin hatte er dank der Packungen der Kobolde nun endlich seine Augenklappe ablegen können, weshalb er nicht mehr gar so absonderlich aussah wie zuvor, doch jetzt zierte sein Gesicht ein spektakulärer Bluterguss samt zugehöriger Schwellung, der gut und gern von einem Boxkampf hätte herrühren können. Dann aber erkannte Gretel seufzend, dass sie mit ihrem zerzausten Haar, der besudelten Perücke, der absolut unangemessenen (um nicht zu sagen klatschnassen) Kleidung und den nunmehr zerkratzten und vielfach geprellten Gliedern vermutlich auch nicht besser aussah als er. Noch deprimierender war der Umstand, dass sie keine Möglichkeit sah, ihre Lage zu bessern, jedenfalls nicht auf eine einfache oder rasche Art. Sie würden eben weitertrotten müssen, der Karte folgen und den Ort suchen, an dem sie den Zauberer vermutete. Sofern der Mann kein vollkommener Trottel war (und in diesem Punkt gab es nach wie vor Raum für Zweifel und Hoffnung), so hatte er in seinem Versteck für ein Mindestmaß an Komfort gesorgt und konnte ihnen daher zumindest frische Kleider überlassen. Das zunehmend schwüle Wetter verbesserte ihre Situation auch nicht. Die Luft war angefüllt mit dem Versprechen eines bevorstehenden Gewitters, und wenn auch eine kleine Auffrischung durchaus willkommen wäre, wusste Gretel doch auch, dass sie nicht gerüstet waren, einem starken Regenguss standzuhalten.

»Bitte schön.« Hans reichte ihr einen Laubteller mit zwei Pasteten und etwas Apfelchutney. »Diese Kobolde verstehen etwas vom Essen. Allerdings wäre es noch besser, könnten wir es mit einer Flasche ihres wunderbaren Biers herunterspülen.«

»Wir kommen so schon langsam genug voran«, erwiderte Gretel, als sie die Speise entgegennahm. »Das Letzte, was ich jetzt brauchen kann, ist, dass du dich schon wieder berauschst. Was machen die Kopfschmerzen?«

Hans bedachte sie mit einem reumütigen Lächeln. »Sind mir immer noch treu, aber das ist nichts, was sich nicht durch einen Imbiss und ein Schläfchen lindern ließe.« Er hob den Hut an und rieb sich die Stirn. Als er ihn jedoch wieder aufsetzen wollte, fiel er ins Feuer. Milde fluchend holte Hans ihn heraus und fegte Asche und Glut fort. »Gütiger Himmel! Gretel, sieh dir das an!«, forderte er sie auf und hielt den Hut so, dass sie den dünnen Holzpfeil sehen konnte, der den grünen Filz durchbohrt hatte und die Kopfbedeckung nun zierte wie eine überdimensionierte Hutnadel.

Ehe Gretel eine Warnung formulieren konnte, sauste zwischen ihnen ein weiterer Pfeil durch die Luft und bohrte sich in den Stamm einer nahen Fichte. Hans warf sich zu Boden. Ein dritter Pfeil schlug keine Handbreit neben Gretel auf dem Boden auf.

»Wir müssen weg!«, schrie sie. »Komm schon, Hans, steh auf, aber mach dich klein.«

»Wie soll ein Körper das bewältigen? Verflixt, Gretel, ich bin kein Schlangenmensch!« Kopf und Schultern eingezogen, versuchte er schnaufend zu rennen, schaffte aber nur ein paar Schritte, ehe er mit dem Gesicht voran auf den Lehmboden stürzte.

Gretel lief um ihn herum und versetzte ihm einen Stoß. Den Pfeil, der an ihrem Kopf vorbeisurrte, spürte sie mehr, als sie ihn hörte. Jynx kreiste wie wild durch die Luft, vermutlich, um nicht von einem Pfeil an den nächsten Baum genagelt zu werden.

»Weiter! Wir sind immer noch in Schussweite.«

»Aber wer schießt auf uns?«, keuchte Hans, während sie tiefer in das Dickicht aus Bäumen und Unterholz drangen.

»Das *Wer* ist in diesem Moment nachrangig. Such lieber nach einer Deckung, und bleib um Himmels willen nicht stehen!«

In diesem Moment hörten sie ein lautes Donnergrollen. Die Sonne verschwand hinter einer großen grauen Wolke, und der Wald verwandelte sich in einen dunklen, finsteren Ort voller halb unsichtbarer Hindernisse.

»Au!«, quiekte Hans und drückte den biegsamen Ast zur Seite, in den er gelaufen war. »Es ist zu finster, um so schnell durch den Wald zu rennen. Ich sehe nicht, wo ich hin- oder wo ich reinlaufe!«

»Dann tröste dich mit der Tatsache, dass wir auch nicht mehr so leicht auszumachen sind. Ah, da!« Sie packte seinen Ärmel und zerrte ihn durch die wuchernde Pflanzenwelt zur Seite.

»Da können wir nicht durchrennen!«

»Müssen wir auch nicht. Pst!« Sie wedelte mit der Hand, um ihm zu signalisieren, dass sie leise sein mussten, und sank auf die Knie. Auf allen Vieren und unter Missachtung der Disteln und spitzen Steine, die sich in ihre Haut bohrten, führte sie Hans unter einen umgestürzten Baum, der sich ein paar Fuß über dem Boden verkeilt hatte. Efeu und andere Pflanzen, die sich im Halbdunkel wohlfühlten, lieferten ihnen einen Vorhang aus Grün, hinter dem sie sich verstecken konnten, und der Baumstamm selbst bildete das Dach. Der Platz reichte gerade aus, dass sie sich zu zweit hineinquetschen konnten. Als sie das taten, verlor Gretel ihre Perücke. Doch erst, als sie beide in ihrem Unterschlupf steckten, entdeckte sie das edle Stück. In voller Größe thronte es dort draußen, und die silbernen Glöckchen funkelten fröhlich in den vereinzelten Lichtstrahlen, die dann und wann Blätterdach und Wolken penetrierten. Gretel fluchte still vor sich hin. Es war zu spät, wieder hinauszukriechen und das Ding zu holen, aber es könnte jederzeit gesehen werden und sie verraten. Dennoch blieb ihnen keine Wahl, als zu warten und zu hoffen.

Wieder grollte Donner, dieses Mal näher, und gleich darauf überzog ein erschreckend greller Blitz den ganzen Wald mit seinem Licht, und die Geschwister zuckten zusammen und keuchten auf angesichts der Lautstärke des zugehörigen Knalls. Und dann setzte der Regen ein. Er fiel nicht, er stürzte sich vom bleiernen Himmel. Regentropfen prallten von jedem Blatt, von jedem Ast und jeder Pflanze ab, erkämpften sich den Weg durch sämtliche Lücken in ihre Zuflucht und spuckten sie regelrecht an. Gretels Herz verkrampfte sich beim Anblick ihrer geliebten Perücke, die der Überschwemmung schutzlos ausgeliefert war. Instinktiv krabbelte sie darauf zu, doch Hans packte ihren Arm.

»Geh da nicht raus!«, zischte er. »Sie könnten immer noch draußen auf uns lauern.«

Gretel musste zugeben, dass er nicht unrecht hatte, also hockte sie sich wieder hin und ignorierte das Wasser, dass sich den Weg an ihrem Hals herab bahnte, während sie nur dasitzen und zusehen konnte, wie ihre Perücke sukzessive zerstört wurde.

Es war schwer, die Zeit zu ermessen, die sie unter dem umgestürzten Baum zugebracht hatten, so hypnotisch wirkte das Prasseln des Regens, der aurale Angriff des Sturms, die physisch betäubende Enge und das hohe Niveau der Angst vor dem mörderischen Bogenschützen, der dort draußen frei herumlief. Immerhin hatte Gretel nun Zeit, über die durchaus nicht unvernünftige Frage ihres Bruders nachzudenken: Wer hatte auf sie geschossen? Und warum? Etwas fiel ihr gleich auf: Der Angreifer war entweder ein erbärmlicher Schütze – was die Frage aufwarf, warum er überhaupt versucht hatte, sie mit Pfeilen zu spicken –, oder er war ein sehr guter Schütze und wollte sie gar nicht töten, sondern lediglich ängstigen. In diesem Fall: Ganze Arbeit, aber wieder stellte sich die Frage: Warum? Die Kobolde waren freundliche Leute und hegten gewiss keinen Groll gegenüber den Geschwistern. Die Hexe? Konnte Zelda wirklich noch am Leben sein und nach ihrem Blut dürsten? Unwahrscheinlich, aber möglich, doch selbst wenn das der Fall war, konnte Gretel sich keinen Grund denken, warum eine Hexe zu solch einem prosaischen Mittel wie Pfeil und Bogen greifen sollte, um ihnen nachzustellen. Nein, die Wahl der Waffe verwies auf einen Verfolger, der auf Distanz bleiben wollte, der ungesehen bleiben wollte. Hatte womöglich der Zauberer erfahren, dass ihm jemand auf der Spur war, und wollte nun verhindern, dass Gretels Ermittlungen vorankamen? Das war ein Gedanke, der derzeit nicht verworfen werden konnte. Doch woher sollte Herr Arnold (vorausgesetzt, er war noch am Leben) von ihren Plänen wissen?

Und wieder, diese Waffe, diese Art der Abschreckung, das passte nicht zu dem, was sie über den Mann wusste. Also, wer dann? Und warum? Und was war nun zu tun? Denn sie konnten sich nicht ewig in diesem feuchten, düsteren Loch verstecken.

Nach einer unermesslich langen Zeit, die doch nicht bis zum Einbruch der Nacht reichte, wohl aber dafür, dass Gretel jedes Gefühl in ihrem linken Bein verlor und ihre Perücke mehr oder weniger mit dem Laub auf dem Waldboden verschmolz, ließ der Regen ein wenig nach. Der Sturm selbst war weitergezogen, sodass nur noch Regentropfen unstet vom Laub über ihnen herabfielen und der Sonnenschein gebrochen durch die Baumkronen drang. Es roch intensiv nach nassem Wald: Kiefernrinde, Nesseln, Erde und Pilze. Gretel wollte gerade vorschlagen, dass sie sich hinauswagen sollten, ehe sie auch das Gefühl im anderen Bein verlöre und nicht mehr dazu imstande wäre, als sie Schritte hörten. Die Geschwister lauschten angestrengt. Die Schritte kamen näher. Dann trat ein Paar Füße, umhüllt von robusten, zweckmäßigen Stiefeln in ihr Blickfeld. Gleich neben den Überresten der Perücke blieb der Eigentümer der Füße stehen, und sie sahen, wie sich eine Gestalt herabbeugte, um die nasse Masse aus Haaren und Silber zu begutachten. Während Hans und Gretel noch den Atem anhielten, bückte sich ein junger, geschmeidiger Mann noch tiefer herab und lugte zu ihnen hinein. Ein Lächeln, so heiter wie eine Sonnenblume, breitete sich in seinem Gesicht aus.

»Fräulein Gretel?« Er streckte eine Hand aus. »Cornelius Eisenfest, zu deinen Diensten.«

Nachdem sie sich aus ihrem Versteck befreit und die kürzest denkbaren Formalien der gegenseitigen Vorstellung hinter sich gebracht hatten, setzte Gretel ihren neuen Reisebegleiter über die Tatsache in Kenntnis, dass sie angegriffen worden waren.

»Recht gemein war das«, warf Hans ein. »Musste meinen Hut aufgeben. Jetzt ist er bestimmt ruiniert. So einen werde ich nicht wieder bekommen.«

»Wir haben alle etwas verloren, das uns am Herzen lag«, beschied ihm Gretel und hob die kläglichen Überreste ihrer Perücke auf. Madame Renoir würde Wunder wirken müssen, um sie noch zu retten. »Wie dem auch sei, im Übrigen sind wir unbeschadet davongekommen, und dafür sollten wir dankbar sein.«

»Aber wenn unser unbekannter Angreifer zurückkommt …?« Bedrückt schüttelte Hans den Kopf.

Herr Eisenfest legte ihm besänftigend eine Hand auf die Schulter. »In Zeiten wie diesen müssen wir an einem Strang ziehen«, sagte er in einem Ton, der zugleich beruhigend und ermutigend wirkte. »Es sind die Herausforderungen, die wir meistern, die Prüfungen, die wir bestehen, die uns stark machen. Und diese Stärke wird uns helfen. Fürchte dich nicht.« Er war ein nett anzusehender junger Mann mit energischen, unverbrauchten Zügen, der eine Heiterkeit verströmte, die beinahe dreist war, ohne jedoch ermüdend zu wirken. Eine seltene und zerbrechliche Gabe, nach Gretels Erfahrung.

»Ja, aber was können wir tun, um uns zu verteidigen?«, fragte Hans.

Cornelius ließ sich flach auf den Boden fallen und schnüffelte wie ein Bluthund. Er drückte seine Nase so lange in das Laub, dass Gretel und Hans verdatterte Blicke wechselten. Nach einiger Zeit ergriff er etwas Erde und zerrieb sie zwischen den Fingern. Dann sprang er wieder auf und hüpfte zwischen den Bäumen davon. Gretel und Hans standen da, schauten ihm zu und warteten. Augenblicke später tauchte er mit einem Pfeil in der Hand wieder auf. »Sieht aus, als wäre unser Freund auf dem Weg wieder verschwunden, auf dem er gekommen ist.« Er gestikulierte mit dem Pfeil. »Seine Spur führt nach Süden, und er hat sich langsam fortbewegt, nicht so, als würde er etwas jagen oder suchen. Er ist einfach abgezogen.«

»Wie kannst du das wissen?«, hakte Hans nach und rieb sich das blaue Auge, dessen Heilungsprozess mit einem beinahe konstanten Jucken einherging.

Cornelius zuckte mit den Schultern. »Anhand der Tiefe seiner Fußabdrücke. Der Verteilung des zertretenen Unterholzes. Und der Abstand zwischen den Fußspuren verrät die Geschwindigkeit, mit der er unterwegs war. Nichts Besonderes. Nein, ich glaube, er wird euch heute nicht noch einmal belästigen.

Gretel nickte anerkennend.

»Wie ich sehe, bist du, genau wie ich, eine Person, die ihre Schlussfolgerungen auf Basis von Fakten zieht. Eine Untersuchungsmethode, die ich von ganzem Herzen billige. Nun gut, mein Bruder und ich sind ein bisschen nass und erschöpft. Würdest du so freundlich sein, uns dabei zu helfen, eine Art Unterschlupf zu bauen, damit wir uns ausruhen können, und vielleicht ein Feuer, an dem wir unsere nassen Knochen trocknen können?«

»Nichts eignet sich besser, die Moral zu heben, als ein

gutes Feuer!«, verkündete Cornelius. »Die Moral aber müssen wir hochhalten. Ein starker Geist und ein starkes Herz sorgen für einen starken Körper. Das ist der Ursprung wahrer Stärke.« Er tippte sich seitlich an den Kopf. »Hier und hier!« Nun legte er eine Hand fest über dem Herzen auf Hans' Brust, worauf der ein Gesicht zog wie ein gestreichelter Hund.

Sie kehrten zu ihrem Lager zurück, wo sie Hans' Hut bergen konnten, der in einem beträchtlich besseren Zustand war als Gretels Perücke. Das Feuer war durch die Überschwemmung erloschen, das Essen ruiniert, aber sie fanden den Rucksack und dessen Inhalt unberührt vor. Offensichtlich war er für ihren Angreifer nicht von Interesse gewesen.

»Diebstahl können wir also ausschließen, Schwester mein«, stellte Hans fest. »Der auf uns geschossen hat, war kein Wegelagerer, der hinter unserem Hab und Gut her war.«

Gretel glaubte nicht, dass irgendwo ein Wegelagerer existierte, der sich dazu herablassen würde, Hans' klatschnasse Spielkarten, seine noch nasseren Zigarren und ein paar Bissen Koboldpastete zu rauben, doch das behielt sie für sich. Cornelius hatte recht. Es war wichtig, guten Mutes zu bleiben. Sie wollte nicht, dass Hans auf die Idee verfiel, Meuchelmörder könnten durch die Dunkelheit schleichen oder Hexen zurückkehren, denn täte er das, so würde er nach Hause trippeln, so schnell seine Beine ihn nur tragen konnten. Sie mussten sich ausruhen, erholen und ihre Suche wieder aufnehmen.

Cornelius erwies sich als der fähige Abenteurer, den Hans ihr versprochen hatte. Er lachte milde über den Ort, den sie für ihr Lager erwählt hatten, und verwies auf die vielen offensichtlichen Mängel und Nachteile, ehe er sie ein kurzes Stück weit zu einem deutlich vorteilhafteren Platz führte und anfing, ein Feuer aufzuschichten. Zusammen mit Hans sammelte er Armladungen Holz, doch es war so nass, Gretel konnte sich nicht vorstellen, dass es je brennen würde. Cornelius versicherte ihnen, es sei nur von außen nass und würde in der Hitze der Flammen bald trocknen. Hans' Feuerzeug schlug er aus und demonstrierte ihnen stattdessen, wie ein Stück Holz, das in einem Loch in einem anderen Stück Holz gedreht wurde, zuerst Rauch und dann Feuer hervorzubringen imstande war. Hans klatschte entzückt in die Hände und erklärte, dies sei besser als jeder Zaubertrick. Gretel konnte sich des Gedankens nicht erwehren, dass an der Sache durchaus auch ein bisschen Prahlerei beteiligt war, aber schließlich musste sich der Mann bewähren.

Und das gelang ihm prächtig. Innerhalb einer Stunde saßen sie und Hans auf Holzklötzen an einem fröhlich flackernden Feuer. Innerhalb einer weiteren Stunde hatte Cornelius drei Hängematten aufgehängt, allesamt unter einem Dach aus verwobenen, belaubten Zweigen, das jedem weiteren Regenguss gewachsen war. Zufrieden mit ihrem Unterschlupf gesellte er sich zu den Geschwistern ans Feuer.

Hans, der ihm längst verfallen war, strahlte ihn an. »Jemine, Herr Eisenfest, du weißt aber, was du tust! Sogar die Betten sind schon fertig.«

»Vorbereitung ist der Schlüssel zum Überleben. Und für die Nacht soll man sich stets zeitig einrichten. Guter Schlaf ist wichtig für eine gute Stimmung.«

»Dagegen lässt sich nichts einwenden«, sagte Gretel, obwohl sie allmählich das Gefühl bekam, sie würde es gern.

Cornelius wühlte in seinem eigenen Rucksack und förderte einen Blechtopf zutage, den er sodann über die Flammen hängte. Aus einer Flasche schüttete er Wasser hinein, und dann löffelte er aus einer kleinen Metallbüchse dunkle Körner und versenkte sie in dem Wasser.

»Kaffee!«, rief Hans und inhalierte das Aroma. »Was für eine Gaumenfreude!«

Während sie darauf warteten, dass der Kaffee kochte, spendierte Cornelius eine Runde Essen aus seinem Proviant, das aus getrockneten Rindfleischstreifen und Batzen altbackenen, aber sättigenden Schwarzbrots bestand. Hans hatte ein wenig von dem Koboldchutney gerettet, und so kauten sie alle eine Weile zufrieden vor sich hin, genossen die Wärme des Feuers, den milden Dampf, der um sie herum durch den Wald waberte, und die Fülle an akzeptabler Nahrung.

»Morgen zeige ich euch, wie man Fleisch für das Feuer fängt«, versprach Cornelius. »Die Befriedigung, seine eigene Nahrung erlegt zu haben, die Wonnen einer heißen Mahlzeit und der Proteinstoß …« Bei dem Gedanken schloss er für einen Moment die Augen. »Es gibt nichts Vergleichbares. Das sorgt für einen stählernen Leib und einen eisernen Willen«, versicherte er.

Während sie aßen und schließlich auch den einfachen, aber köstlichen Kaffee genossen, erläuterte Gretel ihrem neuen Führer und Gehilfen ihre Pläne. Sie achtete sorgsam darauf, nur die Informationen preiszugeben, die er brauchte, um ihr eine umfassende Hilfe zu sein. Es gehörte nicht zu ihren Gepflogenheiten, Einzelheiten über ihre Ermittlungen mit anderen zu teilen, umso weniger in so einem frühen Stadium. Und ohne, dass sie größere Fortschritte verzeichnen konnte. Eine Tatsache, die Hans, der dem Gespräch lauschte, gewiss breit ausgewalzt hätte. Doch Gretel sagte sich, dass Herr Eisenfest kaum an den Details des Falles interessiert sein dürfte und sich folglich auch nicht mit Einzelheiten belasten musste, die für ihre Reise durch den Wald nicht relevant waren. Dennoch hatte er die eine oder andere Frage.

»Hast du vielleicht eine Theorie, Fräulein Gretel, wer euch hätte töten wollen?«

Hans inhalierte seinen Kaffee.

»Wir wissen nicht, ob er uns töten wollte«, gab Gretel hastig zurück.

»Er hätte mich beinahe mit einem dieser scheußlichen kleinen Pfeile erwischt!«, jammerte Hans.

Cornelius nickte. »Er hat eine ganze Menge davon abgeschossen.«

»Genau darum geht es. Er hat Hans' Hut aufgespießt, uns aber nicht ein Mal getroffen, doch er hat seine Pfeile beängstigend nah verteilt. Ich glaube, er war kein schlechter Schütze, sondern ein durchaus fähiger, dessen Absicht es war, uns zu ängstigen.«

Hans brummte missbilligend. »Ei, das ist ihm eindeutig gelungen. So schnell bin ich in meinem ganzen Leben noch nicht gelaufen. Nun ja, jedenfalls nicht mehr, seit uns diese mörderische Hexe verfolgt hat. Bei der Gelegenheit habe ich auch ein ganz schönes Tempo vorgelegt.«

Herr Eisenfest sah Gretel an und zog fragend die Brauen hoch. »Mörderische Hexe?«

»Ihr Groll stammte aus alter Zeit«, entgegnete sie. »Hat nichts mit dem Fall zu tun.«

»Aber sie hat trotzdem versucht, euch zu töten?«

Hans erstickte beinahe an einem Stück Trockenfleisch und erholte sich geräuschvoll.

»Sie wird uns nicht mehr belästigen, das versichere ich dir. Zerbrich dir nicht den Kopf über Dinge, die in der Vergangenheit liegen, Herr Eisenfest. Für meine Ermittlungen ist es von größter Bedeutung, nach vorn zu blicken.«

»Stets ein gutes Ansinnen«, stimmte er zu. »Immer in Bewegung bleiben. Die Energie im Fluss halten. Voller Selbstvertrauen immer weitermachen, bis das Ziel erreicht ist.«

»Durchaus.« Sie hielt den kleinen Zinnkrug hoch, den er für den Kaffee bereitgestellt hatte.

»Also, warum macht sich jemand all diese Mühe, nur um euch zu ängstigen?« Der Mann war recht verbissen in Bezug auf seine Fragen.

»Ich nehme an, er hat versucht, uns davon abzubringen, des Zauberers Versteck, Verbleib oder Geschick aufzudecken.«

»Und wer könnte daran interessiert sein, euch aufzuhalten?«

»Ja, wer, in der Tat, Herr Eisenfest? Wer?«

13

In dieser Nacht fiel Gretel nach dem erschreckend mühseligen Unterfangen, in die Hängematte zu klettern und darin zu bleiben, in einen unruhigen Schlaf. Obwohl sie so müde war, dass sie sogar die Posaunen des Jüngsten Gerichts hätte verschlafen können, reagierte sie auf jeden Eulenruf und jedes Dachsschnauben, so sehr war ihr Unbewusstes auf Gefahr eingestellt. Sie sagte sich, dass so etwas eben dabei herauskam, wenn man von einem mysteriösen Bogenschützen unter Beschuss genommen wurde. Sie sagte sich weiter, dass es – in ihrem Falle – widernatürlich war, so viel Zeit unter freiem Himmel zu verbringen und das Schlafen im Wald einer ruhigen Nacht nicht zuträglich wäre. Dieser Ort war voller Geräusche, und nicht alle waren leicht einzuordnen. Sie sagte sich sehr nachdrücklich, dass die Hexe tot war, der Bogenschütze fort, und dass sie nun unter dem Schutz der wachsamen Sinne und der grenzenlosen Energie von Herrn Eisenfest standen. Und da sie gerade ihre eigene Aufmerksamkeit genoss, sagte sie sich auch noch, dass ihre Ermittlungen trotz des gegenteiligen Eindrucks vorankamen, sodass Erfolg und die alles entscheidende Bezahlung nach wie vor das anzunehmende Ergebnis und zugleich der Lohn für ihre derzeitigen Beschwerden waren. Was sie sich jedoch nicht sagte, was ihr Ich einfach nicht hören wollte, das war, dass ihre Unruhe nicht von der umgebenden Wildnis ausgelöst wurde, nicht von ihren Sorgen hinsichtlich des aktuellen Falls, nicht einmal von der Gefahr eines bevorstehenden Angriffs. Nein, was ihr den dringend benötigten Schlaf raubte, war die Tatsache, dass sie in Gedanken unentwegt bei Ferdinand war. Jedes Mal, wenn sie die Augen schloss, war er da. Ferdinand auf seinem stolzen schwarzen Ross. Ferdinand, wie er sein anziehendes Lächeln lächelte. Ferdinand, wie er ihr so nahe war, dass sie den Sandelholzduft riechen konnte, den er aufgelegt hatte. Ferdinand, wie er davonjagte, um seinem König zu Hilfe zu kommen. Ferdinand, wie er durch den Wald galoppierte und sein burgunderroter Umhang um seinen Körper flatterte und seine neue, schlanke, junge, schöne, adelige Braut elegant auf ihrem schneeweißen Pferd neben ihm herschwebte.

»Himmelherrgottsakrament!«, murmelte Gretel in die Nachtluft, worauf Hans mitten im Schnarchen feucht gluckste und Cornelius sich ruckartig aufrichtete und für einige Sekunden stocksteif in seiner Hängematte saß. Als sich alles wieder beruhigt hatte, lag Gretel immer noch da, starrte in die Dunkelheit und war wütend auf sich selbst, weil sie kostbaren Schlaf wegen eines Mannes vergeudete. Mehr noch, wegen eines Mannes, der eine andere *ihr* vorgezogen hatte. Sie hatte zu arbeiten. Und sie würde arbeiten. Sie würde nach Gesternstadt zurückkehren, sich in die liebevolle Fürsorge von Madame Renoir begeben und ihren großen Auftritt auf dem Konzert des Herrn Mozart bekommen. Bis dahin jedoch hatte es absolut keinen Zweck, bei diesem Thema zu verweilen. »Gar keinen Zweck!«, informierte sie Jynx, der gerade an ihr vorbeischoss.

Am nächsten Tag ging die Sonne schon früh auf und brachte den Wald zum Dampfen. Gretel versuchte, ihre Hängematte auf würdevolle Weise zu verlassen, doch der einzig erkennbare Weg, um aus dem Ding herauszukommen, schien aus einer ruckartigen Kippbewegung zu bestehen, die sie unsanft zu Boden beförderte. Dort traf sie auf Hans, der auf eine ganz ähnliche Weise aus seinem schwingenden Bett katapultiert worden war.

»Morgen, Gretel.«

»Ich bin erstaunt, dich so früh schon wach und munter zu sehen, Hans.«

»Ich bin alles andere als munter, aber ich rieche Kaffee«, entgegnete er.

Cornelius hatte das Feuer wieder angefacht, und schon jetzt köchelte ein Topf über den Flammen. Zu dritt nahmen sie ein Frühstück aus Kaffee, mehr getrocknetem Rindfleisch und Beeren ein. In dem warmen Sonnenschein von Cornelius' Gemüt lebte Hans rasch wieder auf, aber Gretel fand solch eine Lebensfreude zu dieser Stunde ein wenig ermüdend. Sie schlürfte und schmatzte säuerlich schweigend vor sich hin und hegte im Stillen die vage Hoffnung, dass ein forscher Spaziergang und die Konzentration auf die Arbeit ihre Stimmung im Laufe des Tages verbessern würden.

Was sie sich jedoch als zielstrebige, aber anspruchslose Wanderung durch den Wald vorgestellt hatte, war in Cornelius' Augen eine geeignete Gelegenheit, um seinen neuen Schützlingen seine vielen Fähigkeiten zu vermitteln. Nicht zufrieden damit, die Karte zu lesen und ein Auge für Risiken, Gefahren oder unerwünschte Gesellschaft zu haben, nutzte er jede sich bietende Gelegenheit dazu, die eine oder andere Gabe zu demonstrieren und sowohl Gretel als auch Hans zu ermutigen, sich ebenfalls daran zu versuchen. Gretel sträubte sich, aber Hans stürzte sich mit Begeisterung auf jede Herausforderung. Während Gretel mürrisch dahintrottete und düster über Zeitpläne und Ziele grummelte, legten die beiden Männer Fangschlingen aus, kletterten Schluchten hinauf, gruben zähe Wurzeln aus und erklärten sie zu Nahrung, flochten Ranken, um Seile herzustellen, ja, sie präsentierten ihr sogar eine Made von der Größe ihres Daumens und schlugen vor, sie könne sie als Imbiss verzehren! Der Tag war wahrlich ermüdend. Gretel kam der Gedanke, dass sie sich alles andere als unauffällig voranbewegten und ihnen selbst der unerfahrenste Fährtenleser mühelos auf der Spur bleiben könnte. Dann aber begann sie tatsächlich, sich mit diesem Gedanken zu trösten, denn, so überlegte sie, jeder Möchtegernangreifer hätte inzwischen sicher längst zugeschlagen, da sie sich zu so einem ins Auge springenden Ziel gemacht hatten.

Was, wie sie später feststellen sollte, nur bewies, wie sehr sich ein Mensch doch irren konnte. Cornelius hatte sie in ein Gespräch über seine (ihrer Ansicht nach wenigen) Erfolge und (eindeutig vielen) Misserfolge verwickelt, sich allein von den Insekten des Waldes zu ernähren, und Hans war vorausgetrabt, so umfassend von der Begeisterung seines neuen Gurus angesteckt, dass er schon mehr oder minder fieberte, als ein lauter Schreckensschrei ertönte.

»Hans?«, rief ihm Gretel nach. »Hans!«

Zusammen mit Cornelius rannte sie den Weg hinunter und um eine Biegung, als Cornelius sie plötzlich festhielt.

»Keinen Schritt weiter!«, warnte er sie. »Da könnte es Fallen geben!«

Eine Vermutung, die nicht gerade weit hergeholt war. Der Pfad wurde hier ein bisschen breiter und formte eine kleine Lichtung, auf der Laub, Nadeln und Zweige am Boden aufgewühlt worden waren und nun ein ungewöhnliches Muster bildeten, das auf überraschende und ungewöhnliche Aktivitäten schließen ließ, was wiederum zu dem nicht minder ungewöhnlichen Anblick von Hans führte, der zwanzig Fuß hoch in der Luft hing, die Füße in einer Schlinge, die ihn emporgerissen hatte, sodass er nun so würde- wie atemlos über ihnen baumelte.

»Hans! Was im Namen aller Vernunft machst du da oben?«, verlangte sie zu erfahren.

»Äh … derzeit drehe ich mich im Kreis.«

Cornelius kauerte sich tief nieder und inspizierte den Boden um sie herum. »Weiter ist hier nichts. Sieht sauber aus. Hans muss in eine einzelne Falle getreten sein. Ein einfaches Seil mit einem Federmechanismus. Unkompliziert und wirkungsvoll.«

»Mir läuft das ganze Blut ins Gesicht«, informierte sie Hans.

»Wir holen dich runter«, rief Gretel zu ihm hinauf, ehe sie sich, leiser, an Cornelius wandte. »Wie kriegen wir ihn runter?«

»Kein Problem«, versicherte der. Er nahm eine Seilschlinge aus seinem Rucksack und kletterte mit der Leichtigkeit einer Kreatur, die das Licht der Welt in seinen Ästen hätte erblickt haben können, den Stamm des Baumes hinauf. Oben angelangt setzte er sich auf den Ast, an dem Hans baumelte, verknotete sein eigenes Seil und sicherte das Ende am Baum. Dann ließ er es hinab und wies Hans an, es zu greifen und unter seine Arme zu schlingen. Eine Weile musste Hans sich schwer abrackern, doch schließlich war er sicher festgebunden. Zu seinem großen Entsetzen rutschte Cornelius gleich darauf über den Ast zu dem Seil, das sich um seine Füße spannte, und rückte dem Knoten mit seinem großen Messer zu Leibe.

»Jemine!«, rief Hans zu ihm herauf. »Bist du sicher, dass das klug ist?«

Er bekam keine Antwort und war nicht in der Position, weiteren Protest einzulegen, da seine Füße plötzlich freikamen, worauf sich sein Körper recht rasant aufrichtete. Als sich Cornelius' Seil ruckartig unter seinem Gewicht spannte, gab er ein vernehmbares *Uff* von sich, doch nun konnte Cornelius langsam Seil geben und ihn auf den festen Boden hinablassen.

Gretel hob seinen Hut auf, der im Laub gelegen hatte, und reichte ihn ihm.

»Was ist passiert, Hans? Hast du jemanden gesehen?«

Hans bückte sich, um die Schlinge von seinen Füßen zu lösen. »Das habe ich, Schwester mein, doch du wirst mir nicht glauben, wenn ich dir erzähle, wen ... oder vielmehr *was* ich in den Sekunden gesehen habe, bevor ich so unsanft den Baum hinaufbefördert wurde. Au, schau, das Seil hat mich böse verbrannt.«

»Hans, es ist wichtig, dass du mir sagst, wen du gesehen hast.«

»Was.«

»Was?«

»Nicht *wen*. Ich habe keinen *wen* gesehen, nur ein *was*. Und was für ein was das war!«

Gretel fing an, stumm bis zehn zu zählen, kam aber nur bis dreieinhalb, ehe ihr Geduldsfaden riss.

»Um Himmels willen, sag es mir!«

Hans richtete sich auf und sah ihr voller Ernst in die Augen. »Es war schrecklich, Schwester mein. Der Stoff, aus dem Albträume sind. Ich werde es nie vergessen. Diese kalten, starren Augen! Die wüste, grausame Art, wie es schnüffelnd die Nase hochgereckt und mich angeglotzt hat, während ich dort hilflos wie ein Baby durch die Luft gewirbelt wurde ...«

»Hans ...«

»Du wirst es mir nicht glauben.«

»Ich werde!«

»Du wirst mich verspotten und auslachen und mir Schimpfworte an den Kopf werfen.«

»Ich werde dir gleich meine Faust an den Kopf werfen, wenn du nicht auf der Stelle redest!«

»Es war ein Werwolf!«

Gretel gaffte ihn mit offem Mund an.

»Da siehst du es!«, fuhr Hans fort. »Ich habe es dir gesagt, und nun wirst du mein Zeugnis als das irre Gerede eines Mannes abtun, dessen Gehirn durcheinandergeraten ist, weil er auf den Kopf gestellt wurde. Ich wusste es. Also los, demütige mich, mach dich lustig. Sag mir, dass es keine Werwölfe gibt. Behaupte, ich hätte es mir nur ausgedacht. Oder würde Dinge sehen, die gar nicht da sind. Nur zu. Ich wusste ja, du würdest mir nicht glauben.«

Langsam schüttelte Gretel den Kopf. »Oh, aber das tue ich, Hans. Das tue ich.«

Sie marschierten weiter, bis die Sonne tiefer stand als die Baumkronen und so das Herannahen der Dämmerung verkündete. Hans war erpicht darauf, so weit wie möglich von der Kreatur wegzukommen, die ihn gefangen hatte, und seine Reisegefährten erhoben keine Einwände. Um ihn von dem Gedanken an all die Dinge, die im Unterholz lauern mochten, abzulenken, übergab ihm Cornelius das Kaninchen, das er zuvor gefangen hatte. Als sie schließlich ihr Nachtlager aufschlugen, zeigte er Hans, wie er das Ding häuten musste, und bald darauf war Hans glücklich und zufrieden damit, das Tier mit Knoblauch und Kräutern zuzubereiten. Gretel nahm die Gelegenheit wahr, sich Cornelius vorzunehmen, als der gerade ein Stück weit entfernt die Hängematten befestigte.

»Herr Eisenfest, hast du gehört, was Hans gesagt hat? Über das, was er gesehen hat?«

»Habe ich«, sagte er und tätschelte kurz ihre Schulter. »Lass dich davon nicht ins Bockshorn jagen. Furcht und Erschrecken können Halluzinationen auslösen. Ein bisschen Bewegung, eine nützliche Beschäftigung … er hat sich schon recht gut erholt.«

»Ich glaube nicht, dass er halluziniert hat.«

Cornelius, der gerade einen Knoten knüpfte, hielt in seiner Arbeit inne. »Du denkst, er hat wirklich einen Werwolf gesehen?«

»Ich denke, er hat etwas gesehen, von dem er glaubt, es wäre ein Werwolf gewesen.«

»Dann also einen echten Wolf, meinst du? Unwahrscheinlich am helllichten Tag und ganz allein. Nein. Die bleiben bei ihrem Rudel und jagen nur in der Dämmerung. Es sei denn, er war verletzt oder krank … Aber ich habe in der näheren Umgebung keinen Wolf gerochen.«

»Trotzdem denke ich, er lag nicht völlig daneben. Ich habe meine eigenen Theorien, die ich jedoch noch eine Weile für mich behalten werde. Es muss genügen, wenn ich sage, ich glaube, er hat etwas gesehen, das real war, nicht nur eine Schöpfung seiner Fantasie. Zudem glaube ich, dass wir erneut angegriffen werden, mindestens noch ein Mal, ehe diese Reise beendet ist.«

»Kannst du auch sagen, mit welcher Art von Angriff wir zu rechnen haben? Wir könnten uns besser verteidigen, wenn wir unseren zu erwartenden Angreifer kennen würden. Wer bei der Vorbereitung versagt, bereitet sein Versagen vor ...«

Gretel reckte eine Hand hoch, was sich ebenso auf seine Predigten wie auf seine Fragen bezog. »Mehr kann ich dir nicht sagen. Bisher ist das nur eine Theorie und als solche nicht bewiesen. Wenn wir nicht den Kopf verlieren, wird uns kein Leid geschehen. Ich habe die Karte noch einmal studiert und bin guter Hoffnung, dass wir unseren Bestimmungsort morgen vor Anbruch der Nacht erreichen werden. Bis dahin müssen wir auf der Hut sein.«

Widerstrebend fügte sich Cornelius ihrem Plan. »Ich übernehme die erste Wache heute Nacht«, sagte er. »Wir dürfen uns nicht angreifbar machen.«

Hans übertraf sich selbst mit seinem geschmorten Kaninchen. Das heiße Essen, gewürzt mit aromatischen Kräutern, weckte bei allen neue Lebensgeister und half ihm, die Gedanken an wolfsartige Kreaturen weit von seinem Bewusstsein fernzuhalten. Es gelang ihm sogar, eine seiner feuchten Zigarren zu entzünden, und bald darauf lag er in seiner Hängematte und schlief tief und fest. Gretel hielt es für das Beste, ihn nicht zu stören, also fand sie sich freiwillig bereit, seine Wache zusätzlich zu ihrer eigenen zu übernehmen. Später, tief in der Nacht, saß sie am Feuer, die Koboldddecke um die Schultern gewickelt, und starrte in die Finsternis zwischen den Bäumen. Sie hatte keine Angst, denn sofern ihre Theorie zutreffend war, wollten ihre Angreifer sie tatsächlich nicht tot sehen. Ihr wurde bewusst, dass sie einen dritten Angriff beinahe begrüßen würde, denn er käme einer Bestätigung ihres Verdachts hinsichtlich des »wer« gleich. Das »warum« war noch immer etwas formlos, aber seine nebelhafte Gestalt war etwas, von dem sie überzeugt war, dass es sich bis zum Ende des folgenden Tages wasserdicht verfestigen würde. Alles, was sie zu tun hatten, war, auch einem weiteren Versuch, sie zum Umkehren zu bewegen, standzuhalten, dann würden sie schon in wenigen Stunden an den Punkt auf der Karte gelangen, den zu erreichen sie sich all diese Plackerei auferlegt hatten.

»Und da werden wir die Antworten finden«, versprach sie Jynx, als der auf der Jagd nach einer Motte vorbeiflitzte. »Auf die eine oder andere Art, aber wir werden die Antworten finden.«

Am folgenden Morgen zeigte sich Hans ein wenig verdrießlich. Es mochte den Anschein gehabt haben, als schliefe er friedlich, doch er versicherte Gretel, dass er die ganze Nacht über, Stunde um Stunde, von schauerlichen Kreaturen, die nach seinen Beinen schnappten, durch imaginäre Wälder gehetzt worden und folglich völlig erschöpft aufgewacht sei. Selbst Cornelius' Kaffee und seine lebhafte Munterkeit vermochten Hans' Stimmung nicht zu bessern.

»Hab keine Furcht, Hans«, besänftigte ihn Gretel. »Wir nähern uns dem Ziel. Es mag sich anfühlen, als wären wir dazu verdammt, für immer durch diese Wälder zu streifen, aber das Ende ist beinahe schon greifbar. Und der Abschluss eines zufriedenstellend gelösten Falls bringt Geld und Erholung mit sich. Halte dich an diesem Gedanken fest und vergiss nicht, dass jeder einzelne Schritt dich diesem glücklichen Moment näher bringt.«

Sogar Cornelius schien beeindruckt von ihrer kleinen Ansprache und unterbrach seine Schnitzarbeiten, um Gretel aus tiefstem Herzen zuzustimmen. Gretel war froh, dass er sich nicht gemüßigt sah, sich erneut endlos über Moral auszulassen.

Die Wanderung dieses Vormittags empfand sie als besonders belastend. Sie fühlte sich schmutzig, und ihre Kleider, soweit vorhanden, waren in einem furchtbaren Zustand. Was von ihrer Perücke übrig war, lag zerdrückt in Hans' Rucksack, und sie fürchtete, dass es nicht mehr zu retten war. Ihre Füße waren dank der Stiefel voller Blasen, ihr Haar war so kraus und verfilzt, dass es auch ohne Nadeln nicht herabfiel, was auch recht war, hatte sie doch sämtliche Nadeln im Zuge der Ereignisse der vergangenen Tage verloren. Hans war so nervös, dass er ständig irgendetwas zwischen den Bäumen zu sehen glaubte und darauf bestand, haltzumachen, damit Cornelius nachsehen konnte, weshalb sie sogar noch langsamer als gewohnt vorankamen. Gegen Mittag kamen sie zu einem weiteren, tiefen, schnell fließenden Bach. Gretel und Hans blieben stehen und starrten bestürzt auf das Wasser, aber Cornelius war begeistert. Hastig sammelte er biegsame Äste und knotete Seile an die Bäume am Flussufer, bastelte ein System aus Seilzügen und Schaukeln und erklärte dabei die ganze Zeit mit atemlosem Eifer, wie sicher und einfach es wäre, mit dieser Vorrichtung überzusetzen. Dann demonstrierte er, wie es funktionierte, segelte am Ende eines der schaukelnden Seile durch die Luft und jodelte vor Freude.

Gretel und Hans standen immer noch da und sahen schweigend zu.

»Ziemlich begeisterungsfähiger Bursche, was?«, bemerkte Hans.

Gretel stimmte zu, und dann gingen die beiden ein Stück am Ufer entlang und vertrauten sich dem stabilen hölzernen Steg an, der den Bach überbrückte.

Gerade, als sie auf der anderen Seite wieder zu ihrem übersprudelnden Führer stießen, erweckte ein Krachen zwischen den Bäumen ihre Aufmerksamkeit.

»Habt ihr das gehört?«, fragte Hans eindringlich.

»Ich schon.« Gretel hob ihr Opernglas an die Augen und lugte zwischen den Stämmen hindurch, konnte aber nichts entdecken.

Das Geräusch ertönte erneut. Es hörte sich an, als wäre da etwas im Wald unterwegs, vielleicht auch mehrere Etwasse, und zwar Etwasse, die groß und schwer waren und sich völlig unberechenbar bewegten.

Cornelius blieb am Wegesrande stehen und schnüffelte in der Luft.

»Was ist das?«, fragte Hans.

Cornelius klappte den Mund auf, um etwas zu sagen, doch das erwies sich als unnötig, denn in diesem Moment brachen drei gewaltige Wildschweine zwischen den Bäumen hervor. Sie brüllten und schnaubten und grollten aufs Fürchterlichste. Cornelius sprang zur Seite und rief den anderen zu, sie sollten sich hinter dem nächsten Baum in Sicherheit bringen. Gretel tat wie geheißen, stellte aber erschüttert fest, dass sie erheblich breiter war als der Stamm der Kiefer, die sie gewählt hatte. Hans hingegen verlor die Nerven und gab Fersengeld.

»Nicht rennen!«, rief ihm Cornelius hinterher.

Aber es war zu spät. Die Panik verlieh Hans die vorübergehende Gabe der Schnelligkeit, aber den Schweinen war er nicht gewachsen. Bald hatten sie ihn eingeholt, und schon war kaum noch zu erkennen, wer am lautesten schrie, er oder die Keiler. Und dann stolperte er. Schnell und massereich, wie er war, trug ihn der Sturz mehrere Meter durch die Luft, ehe er am Stamm einer Lärche zur Ruhe kam, nachdem sein Gesicht eine tiefe Furche in die nasse Erde gegraben hatte. Im Nu waren die Schweine über ihm und holten mit den Hauern aus, als wollten sie das Ding, das da hilflos zu ihren Füßen lag, aufspießen.

»Himmelherrgott!«, gellte Gretel, schoss aus ihrem Versteck hervor und rannte brüllend auf die Tiere zu, bemühte sich verzweifelt, sie abzulenken, damit sie Hans in Ruhe ließen. »Weg da, ihr Viecher!«, schrie sie, wedelte mit den Armen und bemühte sich, so grimmig wie möglich auszusehen. Eines der Schweine zögerte und sah sich zu ihr um. Die beiden anderen schienen drauf und dran zu sein, Hans zu beißen, beschlossen dann aber, stattdessen aufeinander loszugehen.

In diesem Moment peitschte eine Seilschlinge durch die Luft, und Cornelius fing eines der wütenden Tiere ein. Fachmännisch spannte er das Seil, als es sich um den Körper des Schweins legte, und im nächsten Moment lag das völlig verdatterte Tier auf dem Rücken, und er fesselte ihm die Füße. Hans hatte sich derweil weit genug aus dem Schlamm ausgegraben, um vor dem nächsten Wildschwein mit seinem Hut herumzuwedeln. Gretel hielt auf das dritte zu. Es war kaum anzunehmen, dass solch ein wildes Tier je zuvor in seinem wilden Leben solch eine wilde Frau mit mordlüsternen Augen auf sich hatte zurennen sehen. Gewiss war es das Überraschungsmoment, was Gretel den Vorteil eintrug, den sie brauchte, denn als sie in Armweite des Dings kam – und erkannte, dass sie keine Ahnung hatte, was sie nun mit ihm machen sollte –, wich das Schwein plötzlich zur Seite aus und rannte durch den Wald davon.

Der dritte Keiler ließ sich nicht so leicht einschüchtern. Er hatte Hans inzwischen an dem Baumstamm festgenagelt und rannte immer wieder gegen ihn an. Nur Hans' gute Reflexe sorgten dafür, dass die Hauer ihr Ziel nicht fanden, sondern sich nur in die raue Rinde des Baumes bohrten und Splitter aus dem Holz rissen. Gretel verlor auf dem schlüpfrigen, regengetränkten Schlamm den Halt und fiel vornüber, sodass sie nur noch zappelnd zusehen konnte, wie sich Hans den Rucksack vom Rücken riss und ihn dazu benutzte, auf das Tier einzudreschen. Gretel fühlte jeden Hieb, als träfe er ihren Körper, wohl wissend, dass ihre arme Perücke nach dieser Misshandlung höchstwahrscheinlich pulverisiert sein würde.

Unter kühnem Gebrüll rannte Cornelius zu dem letzten Schwein, stürzte sich auf die borstige Kreatur und fing an, mit ihr zu ringen. Ein- oder zweimal sah es aus, als würde das Tier den Kampf gewinnen, und seine Hauer blitzten gefährlich nahe am weichen Fleisch von Cornelius' Wange auf, doch am Ende überwältigte er es und fesselte auch seine Füße mit einem Stück Schnur.

Keuchend lagen die beiden Keiler mit geweiteten Augen da, und ihre Flanken hoben und senkten sich in rascher Folge. Den drei Menschen ging es weitgehend genauso. Cornelius fand als Erster seine Stimme wieder.

»Ich habe da hinten jemanden gesehen«, berichtete er. »In einiger Entfernung hinter dem Keiler.«

»Kannst du die Person beschreiben?«, fragte Gretel.

Er schüttelte den Kopf. »Sie war zu weit entfernt, aber es war eine Frau, dessen bin ich sicher.«

»Eine Frau?« In Gretels Kopf fing es an zu brummen.

Hans fegte sich den Dreck von seinem Pyjama. »Jemine!«, keuchte er endlich. »Das war knapp!«

»Warum musstest du auch weglaufen, Hans?« Schnaubend stemmte sich Gretel auf die Beine. »Warum um Himmels willen musst du immer so etwas Idiotisches tun? Kannst du nicht einfach einmal das machen, was man dir sagt, oder muss ich dich wirklich immer vor deiner eigenen Feigheit und Dummheit retten?«

Sie bedauerte ihren Ausbruch schon in dem Moment, in dem er stattgefunden hatte, wohl wissend, dass ihre Worte barsch und unfair waren, aber sie konnte sie nun nicht mehr ungesagt machen. Hans' Gesicht verriet, wie verletzt er war, worauf sich Gretel nur noch schuldiger fühlte und folglich auch wütender, und statt sich zu entschuldigen, solange noch Zeit war, den Schaden wieder zu richten, steigerte sie sich noch weiter hinein und versuchte auch noch, sich Cornelius' Unterstützung zu sichern. »Du verstehst doch gewiss, was ich meine, Herr Eisenfest? Jedes Mal nehme ich meinen Bruder mit und hoffe, dass er mir eine Hilfe ist, und jedes Mal muss ich ihm auf die eine oder andere Art die Haut retten. Will sagen, das reicht, um jeden in Rage zu bringen. Da kann es doch nicht so unbillig sein, wenn ich mir wünsche, die Dinge lägen anders, meinst du nicht auch?«

Cornelius' Stimme klang ruhig und ausgeglichen und nicht ansatzweise erzürnt. »Hans hat instinktiv gehandelt«, erklärte er.

»Sind wir denn Tiere, die nur reagieren können? Wir sind doch vernunftbegabte Wesen, also sollten wir unsere Vernunft doch auch nutzen.«

»In einem Dorf oder einer Stadt vielleicht«, entgegnete Cornelius, »aber hier draußen in der Wildnis muss der Mensch seinen Instinkten vertrauen.«

Gretel wollte erneut Widerspruch anmelden, wollte einwenden, dass eben diese Instinkte beinahe dazu geführt hätten, dass ihr Bruder von den Wildschweinen aufgespießt und angenagt worden wäre, aber etwas in Cornelius' Miene hielt sie davon ab. Was war es? Hans' Gekränktheit war leicht zu identifizieren, aber sie brauchte etwas länger, um Cornelius' Enttäuschung einzuordnen, und das Ergebnis tat weh. Es ähnelte der Missbilligung durch einen Lieblingslehrer. Sie war beurteilt und für unzulänglich befunden worden, nicht wegen ihrer Taten, sondern wegen ihrer grausamen Worte. Sie mochte geholfen haben, Hans das Fell zu retten, aber sie hatte zugleich eine Wunde aufgerissen, die auch eine Narbe hinterlassen würde.

Hans warf sich seinen Rucksack wieder über die Schulter und rammte sich den zerknautschten Hut auf den Kopf.

»Lass es mich wissen, wenn du denkst, dass wir weit genug gegangen sind, um unser Lager aufzuschlagen«, sagte er in ruhigem Ton, doch mit einem unverkennbaren Zittern in der Stimme. Und dann wandte er sich ab und marschierte los.

Gretel betrachtete den gefesselten Keiler und überlegte kurz, ob ein Stück Schwarte und ein knuspriges Stück Haxe ihr vielleicht helfen könnten, sich die Vergebung ihres Bruders zu verdienen.

Cornelius sank neben dem nächsten Keiler zu Boden und zog ein alarmierend großes Messer. Gretel keuchte erschrocken auf, nicht überzeugt, dass sie in diesem Moment den Mumm besaß, ein Blutbad mitanzusehen. Aber Cornelius schnitt lediglich das Seil durch, stellte das Tier wieder auf die Füße und versetzte ihm einen Stoß, worauf es zurück in den Wald flüchtete.

»Werden die nicht wieder auf uns losgehen?«, fragte Gretel.

»Nein.« Cornelius befreite den verbliebenen Keiler und steckte sein Messer in die Scheide. »Sie haben eigentlich gar nicht angegriffen. Jetzt sind sie ruhiger und laufen in die andere Richtung. Sie werden uns nicht mehr behelligen.«

»Aber sie schienen so erpicht darauf zu kämpfen und zu beißen und mit ihren Hauern zuzustoßen – wie kann das kein Angriff gewesen sein?

»Sie haben sich merkwürdig verhalten. Es ist nicht normal, dass sie so heranstürmen, nicht, wenn sie nicht in die Enge getrieben werden und sich bedroht fühlen.«

»Wirklich?«

»Und sie neigen nicht dazu, im Rudel zu jagen. Die männlichen Tiere sind sehr territorial, darum haben sie angefangen, sich gegenseitig zu bekämpfen.« Er schüttelte den Kopf. »Ich habe noch nie vorher erlebt, dass drei erwachsene Keiler gemeinsam auftreten. Ich kann mir nicht einmal vorstellen, dass sie alle aus diesem Teil des Waldes gekommen sind.«

»Soll das heißen, jemand hat sie hergebracht? Hergebracht und absichtlich auf uns angesetzt?«

»Das ist die einzige Erklärung.« Er erwiderte ihren Blick und rechnete unverkennbar damit, dass sie näher darauf einginge.

»Unser rätselhafter Angreifer«, sinnierte sie. »Noch ein Versuch, uns zu verscheuchen.« Sie spürte, wie sich ihr Magen vor Zorn zusammenkrampfte. »Schön, ich denke, ich habe genug davon, geängstigt und ramponiert und übel zugerichtet zu werden. Herr Eisenfest, wenn du so freundlich wärest, die Führung zu übernehmen. Wir werden heute keine Mittagspause machen, sondern vorandrängen, auf dass wir unser Ziel vor Einbruch der Dunkelheit erreichen und all diesem Unsinn ein für alle Mal ein Ende machen können!«

14

Während der nächsten Meilen schleppte Gretel die dornige Bürde eines schlechten Gewissens mit sich herum. Sie hatte barsch mit Hans gesprochen, und das hätte sie nicht tun sollen, das war der langen Rede kurzer Sinn. Ihr fiel auf, dass Cornelius sich mit Hans unterhielt. Die Worte konnte sie nicht verstehen, aber sie erkannte anhand der subtilen Veränderung von Hans' Körperhaltung, seinem zunehmend zielstrebigen Schrittes und dem Umstands, dass er sich den Hut wieder auf die gewohnt fesche Art zurechtrückte, dass Herr Eisenfest ihn zugleich beschwichtigte und ermunterte. Und dass Cornelius es mit seinen sachten Schmeicheleien tatsächlich schaffte, die Stimmung ihres Bruders wiederherzustellen. Sie sah sich gezwungen, ihre Einschätzung des heiteren Abenteurers zu korrigieren. Bisher hatte sie in ihm einen Mann der Tat gesehen, keinen Denker, einen Mann, dessen Hauptspeise griffige Predigten waren und dessen Imbiss aus leicht verdaulichen Bonmots bestand. Nun stellte sie fest, dass ihm diese Beurteilung nicht gerecht wurde. Nein, er war ein Mann mit einem Gespür für die Nöte anderer. Eine Person, die Unzulänglichkeiten eines Menschen zu erfassen imstande war, und auch, welchen Schaden diese Unzulänglichkeiten anderen zufügen konnten. Die Aufmerksamkeit, die er nun Hans schenkte, deutete darauf hin, dass er die zerbrechliche Natur des Menschen besser einzuschätzen wusste als die meisten und die Fähigkeit besaß, sich selbst hintanzustellen, um Güte zu spenden statt zu zürnen, wenn es erforderlich war. Gretel musste sich eingestehen, dass das etwas war, was ihr oft äußerst schwerfiel. Besonders, wenn es um Hans ging.

Der Weg wurde kurvenreicher und war zunehmend überwuchert, sodass sie gezwungen waren, das Unterholz zurückzudrängen, um vorwärtszukommen. Brombeersträucher und Ranken griffen nach ihnen, während sie sich vorankämpften, und regelmäßig und zunehmend verunsichert zogen sie die Karte zurate. Ihr Bestimmungsort mochte auf der zerfledderten Zeichnung deutlich markiert sein, doch es war offenbar kein Ort, der leicht zu finden war, nicht einmal mit den passenden Anweisungen.

Plötzlich hielt Cornelius, der die Führung übernommen hatte, eine Hand hoch, und alle blieben stehen. Gleich darauf kauerte er sich tief nieder und untersuchte den Waldboden.

»Was ist los?«, fragte Gretel.

»Sind da noch mehr Tierspuren?«, wollte Hans wissen. »Mehr Keiler, womöglich? Oder Wolfsdinger? Oder sind es dieses Mal Bären? Hier könnte es doch Bären geben, oder nicht?«

Für einen Moment sagte Cornelius nichts, sondern bückte sich noch weiter und legte sein Ohr auf den Boden. Er sah verwirrt aus. Schließlich erhob er sich wieder und musterte eingehend das Gebiet rund um den kaum noch erkennbaren Pfad, dem sie folgten.

»Seltsam«, sagte er schließlich. »Es gibt Anzeichen, dass viele Leute diese Stelle passiert haben, allerdings vorsichtig, damit sie so wenige Spuren wie möglich hinterlassen. Und ich kann eine Vibration wahrnehmen, die von irgendwo vor uns kommt und sich nach den Hufen schwerer Tiere anfühlt.«

»Pferde?«, meinte Gretel. »Jäger, die durch dieses Gebiet reiten?«

»Nein, sie bewegen sich zu langsam und kommen weder näher, noch entfernen sie sich. Es ist beinahe, als würden sie in kleinen Kreisen marschieren. Und, nun ja, mir ist klar, dass das keinen Sinn ergibt, aber ich bin sicher, dass sich Räder über den Boden bewegen.«

»Wagenräder? Aber es gibt doch gar nicht genug Platz, um einen Karren, ein Fuhrwerk oder eine Kutsche irgendeiner Art zu bewegen!«

»Zumindest hier nicht«, stimmte er zu.

Mit neuer Vorsicht gingen sie weiter. Die Dämmerung sank herab, weshalb sich das Vorankommen in dem Waldesdickicht notwendigerweise noch schwerfälliger gestaltete, und nun gaben sie sich zudem noch mehr Mühe, leise zu sein, zu lauschen und in die Dunkelheit zu blinzeln, um eine Erklärung für Cornelius' Wahrnehmungen zu finden. Und nach einem weiteren halbstündigen Marsch fanden sie sie tatsächlich. Versteckt hinter einem Dornengestrüpp blieb das Trio stehen und gewahrte voller Verwunderung die Wahrheit, die sich hinter dem alltäglichen »X« auf Herrn Arnolds Karte verbarg.

Die zunehmende Dunkelheit wurde abrupt von Lichtern durchbrochen, einige ruhig und hell, andere flackernd. Diese Lichter schimmerten durch Fenster aller Formen und Größen und erhellten offensichtlich die Räume von Häusern, Läden und Wirtshäusern. Als wäre es nicht schon verblüffend genug, mitten im Wald versteckt ein ganzes Dorf vorzufinden; als wäre die Entdeckung einer ganzen Siedlung, wo doch nur eine einzelne Behausung erwartet worden war, nicht ausreichend stupend; als wäre es an einem gewöhnlichen Sommerabend nicht für jedermann staunenswert genug, in diesem abgelegenen, unbekannten Teil des Waldes auf eine ganze Gemeinde von Leuten zu stoßen, die hier ihr Leben lebten, gab es da noch ein Merkmal, das diese Häuser unbestreitbar zu etwas Besonderem machte. Etwas anderem. Etwas Abweichendem. Etwas extrem Ungewöhnlichem. Sie befanden sich alle mindestens dreißig Fuß über dem Boden. Jedes Einzelne war in einen – und aus einem – Baum gebaut worden. Es waren in der Tat Baumhäuser. Da gab es kleine Hütten mit malerischen Fensterläden. Es gab größere Gebäude, vor denen Schilder baumelten, die Unterkünfte anpriesen. Es gab einen Kramladen und einen Schneider und einen Barbier und ein Wirtshaus, und etwas weiter hinten boten eine Schmiede, ein Bestatter und ein Arzt ihre Dienste feil.

»Gütiger Himmel!«, entfuhr es Hans.

Cornelius war sprachlos.

Durch Gretels Geist wirbelten derweil neue Fragen und Möglichkeiten, nicht zuletzt die, dass sie nun vielleicht endlich ein Bad und ein paar neue Kleider bekäme. Weniger dringlich, aber wichtiger war der Gedanke, dass dies ein Ort war, an dem eine Person, die nicht gefunden werden wollte, etwas führen konnte, was einem Leben doch recht nahekam. Hatte das, was sie über den Zauberer wusste, auch dazu geführt, dass sie sich mit der Idee, er könnte sich allein in einer Hütte verkrochen haben, absolut nicht hatte anfreunden können, fiel es ihr doch gar nicht so schwer, sich vorzustellen, dass er seine Tage hier leidlich angenehm verbringen könnte. Und bei diesem Gedanken schöpfte sie neue Hoffnung, dass er tatsächlich noch am Leben war. Da erst wurde ihr klar, dass ihr sein Leben am Herzen lag. Viel lieber würde sie für den Nachweis, dass er lebte, ihren Lohn von der Versicherungsgesellschaft kassieren als von Witwe Arnold für den Nachweis seines Todes.

»Schaut!«, unterbrach Hans ihren Gedankengang, ehe sie ihn noch weiter verfolgen konnte. »Ein Wirtshaus! Und es sieht auch recht anständig aus. Ich könnte schon ein Maß Bier oder zwei vertragen. Was sagst du, Gretel?«

»Ich sage, wir haben uns eine kleine Erholungspause verdient, aber ich sage auch, dass wir hier niemanden kennen und dass wir möglicherweise nicht willkommen sein werden, wenn wir das Wirtshaus ungekämmt und in unseren derzeitigen Kleidern betreten. Ich schlage Folgendes vor: Herr Eisenfest, du bist immer noch anständig gekleidet und einigermaßen sauber; würdest du so freundlich sein und uns in diesem Gasthaus dort Zimmer reservieren und darum bitten, dass man uns einen Schneider mit einer Auswahl brauchbarer Kleider schickt? Ich dringe auf Diskretion, denn sollte unser Zauberer sich hier aufhalten, so möchte ich ihn nicht erschrecken. Sollte er erfahren, dass eine Ermittlerin in die Stadt gekommen ist, könnte er fliehen, und ich für mein Teil habe genug davon, ihm durch den Wald nachzustellen.«

»Wer, soll ich sagen, dass wir sind?«, fragte Cornelius.

»Du bist du und wirst sagen, dass du zwei Möchtegern-Abenteurer dabei hast, die dich engagiert haben, um das Leben unter freiem Himmel kennenzulernen und solcherlei, die nun aber erschöpft sind und sich nach der Behaglichkeit von heißem Wasser und weichen Betten sehnen. Bleib vage, aber sei freundlich, und ich bezweifle, dass man weiter in dich dringen wird.«

Zur Abwechslung gab Hans Bedenkenswertes von sich. »Aber wie kommen wir an Geld? Ich glaube nicht, dass du genug mitgenommen hast, um Hotelkosten und Wirtshausrechnungen abzudecken.«

»Das habe ich nicht. Und das Wenige, das ich dabei hatte, ist zusammen mit dem Rest meiner Habe in dem Hexenhäuschen in Flammen aufgegangen. Herr Eisenfest, ich muss dich bitten, für unsere Spesen aufzukommen und sie auf die Rechnung zu setzen. Es wird dir erstattet werden, sowie wir nach Gesternstadt zurückkehren. Du hast mein Wort.«

»Ich helfe gern«, entgegnete Cornelius, »aber wir könnten natürlich auch ein Lager in der Nähe aufschlagen. Ich habe ein Stück den Pfad hinauf eine perfekte Stelle für ein Feuer und Hängematten …« Die Mienen seiner Gefährten waren ihm Antwort genug. »Wie ihr wünscht«, sagte er. »Aber wenn es euch nichts ausmacht, werde ich, wenn ich getan habe, worum du gebeten hast, wieder draußen nächtigen. Ich werde zu besagter Stelle gehen und warten, bis ihr mich benachrichtigt, dass meine Dienste für die Rückreise benötigt werden.« Dann hastete er von dannen, um Gretels Anordnungen Folge zu leisten.

Auf dem Boden unter der luftigen Stadt grasten Tiere – vor allem Ziegen und Milchkühe –, was das Muster der Hufschläge erklärte, die Cornelius korrekt identifiziert hatte. Rasch ging er zwischen ihnen hindurch und passierte ein großes Schild, das Besucher im Baumhausdorf willkommen hieß, lief zur nächsten Strickleiter, die er hurtig erklomm, unbeeinträchtigt von der Art, wie sie hin und her schwang und sich verdrehte. Seine starken Arme und die flinken Füße beförderten ihn mühelos hinauf.

»Sieh ihn dir an!«, hauchte Hans ehrfürchtig. Dann, nach einer Pause, in deren Verlauf Gretel überzeugt war, dass er hören konnte, wie sich die Rädchen in ihrem Hirn drehten, fragte er: »Wie sollen wir uns Zugang zu der Stadt und all ihren Wonnen verschaffen? Ich kann mir nicht vorstellen, dass einer von uns diese Leiter erklimmen kann.«

Wann immer Hans es fertigbrachte, eine offensichtliche, aber unerfreuliche Wahrheit auszusprechen, neigte Gretel zu einer scharfen Entgegnung. Dieses Mal jedoch war die Erinnerung an seine gekränkte Miene nach ihren harten Worten noch zu frisch.

»Das ist ein guter Einwand, Bruder mein. Die Leitern sind nicht für uns gemacht. Lass uns einfach davon ausgehen, dass nicht jeder in Baumhausdorf so flink und fähig ist wie unser junger Freund. Sie müssen noch andere Zutrittsmöglichkeiten haben. Die werden wir suchen.«

Unter dem Mantel der Dunkelheit traten sie näher und bewegten sich so leise sie konnten zwischen den stinkenden Ziegen und den kauenden Kühen hindurch. Ein übermäßig zugewandtes Kalb fand Gefallen an Hans' Hut, was sie ein wenig aufhielt, und einmal spürte Gretel, dass ihr Stiefel auf einem warmen Kuhfladen landete, aber davon abgesehen stellten sich keine Probleme ein. Endlich erreichten sie eine Vorrichtung, an der ein junger Mann Dienst tat, der zwar keine Worte hatte, doch imstande war, ihnen mit Gesten zu beschreiben, welchen Dienst er zu bieten hatte, und der bestand darin, den Flaschenzug zu bedienen, mit dessen Hilfe der Käfig hochgezogen wurde, der sie in die Bäume hinauftragen würde. Da sie kein Geld hatten, um ihn zu bezahlen, führte Hans einen Kartentrick vor, den der Bursche übertrieben amüsant fand. Minuten später steckten sie in dem Korb aus Holz und Weidengeflecht und wurden in die Höhe gekurbelt.

»Jemine!«, hauchte Hans, als sie auf die hölzerne Straße traten.

Das Baumhausdörfchen war in der Tat staunenswert. Es glich in jeder Hinsicht einem auf festem Boden erbauten Ort, doch seine Lage hoch oben in den Bäumen bereicherte es um zwei Charakteristika, die sich augenblicklich bemerkbar machten. Das erste war Bewegung, denn wie sich die Bäume seufzend im Wind wiegten oder ihre Zweige reckten, so bewegten sich auch die hölzernen Planken. Es war ein beunruhigendes Gefühl, das zugleich sonderbar angenehm wirkte und Gretel an den Aufenthalt an Bord eines Kreuzfahrtschiffs erinnerte. Das zweite Charakteristikum, das sogar in der Dunkelheit unübersehbar war, das war der Blick auf die Welt, den das Dorf seinen Bewohnern gewährte. Obwohl es inzwischen Nacht war, badete ein Mond, so hell wie eine frisch geprägte Silbermünze, die Landschaft in seinem sanften Licht. Gretel trat vor und beugte sich über das Geländer, das den Weg auf ganzer Länge säumte.

»Ha!«, rief sie. Unter ihr lagen viele Meilen Waldland, das sich in alle Richtungen ausdehnte. Sie konnte auf den Baldachin aus Blättern und Zweigen hinabblicken, als wäre sie eine Riesin. Nun war der Wald keine undurchdringliche, beängstigende Masse aus Bäumen mehr, sondern ein weicher, schattenhafter Teppich, über den hinweg sie die Almen und Berge am Horizont sehen konnte. »Ha!«, sagte sie erneut.

»Fräulein Gretel!«, rief Cornelius sie leise aus einem nahen Eingang und signalisierte den Geschwistern, zu ihm zu kommen. »Dies ist ein Wirtshaus und eine Pension, und ich habe Räume für uns bekommen.«

»Hat man dir deine Geschichte abgenommen?«

»Allerdings. Tatsächlich hat der Gastwirt, Herr Uberts, wenig Interesse daran gezeigt, wer wir sind. Der Tarif ist nicht unbillig, und vom Foyer aus führt eine Tür direkt zum Schankraum der Wirtschaft.«

»Hervorragend!« Voller Vorfreude klatschte Hans in die Hände.

Sie folgten Cornelius hinein und die Treppe hinauf. Im Inneren gab es keinerlei Hinweis darauf, dass sie sich so weit oben befanden. Stattdessen sah es aus wie in einem ganz gewöhnlichen Gasthaus mit einer etwas rustikalen Atmosphäre. Es gab viel naturbelassenes Holz und ein Übermaß an schmucklosen Holzmöbeln, doch da war noch genug an Vorhängen, Teppichen und Kissen, um Behaglichkeit zu vermitteln, wenn auch keinen Stil. Gretels Zimmer war klein, aber sauber, ausgestattet mit einem schlichten Holzbett, einem Stuhl und einem Waschtisch. Die Steppdecke war ein Flickwerk, und Gretel musste sich des Bedürfnisses erwehren, sich einfach auf sie zu werfen und ihrer Erschöpfung zu ergeben.

»Nein«, sagte sie sich. »Erst ein Bad und frische Kleider und dann ein Happen Essen in der Wirtschaft.« Eine Vorgehensweise, die sie einerseits erquicken, ihr andererseits aber auch gestatten würde, Einheimische auszufragen und so vielleicht eine Spur zu dem Zauberer zu finden, denn es gab keinen besseren Ort, um Zungen zu lösen, als ein Wirtshaus.

Ehe sie die Vorhänge zuzog, schaute Gretel aus dem Fenster, um sich eine bessere Orientierung zu verschaffen. Das Wirtshaus befand sich grob in der Mitte der Hauptstraße des Dorfes. Diese Durchgangsstraße, wenn man das so nennen wollte, beschrieb einen freihändig gezeichneten Kreis, in dessen Zentrum es in freiem Fall abwärts ginge, wäre da nicht das stabile Geländer. Gleich links befand sich ein Herrensalon und rechts die Schneiderwerkstatt. Andere Geschäftsgebäude und Wohnhäuser säumten entweder die Außenseite des inneren Kreises oder eine der abzweigenden Straßen. Gretel fiel ein Schild über einem der kleineren Bauwerke auf, das die Dienste eines »Arztes von großer Begabung und Erfahrung«, wenn auch offenbar nicht von nennenswerter Bescheidenheit pries. Während sie noch über dieses Muster siegessicherer Eigenwerbung nachsann, trat der Doktor persönlich vor die Tür, um etwas milde Nachtluft zu schnappen.

»Gütiger Himmel!«, rief Gretel, denn dort, prachtvoll in Purpur, wenn auch ohne spitzen Hut, stand kein anderer als Herr Ernst Arnold in Fleisch und Blut. Sie beobachtete ihn, und ihr blieb vor Fassungslosigkeit der Mund offen stehen. Trotz des Verlusts seines Blinddarms schien er bei guter Gesundheit zu sein. Sie hatte nicht damit gerechnet, dass er so leicht zu finden wäre. Tatsächlich schien er sich gar nicht darum zu bemühen, im Verborgenen zu bleiben, und da er für seine Dienste warb, musste er unter den Einheimischen recht bekannt sein. Gewiss benutzte er einen Decknamen. Ob er seine wahre Identität einräumen würde? Oder würde er die Flucht ergreifen, wenn er erfuhr, dass er aufgespürt worden war und kurz davor stand, gefangen zu werden? Und was, ja, was genau sollte sie nun, da sie ihn gefunden hatte, mit ihm machen? Gretel stellte sich vor, wie es wäre, ihn zu fesseln und jemanden, der stark und fähig war, dafür zu bezahlen, dass er ihr half, ihn nach Gesternstadt zurückzuschleifen, und die Aussicht behagte ihr nicht. Nein, sie würde dem Mysterium seines Verschwindens auf den Grund gehen müssen. Dem Mysterium dessen, was genau in seinem Magicarium vorgefallen war. War da noch jemand anderes involviert? War er gezwungen worden? Er musste doch seine geliebte Frau vermissen, und das, schloss Gretel, war der Schlüssel dazu, ihn zur Kooperation zu bewegen. Sie würde sich an ihren Plan halten und Fragen stellen, ehe sie ihn konfrontierte. Solange er keinen Wind davon bekam, wer sie war und was sie hergeführt hatte, gab es für den Zauberer keinen Grund, irgendwohin zu gehen.

Während sie hinschaute, machte er kehrt, um wieder hineinzugehen, hielt dann aber inne und schaute zum Himmel hinauf. Ein kleiner, verschwommener Fleck totaler Finsternis schoss auf ihn zu. Er hielt eine Hand hoch, und Jynx landete auf ihr. Ernst lächelte und koste und kitzelte die kleine Kreatur unter dem Kinn, ehe er sie mit hineinnahm. Hätte sie noch irgendwelche Zweifel an der wahren Identität des Arztes gehabt, so hätte die kleine Fledermaus sie ausgelöscht.

Ein Klopfen an der Tür kündigte die Ankunft einer Frau in mittleren Jahren an, die sich als des Schneiders

Gemahlin vorstellte. Sie hatte eine Auswahl an Kleidern über dem Arm, die sie auf dem Bett ausbreitete, als handele es sich um die neueste Kollektion der feinsten Pariser Couturiers.

»Triff deine Wahl, Fräulein«, sagte sie und trat zurück, die Hände in die Hüften gestemmt und sichtlich überzeugt von der Qualität ihrer Kleider. Oder wahrscheinlich eher von der Tatsache, dass sie den einzigen Laden in einem Umkreis von drei Tagesmärschen betrieb, in dem man Kleidung erwerben konnte, korrigierte sich Gretel in Gedanken.

Gretel wühlte in den dargebotenen Kleidern. Sie waren alle aus zweiter – oder dritter oder vierter – Hand. Einige wiesen mehr Gebrauchsspuren auf als andere. Das einzige, das aus Baumwolle guter Qualität gefertigt war, trug einen beunruhigenden Flicken auf Höhe des Herzens, ganz so, als wäre an dieser Stelle ein schartiger Einschnitt repariert worden. Das dunkelrote Musselin war nicht dunkel genug, um die Flecken auf der Vorderseite zu verbergen, von denen Gretel tief im Inneren wusste, dass es Blutflecken waren. Das nächste Stück war ein Hochzeitskleid, was absolut unpassend für alles mit Ausnahme des Anlasses war, für den es geschneidert worden war. Natürlich fand sich in der Auswahl auch das gefürchtete Dirndl, das Gretel sogleich überging. Damit blieben noch zwei Möglichkeiten. Eine umfasste ein Ensemble aus Röcken und Schnürleib von passabler Güte in einem brauchbaren Grünton. Bedauerlicherweise war es für eine Frau gemacht worden, deren Gestalt weit weniger Substanz hatte als die Gretels, und für Änderungen blieb keine Zeit. Das letzte Kleid – und folglich auch die einzige Wahl – war aus königsblauer Seide. Es hatte die richtige Größe und keinerlei äußere Kennzeichen einer gewaltsamen Vergangenheit, was zu seinen Gunsten sprach. Der Schnitt jedoch war weniger erfreulich. Es hatte keine Ärmel, nur dünne Träger, und es war so weit ausgeschnitten, dass ganze Morgen nackter Haut zum Vorschein kamen, mehr als genug, so empfand es Gretel, dass es schwer würde, irgendeinen Mann davon zu überzeugen, Augenkontakt zu ihr zu halten, ganz gleich, worum sich das Gespräch drehte. Aber es gab keine Alternative. Gretel bezahlte mehr als üblich, um die Frau zu überzeugen, ihr auch ihren eigenen, cremefarbenen Baumwollschal zu überlassen, und reichte ihr das von Cornelius geliehene Geld für die beiden Stücke. Schuhe standen nicht zur Verfügung, also würde sie sich weiterhin mit den Stiefeln zufriedengeben müssen. Der Abgang der Schneidersgattin fiel zusammen mit der Ankunft einer Magd, die Krüge mit heißem Wasser brachte, um Gretel das Bad zu bereiten.

Eine halbe Stunde später lag sie im Wasser und schäumte sich mit einer duftenden Seife die geplagten Füße ein. Ihre schmerzenden Muskeln und der zerschlagene Körper fühlten sich beinahe wie erneuert an. Sie schloss die Augen.

»Nur noch ein bisschen«, gelobte sie sich, »dann gehe ich wieder an die Arbeit!«

15

Zwei Stunden später klopfte sie an Hans' Zimmertür. Der Abend war warm, dennoch hatte sie beschlossen, sich den Schal zu dekorativen Zwecken um die Schultern zu wickeln. Trotzdem zeigte sie immer noch mehr Dekolleté, als ihr behagte. Sie tröstete sich mit dem Gedanken, dass dieser Umstand die Leute vielleicht ausreichend bannen könnte, um mit ihr zu reden. Sie hatte sich das Haar gewaschen und hoch oben auf dem Kopf festgesteckt, und die Magd hatte ihr etwas Puder und Rouge überlassen, damit sie die schlimmsten Verheerungen ihrer Übernachtungen im Wald überdecken konnte. Die Seife, obgleich sonst recht angenehm, hatte einen recht kraftvollen Duft, der immer noch an ihr haftete. Alles in allem, so verriet es ihr ein knapper Blick in den Spiegel auf dem Treppenabsatz, machte sie einen besorgniserregend verführerischen Eindruck, doch daran konnte sie nun nichts mehr ändern.

Hans öffnete die Tür.

Gretel erschrak. »Warum um alles in der Welt bist du so gekleidet?«, fragte sie.

»Es hieß das oder eine Metzgerschürze. Sie hatten sonst nichts in meiner Größe.«

»Aber ein Pfarrer …?«

»Was hätte ich tun sollen, Gretel? Ich kann ja kaum in dem, was von dem Pyjama noch übrig ist, rausgehen.«

Hans vermittelte von Kopf bis Fuß den Eindruck eines

Landpastors. Immerhin war er sauber, und nichts konnte respektabler wirken, dennoch kam es Gretel vor, als hätten sie sich für einen schrillen Kostümball ausstaffiert.

»Ein sonderbares Paar geben wir ab«, murmelte sie, als sie die Treppe hinabstiegen.

Ein besonderer Schwung machte sich in Hans' Schritten bemerkbar, als er ihren Arm ergriff und sie in Richtung Schankraum steuerte. Gretel nahm zwar an, dass er vermutlich nicht der erste Geistliche war, der es so unverkennbar eilig hatte, zum Tresen zu gelangen, möglicherweise aber einer der wenigen, die sich, zumindest dem Anschein nach, in Begleitung einer Gunstgewerblerin befanden. Als sie sich der Tür näherten, die das Wirtshaus vom Gästehaus trennte, konnten sie Musik der lebendigen, leichteren Art hören, überlagert von Geplauder und Gelächter, welches laut und ausgelassen klang. Sie öffneten die Tür und traten ein.

Das Wirtshaus bestand aus einem einzigen, großen Raum. Trotz der Dimensionen war er so voller Nachtschwärmer, dass er schon überfüllt erschien. Von der Tür aus konnte Gretel eine Feuerstelle auf der anderen Seite sehen, einen Tresen, der sich über die ganze Länge des Raums zog. Wo immer genug Platz für Mobiliar war, standen Hocker, kleine Tische und Stühle, die derzeit größtenteils belegt waren. Und von wem die belegt waren! Als sich ihre Augen an den Rauch gewöhnt hatten, der ihr Erscheinungsbild schönte, und an das schwache Licht der Wandlampen, die von den vielen Trinkern verdeckt wurden, machte sie eine Bestandsaufnahme von der Klientel. Die meisten waren Männer, was in sich nicht ungewöhnlich war. Was ihr jedoch sofort auffiel, war, dass so viele von ihnen ihr vage vertraut vorkamen. Als sie den Blick von einem Gesicht zum nächsten schweifen ließ, war sie sicher, dass sie etliche von ihnen erkannte, obwohl sie wusste, dass sie keinem von ihnen je begegnet war. Und dann dämmerte es ihr: Sie erkannte sie anhand ihrer in Tinte verewigten Ebenbilder auf Mitteilungen. Mitteilungen, die sie als polizeilich gesuchte Verbrecher kennzeichneten. Je länger sie hinsah, desto sicherer war sie. Da war der Schändliche Sam, ein Pirat, der seit Jahrzehnten keinen Fuß mehr auf ein Schiff gesetzt und stattdessen Postkutschen ausgeraubt hatte. Und dort der Scheintote Stenz, ein Mann von extravaganter Kleidung und fortgeschrittenem Alter und einer der erfolgreichsten Juwelendiebe in ganz Bayern. Und die dort mit ihm Karten spielten, konnten nur die Lilienzwillinge sein, bekannt dafür, an den Tatorten ihrer Verbrechen stets eine Lilie zurückzulassen – Verbrechen, bei denen es sich, wenn Gretels Gedächtnis nicht trog, zumeist um Morde im Verlauf von Einbrüchen handelte.

»Gretel ...!«, zischte Hans aus dem Mundwinkel. »Irre ich mich, oder ...?«

»Du irrst nicht, Bruder mein.«

»Du siehst auch, was ich sehe?«

»Ich fürchte, das tue ich.«

»Wo sind wir da reingeraten?«, wisperte er eindringlich.

»In einen Ort, der Verbrechern und Verbannten Sicherheit bietet, wie es scheint. Komm, da in der Ecke ist ein freier Tisch.«

Sie bahnten sich einen Weg durch den Raum und nahmen Platz. Ein Schankmädchen, ein Tablett an der Hüfte, schwankte durch das Gedränge herbei und zog einen nassen Lumpen über ihren Tisch.

»Was kann ich euch bringen?«, fragte sie.

»Einen Krug eures besten Biers«, entgegnete Gretel, »zwei Gläser und was immer ihr an Speisen zu bieten habt.«

»Wir haben Haxen mit Kartoffeln. Und etwas Weißwurst.«

»Mit Senf?«, fragte Hans.

»Natürlich, Hochwürden.«

»Hervorragend«, sagte Gretel, ohne auf ihre fehlerhafte Einschätzung hinsichtlich Hans' Identität einzugehen. Aus der Tasche kramte sie den Rest von dem Geld, das Cornelius ihnen geliehen hatte, drückte der Frau ein paar Münzen in die Hand und fragte dabei: »Sag mir, besucht Herr Arnold euer Haus?«

»Der Arzt? Gelegentlich, aber er ist kein großer Trinker. Braucht wohl eine ruhige Hand für seine Arbeit, nehme ich an.« Mit diesem Gedanken ließ sie die Geschwister allein.

»Schau!« Hans beugte sich dicht an seine Schwester heran und deutete mit einem Nicken auf die gegenüberliegende Wand. »Ist das nicht der Bursche, der letzten Sommer die Gesternstädter Bank ausgeraubt hat?«

»Ich glaube, das ist er, aber es könnte ganz gescheit sein, wenn du dir nicht anmerken ließest, dass du ihn erkannt hast.«

»Aber, Gretel, ich erkenne beinahe jeden von ihnen. Sie sind alle berüchtigt. Stell dir mal vor, wir hätten Feldobergendarm Strudel mitgenommen. Ha! Der hätte für die alle gar nicht genug Platz in seinem kleinen Kittchen.«

Gretel bezweifelte stark, dass man den Gendarmen, sollte er je den Weg zu diesem einzigartigen Wirtshaus finden, wieder gehen ließe. Plötzlich schien es ihr, als legten sich eisige Finger um ihren Hals. Wenn jeder hier ein ruchloser Verbrecher war und alle sich so offen zeigten, dann war es von höchster Bedeutung, die Lage dieses Ortes geheim zu halten. Was bedeutete, dass nur den Personen, bei denen das Geheimnis sicher war, die Freiheit zugebilligt werden dürfte, nach eigenem Gutdünken zu kommen und zu gehen. Wie es schien, genoss der Zauberer – oder Arzt, wie sie ihn nun nennen musste – diese Freiheit, doch sie war mehr als nur ein bisschen besorgt, dass man ihr und Hans solch ein Privileg nicht zugestehen würde. Sollte irgendjemand sie erkennen und das Wort »Ermittlerin« aussprechen, dann mochte es das für Gretel (ja, *die* Gretel) aus Gesternstadt gewesen sein. Und für ihren Bruder. Und für Cornelius Eisenfest, sollte die Verbindung zwischen ihnen bekannt werden.

»Hans«, flüsterte sie ihm ins Ohr. »Was immer du tust, verrate niemandem unsere Namen!«

»Nicht?«

»Nein. Mein Beruf passt hier nicht gut hinein. Wenn wir je wieder nach Hause zurückkehren wollen, ob mit oder ohne Herrn Arnold, aber wenigstens mit heiler Haut, dann müssen wir uns an den Schein halten, den Cornelius von uns erweckt hat. Wir sind Möchtegern-Abenteurer, weißt du noch? Wir haben ihn angeheuert, damit er mit uns durch die Wälder zieht und uns lehrt, fachmännisch zu wandern und zu lagern, aber wir haben uns überschätzt und wünschen nun hier zu verweilen, bis wir wieder bei Kräften sind. Dann reisen wir ab. Zudem ist es äußerst wichtig, nicht zuzugeben, dass wir jemanden erkannt haben. Hast du das verstanden, Hans? Hans!«

Aber ihr Bruder hörte gar nicht mehr zu. Sein Mund öffnete und schloss sich, aber kein Laut kam heraus. Seine Augen waren vor Furcht weit aufgerissen, und er starrte zum Tresen. Gretel folgte seiner Blickrichtung und reagierte nicht schnell genug, um zu verhindern, dass sich ein kleiner Aufschrei aus ihrer Kehle löste. Denn dort, auf einem Barhocker, das haarige Kinn auf eine haarige Pranke gestützt, saß ein großer, zottiger Braunbär. Während sie hinschauten, füllte der Zapfer seinen Krug auf, und der Bär trank einen kräftigen Schluck, ehe er sich mit der Rückseite seiner Pranke den Mund abwischte. Sodann rülpste er, knallte sein Trinkgefäß auf den Tresen und verlangte mit einem Nicken nach mehr. Zu beiden Seiten von ihm saßen Männer, die sich an ihrem bärigen Trinkkumpan nicht im Mindesten zu stören schienen.

Ehe Gretel und Hans Gelegenheit zu irgendeiner weiteren Reaktion blieb, wurde die Vordertür aufgerissen, und ein bulliger Mann, an dessen Schulter eine Axt baumelte, kam von der Straße herein, gefolgt von drei kurz gewachsenen Kerlen, die dabei waren, sich zu zanken, und auch nicht aufhörten, nachdem der Jägersmann sie auf Hocker gehoben und ihnen Getränke bestellt hatte.

Die Schankmagd kehrte mit dem Bier zurück und stellte hölzerne Teller vor sie auf den Tisch.

»Sag mir«, bat Gretel im ruhigsten Tonfall, den sie zustande brachte, »dieser … Bär …?« Sie musste feststellen, dass sie außerstande war, eine vernünftige Frage zu formulieren.

»Der?«, fragte die Schankmagd und blickte auf, als

könnte es mehr als einen von der Sorte geben. »Von dem haltet ihr euch besser fern. Ist ziemlich launisch, und das wird nicht gerade besser dadurch, dass ihn alle Baby Bär nennen, obwohl er mindestens dreißig sein muss.«

»Er sieht jedenfalls bestimmt nicht aus wie ein Baby«, schnaubte Hans.

»So was bleibt kleben, wisst ihr.« Die Schankmagd legte Messer auf den Tisch. »Er ist erwachsen geworden und hat sein Zuhause verlassen, aber jeder weiß von der Geschichte mit Goldlöckchen. Das konnte er nie abschütteln. Hat früh angefangen zu trinken und ist in schlechte Gesellschaft geraten.« Sie zuckte mit den Schultern. »Was kann man da schon machen?«

Gretel nahm einen Zug von ihrem Bier und nickte in Richtung der Neuankömmlinge. »Und die da?«

»So ist's eben mit den feinen Herrschaften. Ist schon ganz nett, wenn man sieben Zwerge hat, wenn sonst niemand da ist, aber in der Minute, in der Schneewittchen ihren Prinzen geheiratet und ein Schloss voller Bediensteter bekommen hat, da hat sie sie fallen lassen wie heiße Kartoffeln.«

»Was ist aus den anderen vier geworden?«, erkundigte sich Hans.

»Keine Ahnung, die waren nie hier. Die da arbeiten jetzt für den Jägersmann. Sonst wäre er ganz allein. Ist nie darüber hinweggekommen, dass Rotkäppchen ihn sitzen lassen hat, um einen Weinhändler zu heiraten. Wollt ihr Brot?«

»Was?« In Gretels Kopf ging es drunter und drüber. »Ja. Brot. Danke.«

Als die Schankmagd davongegangen war, um ihr Essen

zu holen, saßen Gretel und Hans für einen Moment wie betäubt inmitten des Tohuwabohus aus Stimmen und rauem Gelächter. Der Klavierspieler schien die gleiche Trinkfrequenz zu haben wie alle anderen auch, folglich wurde sein Spiel im Lauf des Abends immer schneller und lauter. Gretel überdachte ihre Lage. Nicht nur, dass sie sich in Gesellschaft von Berufsverbrechern befanden, nein, wirklich jede Form menschlichen – und tierischen – Treibguts schien in Baumhausdorf gestrandet zu sein. Dies war ein Ort für jene, die sonst nirgends erwünscht waren. Hier waren alle willkommen. Und sie konnten ganz unter sich bleiben, weil niemand sie je verraten würde. Was könnte es für eine bessere Zuflucht geben als einen Ort, an dem niemand ihre Vergangenheit, ihre Taten oder ihre Defizite monierte? Hier waren alle ebenbürtig, und ebenbürtig waren sie auch in ihrem Bestreben, ihren Aufenthaltsort geheim zu halten.

»Jemine«, sagte Hans und zeigte auf einen Tisch am Fenster. »Ein Kartenspiel. Stud Poker, wenn ich nicht sehr danebenliege. Was ich vermutlich nicht tue. Oder zumindest nicht tun sollte nach all diesen Jahren als Spieler.«

»Du kannst dich daran nicht beteiligen, Hans. Denk nicht einmal daran.«

»Was? Aber Gretel, das ist eine großartige Gelegenheit. Höchstwahrscheinlich könnte ich genug gewinnen, um für unser Mahl und unsere Unterkunft zu bezahlen.«

»In der Kleidung eines Geistlichen?«

»Spielen Geistliche nicht?«

»Sie sind jedenfalls nicht für ihre Zockerqualitäten bekannt, Hans. Wenn du in dieser Kleidung anfängst zu gewinnen und den Einheimischen Geld abzunehmen, werden die eine Ratte wittern.«

»Aber ...«

»Wir können es uns nicht leisten, Aufmerksamkeit zu erregen. Und ich glaube, dir ist die heikle Lage, in der wir uns an diesem Ort befinden, noch nicht ganz klar. Ah, da kommt unser Essen! Also, iss, versuch, niemanden anzustarren, ganz besonders den Bären, und mit ein bisschen Glück können wir gesättigt in unsere Räume zurückkehren, ohne mit jemandem gesprochen zu haben.«

Das Mahl war passabel, heiß, frisch und reichlich. Das Bier war süß und stark. Nach den Tagen der Entbehrung war dies eine verlockende Mischung, und Gretel ertappte sich bei dem Wunsch nach einem weiteren Krug Bier und einer Portion gedämpften Apfelpuddings mit Vanillesoße. Hans erhob keine Einwände. Allmählich veränderte sich die Stimmung in dem Wirtshaus, wurde ein wenig kerniger, unverträglicher. Die seltsamen Stammgäste zeigten sich zunehmend rauflustig, der Lärm nahm zu und mit ihm das Gepöbel, sodass bald keine auch nur ansatzweise normale Unterhaltung mehr möglich war.

»Wir sollten bald gehen, Hans.«

»Was?« Er legte eine Hand trichterförmig ans Ohr.

Gretel stand auf. »Wir sollten gehen!«, brüllte sie und zeigte zur Tür.

Hans nickte und erhob sich ebenfalls, um ihr zu folgen. Inzwischen jedoch war der Raum so voll, dass es nicht einfach war, sich einen Weg durch die Menge zu bahnen, und so kamen sie nur mit jeder Menge lippengeformter *Entschuldigen S'* und *Dürft ich mal* voran. Hans' neue Rolle trug einiges dazu bei, ihnen den Gang durch das Gedränge zu erleichtern. Mehr als nur ein getretener Zeh, der leicht zu geschwungenen Fäusten hätte führen können, ließ sich durch den Anblick der Klerikerkleidung besänftigen. Gretel wurde der Schal von den Schultern gezerrt, als sie vorandrängte, und ihr tiefer Ausschnitt zog wollüstige Blicke an. Sie achtete nicht darauf, lächelte sogar süß, wenn sie glaubte, es könne hilfreich sein. Es schien eine Ewigkeit zu dauern, irgendwohin zu gelangen, und dann erregte ein weiteres Kartenspiel Hans' Aufmerksamkeit. Er blieb stehen und starrte sehnsüchtig den Pot in der Mitte des Tisches an, als das siegreiche Blatt aufgedeckt wurde.

Gretel zerrte an seinem Ärmel.

»Komm schon, ehrwürdiger Bruder!«, brüllte sie ihm ins Ohr.

»Aber, Gretel, in all diesem Krawall würde mich doch niemand wirklich wahrnehmen. Nur ein kleines Spiel? Es wäre gar nicht notwendig, denen zu erzählen, wer du bist oder warum du hier bist«, bettelte er.

»Ich kann dich nicht hören!«

»Ich sagte: …«

Hans holte tief Luft, um die ganze Kraft seiner nicht unerheblich großen Lunge in seine Worte zu legen. Bedauerlicherweise wählte der Pianist eben diesen Moment, um eine Pause einzulegen, sodass Hans' Gebrüll mitten in die plötzliche Ruhe fiel.

»… die müssen nicht wissen, dass du Ermittlerin bist und hier, um jemanden zu suchen, der sich vor dem Gesetz versteckt!«

Die Ruhe vertiefte sich zu einer finsteren, bodenlosen Stille, als sich jedes einzelne Augenpaar auf sie richtete, um den Geistlichen und seine üppige Begleiterin zu mustern, und jedes einzelne dieser Paare glühte grell und unnachgiebig, erfüllt von einem wahrlich mörderischen Potenzial.

16

Es gibt Zeiten, in denen sich Umstände und Ereignisse verbünden, um eine Person zu Fall zu bringen, die mit Fug und Recht einwenden könnte, solch ein Schicksal nicht verdient zu haben. Kommt es zu solch einer Verknüpfung der Geschehnisse, gibt es wenig, was die unglückselige Person im Auge des Sturms tun kann, um auf die eine oder andere Weise auf das Resultat einzuwirken, und es hilft ihr auch nicht zu bedauern, was sie in diese Lage gebracht hat, denn in diesem Moment hat sie so wenig Einfluss auf ihr Los wie ein Blatt in einem Wasserstrudel. Es gibt auch Zeiten, für die ganz das Gegenteil gilt: Es gibt Menschen, die den Zorn sämtlicher Götter auf sich ziehen, nur um vor den Konsequenzen ihrer Taten durch einen gewöhnlichen Vorfall gerettet zu werden, der sich rein zufällig und ohne ihr geringstes Zutun ereignet. Gretel sollte sich später eingestehen, dass das, was in jener Nacht im Wirtshaus geschah, in die zweite Erlebniskategorie fiel.

Während sie und Hans, von allen Seiten bedrängt, zwischen knurrenden, böse dreinschauenden Kerlen – und einem Bären – standen, die alle dazu neigten, schon auf den vagen Gedanken an »das Gesetz« gewalttätig zu reagieren, suchte sie im Geiste verzweifelt nach passenden Worten, um die Lage zu retten. Sie öffnete sogar den Mund, um sich auf die pfiffige Ausrede vorzubereiten, sollte sie ihr denn in den Sinn kommen. Was nicht geschah. Sie versuchte es mit einem Lächeln, aber auch das konnte das Eis nicht brechen. Neben ihr gab Hans ein leises Kichern von sich, Ergebnis von zu viel Bier und zu wenig Verstand, verstärkt um die verständliche Furcht um seinen eigenen, kollargeschmückten Hals.

Einer der Männer in unmittelbarer Nähe, dessen stoppelbärtiges, schroffes Aussehen durch die vielen Narben, die sein Gesicht schraffierten, nicht eben verbessert wurde, artikulierte die Frage, die, aller Wahrscheinlichkeit nach, allen Anwesenden durch den Kopf ging.

»Wer seid ihr und was habt ihr mit *dem Gesetz* zu schaffen?« Die entscheidenden Worte waren ihm so zuwider, dass er sich gezwungen sah, aufwendig auszuspucken, nachdem er sie gesprochen hatte. Mehrere seiner Spießgesellen schienen ganz ähnlich zu empfinden.

»Mein Bruder ist verwirrt …«, fing Gretel mit bedacht sorgloser, fröhlicher Stimme an, was, soweit es sie betraf, einem schauspielerischen Bravourstück gleichkam. »… er ist solch ein kräftiges Bier, wie ihr es hier genießt, nicht gewohnt.«

»Verwirrt oder nicht, der Name bleibt derselbe«, erwiderte Narbengesicht. »Wer ist er und wer bist du?«

Ein Chor aus *Aye* und *Sprecht* und *Raus damit* klang auf.

Hans erkannte, dass er in irgendeiner Weise dafür herhalten sollte, Schönwetter zu machen, damit sie vielleicht doch mit dem Leben davonkamen, und so fühlte er sich verpflichtet, auch etwas zu tun. Mag sein, dass dieses Etwas eine Sache von Wert, von List und von Tücke, wie er dergleichen noch nie zuvor in seinem Leben bewiesen hatte, gewesen wäre. Mag auch sein, dass es etwas Geringeres gewesen wäre, etwas Ungefälliges, etwas, das mehr

Hans wäre. Niemand sollte es je erfahren, denn als er sich in die Brust warf und den Bauch aufblähte, um seine Ansprache zu halten, tat er einen Schritt zurück und zur Seite in dem Bemühen, eine Position einzunehmen, von der aus er besser das Wort an die Menge richten konnte. Doch leider gab es hinter ihm keinen und neben ihm nur geringen Raum, sodass er stattdessen geradewegs und gewichtig auf die unbeschuhte Hintertatze von Baby Bär trat.

Der Bär brüllte. Hans sprang vor, donnerte gegen den Schändlichen Sam, der ihn postwendend in die Arme von N.N. Anderer Bandit schubste. Dieses stämmige Musterexemplar der Verbrecherklasse holte mit dem Arm aus und schlug mit der fleischigen Faust nach Hans' Kopf, doch Hans, immer noch nicht im Gleichgewicht nach all dem Donnern und Schubsen, taumelte in diesem Moment zur Seite und abwärts und landete schwer auf dem mit Sägespänen bedeckten Boden. Infolgedessen fand die Faust ihren Weg ins Auge des Jägersmanns, woraufhin alle drei Zwerge von ihren Barhockern sprangen, um ihren Freund zu verteidigen.

Da es nicht ausreichend Platz für private Prügeleien gab, breitete sich die Rauferei wie eine Seuche über die ganze Länge des Schrankraums aus, sodass bald jeder jeden schlug oder biss oder würgte. Der Pianist spielte zu einer angemessen lebhaften Weise auf. Der Wirt zog einen Knüppel hervor, um seine Waren zu schützen. Das vorangegangene Geplapper wurde von Flüchen, Verwünschungen und Geschrei abgelöst.

Gretel ließ sich neben ihrem Bruder zu Boden sinken.

»Hans, bleib unten und folge mir!«, wies sie ihn an und fing an, auf Händen und Knien zwischen den torkelnden und stampfenden Beinen hindurchzukrabbeln. Irgendwann ergriff der Bär einen massigen Mann und schleuderte ihn zum Fenster hinaus. Dessen Flugbahn, der Bogen, den er beschrieb und die Dauer seines Schreis deuteten darauf hin, dass er es komplett über die Balustrade geschafft hatte und sich nun auf schnellem Sturzflug zum Waldboden unter dem Dorf befand.

»Um Gottes willen, Hans, kriech weiter!«, rief Gretel.

Sie erkämpften sich den Weg zur Tür, rissen sie auf und hielten gerade lange genug inne, um sie vor dem hinter ihnen liegenden Chaos wieder zuzuknallen. Was ausreichte, dass Gretel einen Blick auf eine vertraute Gestalt erhaschen konnte, die in diesem Moment zum Haupteingang hereinkam. Eine weibliche Gestalt. Unauffällig und etwas schlicht, aber unverkennbar eine Frau, die Gretel bekannt war. Eine Frau sogar, die sie vor gerade sechs Tagen befragt hatte. Denn diese Frau war keine andere als die Gemahlin des Bäckers, den Ernst Arnolds Zauberei zu einem Leben in qualvollem, nie endendem Gelächter verdammt hatte.

In der Zuflucht ihres segensreich bequemen Betts in ihrem herrlich leeren Raum hinter einer beruhigend verriegelten und mit einem Stuhl verrammelten Tür zog Gretel Bilanz. Zumindest waren sie und Hans der Wirtshausschlägerei unbeschadet entkommen. Tatsächlich hatte sich die Prügelei als die entscheidende Ablenkung erwiesen. Zwar hatten sich viele der anwesenden Geister in einem Zustand fortgeschrittener Trunkenheit befunden, doch waren etliche immer noch ausreichend scharfsinnig gewesen, um in Gretel eine Bedrohung für ihre künftige Sicherheit zu erkennen und ebenso für die fortdauernde Wahrung des Geheimnisses, das Baumhausdorf umgab. Zwar mochten Katzenjammer, Trägheit und Besseres-zu-tun ihr einen Aufschub gewähren, doch war ihre Deckung aufgeflogen. Sie war in diesem Dorf nicht sicher, folglich musste sie so schnell wie möglich ihre Angelegenheiten regeln und verschwinden. Das Wirtshaus schien keine Sperrstunde zu kennen, denn sie konnte auch Stunden, nachdem sie gegangen waren, hören, dass die Kämpfe und das zügellose Verhalten immer noch anhielten. Vor dem Fenster, auf der Baumwipfelstraße und sogar unten auf dem Waldboden dauerten Tumult, Lärm und wüstes Gelage noch bis zum frühen Morgen. Diese Störungen und die menschlichen Aktivitäten bildeten einen harten Kontrast zu den stillen, wenn auch unbequemen Nächten, die sie bis dahin im Wald zugebracht hatte. Kurz dachte sie an Cornelius und stellte sich vor, wie er nun ein Stück weit entfernt friedlich in seiner Hängematte schlief.

Die Fakten, wie sie sich ihr darstellten, waren alles andere als zahlreich, aber bedeutsam.

Zunächst einmal war der Zauberer am Leben und bei guter Gesundheit, trotz des verlorenen Körperteils. Offensichtlich hatte er sich als Dorfarzt niedergelassen und war als solcher in der einzigartigen Gemeinde von Baumhausdorf akzeptiert worden.

Zweitens waren sie und Hans während ihrer Wanderung durch den Wald dreimal angegriffen worden, und der Angreifer war nur einmal gesichtet worden. Hans hatte eine Gestalt gesehen, die er als Werwolf beschrieben hatte.

Drittens hielt sich die Gemahlin des Gesterndorfer Bäckers im Dorf auf.

Gretel untersuchte diese Fakten, hielt sie ins Licht und drehte sie mal in diese, mal in jene Richtung. Sie suchte nach Gemeinsamkeiten und möglichen logischen Schlussfolgerungen. Sie suchte nach Mustern und Übereinstimmungen. Sie überlegte, bis sich ihr Kopf um die Stirn spannte, als trüge sie die bequemste aller neuen Perücken. Und dann hatte sie es.

»Aha!«, rief sie, setzte sich auf und schüttelte den Kopf im Dämmerschein ihres Schlafzimmers. »Drei Angriffe: drei befragte Klienten des Zauberers! Der erste blieb im Dunkeln, der zweite trug einen Pelz – und ähnelte aus der Entfernung einem Wolfsmann – und der dritte … die Gemahlin des Bäckers!«

Da die Verbindung nun hergestellt war, hielt sie auch einer eingehenden Prüfung stand. Aber warum?, fragte sich Gretel. Warum hatten die drei Opfer von Ernst Arnolds fehlgeschlagener Zauberei sich solche Mühe gegeben, um zu verhindern, dass sie den Zauberer fand? Warum, überlegte sie wieder und wieder, bis sich das ständig wiederholte Wort zu einem beschwingten Wiegenlied entwickelte und sie in den Schlaf beförderte.

Frisch und strahlend dämmerte der nächste Morgen herauf, Sonnenschein fiel auf den von einem nicht lange zurückliegenden Regen erquickten Wald. Der Geruch von nassem Holz, Bäumen und Blumen lag in der Luft, und Vögel sangen auf solch eine muntere Art, dass es kaum auszuhalten war.

Gretel stand früh auf und ließ Hans in seinem Zimmer weiterschlafen. Sie wollte den Zauberer befragen, ehe jemand ihn über ihre Anwesenheit im Dorf in Kenntnis setzen konnte. Sie musste sich keine Sorgen machen, dass irgendeiner der Trinker der vergangenen Nacht vor dem Mittagessen sein Unwesen treiben könnte. Die hölzernen Gehwege waren verlassen, und die Schweinehirten, die sich um das Vieh unter ihr kümmern sollten, lagen in schnarchenden Haufen zwischen den Tieren.

Gretel wickelte sich den Wollschal etwas fester um die Schultern. Sie hatte ihr Haar so flach und schlicht wie nur möglich am Kopf festgesteckt und Puder und Rouge gemieden in dem Bemühen, weniger verführerisch als geschäftsmäßig zu wirken. Wenn sie allerdings Herrn Arnold richtig einschätzte, hatte der so oder so nur Augen für seine geliebte Gattin.

Sie stand an seiner Tür unter dem Schild, das ihn als Arzt auswies, und klopfte fest. Schritte klangen auf, und gleich darauf wurde die Tür geöffnet.

»Herr Arnold?« Der Anstand gebot zu fragen, obwohl sie die Antwort bereits kannte.

»Ermittlerin Gretel! Hat Voigt dich geschickt?« Der Zauberer erbleichte unter ihrem Blick. Ihr fiel auf, dass er seine Liebe zu grellen Farben und auffälliger Kleidung nicht abgelegt hatte und folglich immer noch aussah wie ein Zauberer. Sie fragte sich, ob dahinter eine Vorliebe für das Vergangene steckte oder ob es nur der schlichten Tatsache geschuldet war, dass es in der näheren Umgebung keinen anständigen Schneider gab und das Angebot an neuen Kleidern, wie sie hatte feststellen müssen, beschränkt war.

»Hat er nicht, und ich bin erstaunt, dass du annimmst, er hätte. Es war deine gute Frau, die nach meinen Diensten verlangt hat.«

»Evalina!« Den Namen seiner Liebsten auszusprechen erwies sich als zu viel für Ernst, und er verlor gänzlich die Fassung und brach in Tränen aus.

»Vielleicht wäre es möglich, dieses Gespräch fern von neugierigen Blicken zu führen?«, fragte Gretel.

Er nickte, das Gesicht hinter einem großen – purpurroten – Taschentuch verborgen, und signalisierte ihr mit einer ausholenden Bewegung seines kunstvoll beärmelten Arms, sie möge eintreten. Seine Praxis, die offensichtlich Heim und Arbeitsplatz zugleich war, zeugte, obgleich spartanischer, von dem gleichen schlechten Geschmack und der gleichen Liebe zu Plunder, die auch bei der Dekoration seines Hauses und seines Magicariums in Gesternstadt Regie geführt hatten. Es gab Unterschiede, die jedoch allein der Position geschuldet waren, welche er in dem Dorf in den Baumwipfeln bekleidete. Anstelle von Kristallkugeln und Zauberstäben und sonderbarem Räucherwerk und Gläsern mit magischen Zutaten fanden sich hier die Instrumente eines Chirurgen und Knochensetzers, die samt und sonders nicht gerade angenehm aussahen. Ein Geflatter kündete von der Anwesenheit von Jynx, der in seiner Ruhe gestört worden war und nun über Gretels Kopf einen Begrüßungstanz aufführte, ehe er zu seinem bevorzugten Balken zurückkehrte.

»Bitte, nimm Platz, Fräulein«, sagte Herr Arnold und nahm einen Stapel Bücher und Papiere von einem niedrigen Stuhl. Er wartete, bis sie saß, ehe er sich ihr gegenüber auf einen unbequem aussehenden Hocker setzte.

Gretel konnte sich des Gedankens nicht erwehren, dass Evalina sofort angefangen hätte, die Einrichtung um weiches, rüschiges Mobiliar zu bereichern. »Ich bitte dich, Fräulein, sag mir, wie geht es meiner lieben Frau?«

»Wie es einer Witwe eben so geht.« Das brachte ihn erneut zum Weinen, also fuhr sie fort: »Sie vermisst dich schrecklich und quält sich, weil sie nicht weiß, was dir widerfahren ist, Herr Arnold. Etwas anderes konntest du keinesfalls erwarten, bedenkt man, wie sehr sie dich liebt.«

»Glaubst du, sie liebt mich immer noch?« Er blickte auf und forschte in ihren Zügen nach Aufrichtigkeit. »Könnte sie? Würde sie, wenn sie wüsste ...?«

»Das dürfte wohl davon abhängen, was es ist, das sie nicht weiß, nicht wahr?«

»Ach, mein armer Liebling!« Lautstark schnäuzte er sich die Nase.

»Herr Arnold, lass uns noch einmal von vorn beginnen. Ich freue mich, dich lebend vorzufinden, genauso, wie Evalina sich freuen wird.«

»Wird sie? Kann sie mir je vergeben?«

»Sie sieht dich lieber lebend und frevlerisch, aber reumütig, als tot und schuldlos, dessen bin ich sicher.«

»Aber die Täuschung ...«

»Du bist offensichtlich ein Mann, der getrieben wurde, zu verzweifelten Maßnahmen zu greifen. Und da wir gerade dabei sind, bitte sag mir, warum – und wie – du deinen Blinddarm entfernt hast.«

»Ach, das.«

»Zauberei war das nicht, so viel weiß ich.«

Er gluckste trocken. »Ach, ich wäre nicht hier und

würde nun mit dir reden, hätte ich mich zwecks der Entfernung auf meine magischen Fähigkeiten verlassen. Allerdings gab es bei der Operation einen Aspekt, bei dem mir nur die Magie helfen konnte. Wie das Glück wollte, war dies das einzige Gebiet der Zauberei, das ich von jeher mit einem gewissen Erfolg praktiziert habe.«

»Und das wäre?«

»Die Fähigkeit, einen Menschen – oder genauer einen Teil dieses Menschen – vorübergehend unempfindlich gegen Schmerz zu machen.«

»Gütiger Himmel!«

»Erstaunlich, nicht wahr? Das hat die Sache erheblich erleichtert. Tatsächlich bezweifle ich, dass ich es anderenfalls überhaupt versucht hätte. Zu schade, dass ich mit meinen anderen Zaubern nicht solch verlässliche Ergebnisse zeitigen konnte.«

»Aber warum? Solch eine riskante Operation, ganz ohne fremde Hilfe, alles nur, um deinen Schulden zu entkommen?«

»Davon weißt du? Natürlich weißt du davon. Dein Ruf sagt mir, du wärest nicht so weit gekommen, ohne vorher so viele Fakten zusammenzutragen, wie verfügbar sind.« Er seufzte und sackte ein wenig auf seinem Hocker zusammen. Seine Hände fielen auf die Knie, doch seine Augen waren endlich trocken. Dies war die Haltung eines Mannes, der bereit war, alles zu sagen. Gretel hatte dergleichen schon früher gesehen. »Ich hatte mich seit Wochen keiner guten Gesundheit mehr erfreuen dürfen, und ich hatte den Verdacht, meine Appendix könnte dafür verantwortlich sein, dass ich mich so krank fühlte. Tief im Inneren wusste ich, dass er raus musste. Und da ist mir eine Idee gekommen. Schau, wäre ich einfach verschwunden, dann hätten die Leute angenommen, ich hätte meine Evalina verlassen. Ich musste etwas zurücklassen, das von meinem Ableben kündete.«

»Oder von deiner Ermordung?«

»Ja, auch das. Als ich ernstlich krank wurde, griff ich den Gedanken wieder auf. Ich konnte mich heilen – davon war ich überzeugt –, verschwinden und einen Hinweis auf mein mutmaßliches Schicksal zurücklassen.«

»Einen kryptischen, wenn ich das so sagen darf.«

»Aber nicht zu kryptisch für Gretel aus Gesternstadt?«

»Du hast angenommen, ich könnte dich finden? Hast womöglich sogar gehofft, dass du entdeckt wirst?«

Wieder seufzte Herr Arnold. »Die Wahrheit ist, es mag wohl sein, dass ich das getan habe. Wenn ein Mann aus Verzweiflung handelt und zu drastischen Mitteln greift, wünscht sich dann nicht oft ein Teil seiner selbst, ertappt zu werden? Aufgehalten gar?«

Gretel wusste, dass dem häufig so war, denn sie hatte es schon bei früheren Fällen erlebt, die sie ebenfalls gelöst hatte.

»Ein perverser Teil der menschlichen Natur«, stimmte sie zu. »Aber, Herr Arnold, hättest du deine Probleme nicht einfach mit deiner dir zugetanen Gattin besprechen können? Gemeinsam hättet ihr doch gewiss einen Ausweg aus euren Schwierigkeiten finden können.«

»Ach, Fräulein, sie ist mir so teuer. Ich wollte ihr keinen Kummer machen.«

»Tststs«, machte Gretel. »Diese Worte stehen auf den Grabsteinen so vieler Männer«, warnte sie ihn. In diesem Moment fiel ihr sein Terminkalender auf dem Tisch neben ihr auf. Darin standen Namen mit Daten und Zeiten und Forderungen, die, so hatte es den Anschein, abgehakt und beglichen waren.

»Wie ich sehe, gehen die Geschäfte als Arzt in diesem Ort recht gut«, stellte sie fest.

»Das verdankte ich den Einwohnern von Baumhausdorf«, erklärte er. »Die Natur ihrer ... *Arbeit* ... beinhaltet, dass sie häufig mit Verletzungen der einen oder anderen Art heimkehren. Und dann sind da noch die regelmäßigen Auseinandersetzungen und Prügeleien, bei denen sie sich weitere Schmerzen und Wunden zuziehen. Und natürlich gibt es da auch noch die Stürze.« Er unterbrach sich und deutete mit einem Nicken zum Fenster und der Balustrade vor dem Haus. »Ich bringe viel Zeit damit zu, gebrochene Knochen zu richten.«

»Ah, ja.« Gretel erinnerte sich an das Koboldmädchen mit dem gebrochenen Arm. »Ich habe sogar etwas von deiner Arbeit sehen und bewundern können. Wie bedauerlich, dass du, wie es scheint, zur Magie weniger befähigt bist. Ich verstehe jedoch nicht, warum du, wenn du doch so ein begabter und vollendeter Chirurg und Knochensetzer bist, diese Laufbahn nicht in Gesternstadt eingeschlagen hast? Warum hast du stattdessen verbissen an dem Beruf des Zauberers festgehalten, obgleich doch alles darauf hinweist, dass du dafür keine Begabung hast?«

Auf die Antwort musste Gretel warten, denn in diesem Moment hämmerte jemand heftig an die Tür. Der Zauberer-Arzt war derlei verzweifelte Konsultationen offensichtlich gewohnt und ging rasch, aber frei von Angst zur Tür. Eine junge Frau, errötet und bang, fiel beinahe in die Praxis hinein. Gretel erkannte in ihr die Magd aus der

Pension, die ihr das Bad eingelassen und mit Toilettenartikeln ausgeholfen hatte. Und sie war ein wenig erschrocken, als das Mädchen Herrn Arnold ignorierte und sich stattdessen direkt an sie selbst wandte.

»Ach, Fräulein, du musst schnell mitkommen!«, keuchte die Magd.

»Was um alles in der Welt ist passiert?«

»Dein Bruder, er hat ein Kartenspiel entdeckt und wurde eingeladen, teilzunehmen.«

Gretel verdrehte die Augen. »Ja, das hört sich ganz nach Hans an. Ich habe ihm ausdrücklich gesagt, er soll a tun, und er tut b. Danke für deine Sorge, junges Fräulein, aber er ist ein recht guter Spieler. Ich glaube nicht, dass er all unser Geld verlieren wird.«

»Ich bin überzeugt, er ist ein sehr guter Spieler, Fräulein. Das ist ja das Problem. Ich fürchte, einige derer, die mit ihm gespielt haben, waren nicht annähernd so gut wie er und haben zu Methoden gegriffen, die er nicht geschätzt hat, sodass er sie des Betrugs bezichtigt hat!«

17

Herr Arnold, sei so nett und begleite mich, ich könnte deiner Dienste bedürfen«, sagte Gretel. Zwar mochte sich durchaus Wahrheit in ihren Worten verbergen – auch wenn sie aufrichtig hoffte, dass dem nicht so war –, doch sie war vor allem besorgt, der Zauberer könnte die Flucht ergreifen, wenn sie ihm den Rücken zukehrte. Erfreulicherweise konnte sie sich, indem sie an seine Eigenschaft als Arzt appellierte, seine Kooperation sichern, und er folgte ihr aus der Praxis.

Während Gretel mit gerafften Röcken zum Gasthaus hastete, sagte sie sich beständig, dass die Dinge vermutlich nicht so schlimm standen, wie es sich angehört hatte, und dass mit ein paar sorgfältig gewählten Worten und ein paar Runden Bier alles wieder ins Lot und die Angelegenheit zu einem sicheren und glücklichen Ende gebracht werden konnte. Als sie jedoch den Schankraum betrat und die Szenerie gewahrte, die sie dort erwartete, musste sie sich eingestehen, dass die Lage in der Tat kitzlig war. Fünf Männer saßen am Tisch. Drei hatten ihre Karten vor sich abgelegt. Der vierte, Hans, hatte sein Blatt noch in der Hand und hielt ganz besonders still, was an dem fünften Mann lag – ein sehniger Kerl mit Stoppelkinn -, der ihm mit über den Tisch ausgestrecktem Arm die Spitze einer sehr scharfen Klinge an die Kehle hielt.

»Ein bisschen früh am Tag für ein Kartenspiel, nicht wahr, Bruder?«, fragte Gretel.

Hans wagte nicht, sich zu ihr umzuschauen.

»Ah, ja, aber dieses Spiel hat schon gestern Abend begonnen, also ist es viel eher ein sehr spätes Spiel als ein frühes«, erklärte er. »Nach einem kleinen Frühstück bin ich zufällig diesen Ehrenmännern begegnet ...«

Der Mann mit dem Messer knurrte: »Ehrenmänner, ha! Aber einen Moment zuvor war ich noch ein schamloser Lügner und Betrüger. Schon komisch, wie schnell ein Mann seine Meinung ändern kann. Aber mit Schmeicheleien schwatzt du dich hier nicht raus!«

»Ich bin sicher, mein Bruder hat übereilt gesprochen.«

»Eigentlich nicht«, sagte Hans vorsichtig.

»Ich bin überzeugt, er hat sich geirrt«, setzte Gretel nach und betonte nachdrücklich das letzte Wort.

»Nein«, beharrte Hans. »Habe ich nicht«, fügte er hinzu, und seine Stimme steigerte sich zu einem Quieken, als sich die Klinge etwas tiefer in seine Kehle bohrte.

»Niemand nennt mich einen Betrüger!«, grollte der Spieler.

»Aber ...« Hans konnte einfach nicht anders. »Eine andere Erklärung gibt es nicht. Die Karten können nicht so sein, wie du behauptest. Unsere Mitspieler haben ihre Karten auf den Tisch gelegt, und ich zähle dort drei Asse. Und da ich schon beim Geben das vierte erhalten habe, kannst du nicht noch eines haben. Verstehst du das nicht?«

Sein Gegner schüttelte den Kopf. »Wer sagt, dass du nicht der Betrüger bist? Vielleicht ist ja dein Ass das fünfte, hm? Was sagst du dazu?«

Hans' Stimme klang zwar angestrengt, aber auch bemerkenswert entschlossen. »Ich sage, mein Ass bringt mir gar nichts, während deines dir ein Gewinnerblatt einbringt. Seht ihr?« Er legte seine Karten auf den Tisch. Sogar Gretel konnte sehen, dass das eine klägliche Ansammlung nicht zusammenpassender Karten ohne jeden Wert war. Trotz des Asses.

Der Messermann grunzte verärgert. »Wenn das alles ist, was du hattest, warum hast du dann den Einsatz erhöht?«

»Ich habe von meinem Recht zu bluffen Gebrauch gemacht in der Hoffnung, dass du nicht genug Mittel hast, um lange mitzuhalten, sodass du gezwungen wärest, auszusteigen, und ich den Pot gewonnen hätte. Eine nicht unvernünftige Annahme, wenn ich das so sagen darf, bedenkt man, dass du nur noch eine Münze und einen zerbrochenen Flaschenstopfen vor dir hattest und, wenn du mir das vergeben willst, nicht das Auftreten eines Mannes hast, der größere Mengen Bargeld am Leib trägt.«

Seine Worte trugen dem stoppelbärtigen Mann die unerwünschte Aufmerksamkeit aller Anwesenden ein, und er zappelte unbehaglich in seinem bierbefleckten Hemd und der schlichten Jacke.

»Insofern hast du dir einen unfairen Vorteil zunutze gemacht«, stellte er klar. »Denn du magst die Kleidung deines Amtes tragen, aber woher sollen wir wissen, welche Reichtümer du besitzt, hm?«

Diese Bemerkung versetzte Hans in ein gewisses mentales Dilemma, mit dem zurechtzukommen er, wie Gretel wohl wusste, nicht gut gerüstet war. Einerseits hatte er jemanden beschuldigt, falsch zu spielen, ja, zu betrügen. Andererseits war er wie ein Geistlicher gekleidet und genoss ohne Zweifel die geringe, aber bedeutsame Nachsicht, die ihm dieses Amt sicherte, doch weder war er je ein ordinierter Priester gewesen, noch würde er vermutlich jemals einer sein.

Gretel beeilte sich, das Gespräch auf einen sicheren Boden zurückzusteuern.

»Wie es scheint, gibt es keine Beweise und keine zufriedenstellende Methode, welche zu finden.«

Der Messermann warf ihr einen bösen Blick zu. »Meiner Erfahrung nach kann man mit einer scharfen Klinge eine Menge beweisen.«

»Aber willst du deine Klinge an einem Mann der Kirche stumpf machen? Ich wünsche keinem, sich dergleichen auf das Gewissen zu laden. Doch natürlich hast du einen Ruf zu verlieren. Das verstehe ich.«

»Aber …«, wollte Hans protestieren, doch Gretel brachte ihn zum Schweigen. Womöglich war er gerade drauf und dran, weiter über das Thema Falschspiel zu zetern oder auszuplaudern, wie er an seine Kleidung gekommen war. Beides konnte nicht zu einem glücklichen Ende führen.

»Mir scheint«, fuhr Gretel mit ruhiger Stimme fort, »dass ihr beide, trotz eures unterschiedlichen Hintergrunds, Männer mit einer Leidenschaft für das Kartenspiel seid. Männer, die die Spannung und Herausforderung lieben, die das Spiel zu bieten hat. Habe ich recht?«

Dem antwortete ein zustimmendes Grunzen seitens des Messermanns und ein Quieken von Hans als Ergebnis eines Versuchs zu nicken, bei dem er sich die eigene Haut an der Klinge durchlöchert hatte.

»Wie ich's mir dachte. In diesem Fall werdet ihr beide dem jeweils anderen einen widerwilligen Respekt für seine Fähigkeiten entgegenbringen. Da gibt es, so wage ich zu behaupten, viel, was ihr voneinander lernen könntet.« Sie wartete, bis die Idee in die unterbelichteten Schädel derer eingedrungen war, die ihr lauschten, ehe sie weitersprach: »Hans, ich bin sicher, du hast bereits eine Lektion gelernt hinsichtlich der Gefahren, die es mit sich bringt, Vorwürfe von aufhetzerischer Art unter Leuten zu erheben, die du kaum kennst. Und du, Herr, bist, wie ich annehme, durchaus neugierig, wie mein Bruder während der kurzen Zeit an eurem Tisch diesen großen Haufen Geld vor ihm ansammeln konnte, wogegen ihr euer Geld anscheinend samt und sonders verloren habt.« Wieder trat eine Pause ein, in deren Verlauf die beiden ihre Worte überdachten. Nach einer angemessenen Wartezeit fuhr sie fort: »Ich empfehle folgende Vorgehensweise, die allen Betroffenen zugutekommen könnte. Ich schlage vor, dass der derzeitige Pot gleichmäßig unter allen fünf Spielern aufgeteilt wird«, an diesem Punkt war sie gezwungen, gebieterisch eine Hand zu heben, um die Flüche und Verwünschungen zum Verstummen zu bringen, »damit das Spiel fortgesetzt werden kann. Und im Zuge dieses und aller nachfolgenden Spiele wird dieses geteilte Geld benutzt, damit Hans seine höchst ungewöhnlichen und nützlichen Kenntnisse mit den anderen Experten am Tisch teilen kann, auf dass auch sie in Zukunft einen ähnlichen Erfolg beim Spiel verbuchen dürfen.«

»Aber Gretel, was ist mit Berufsgeheimnissen …«, setzte Hans an.

»Hans! Bedenke deine derzeitige Lage! Sehr sorgfältig!«

Am Ende wurde sein Widerstand niedergerungen, und Hans begann, die anderen Kartenspieler zu unterrichten. Er erwärmte sich so sehr für das Thema, dass er bald vergessen hatte, was ihn an diesen Punkt gebracht hatte, und voll und ganz darin aufging, begeistert all sein Wissen und seine gerissenen Methoden zu teilen. Seine merkwürdigen Schüler lauschten derweil aufmerksam jedem seiner Worte.

Gretel und Ernst setzten sich an einen Tisch ein kleines Stück weg, und die Schankmagd wurde persuadiert, ihnen Kaffee und Kuchen zu bringen. Als die Labsal vor ihnen stand, konnte Gretel die Befragung des Zauberers wieder aufnehmen, wobei sie sie ganze Zeit über ein halbes Auge auf ihren Bruder hatte, falls sich eine weitere Situation entwickeln sollte, aus der er herausgerettet werden müsste.

»Herr Arnold, eines will mir immer noch nicht so recht in den Kopf: Warum hast du darauf bestanden, dem Geschäft der Magie nachzugehen, wenn deine wahre und beträchtliche Gabe die des Knochensetzens und der Chirurgie ist? Es gibt doch gewiss nicht viele Ärzte, die imstande wären, so erfolgreich ihren eigenen Blinddarm zu entfernen? Solche Fähigkeiten müssten doch ausreichend gefragt sein, um dir ein gutes Leben zu ermöglichen.«

Ernst tupfte sich die Lippen mit einer Serviette ab und entfernte sorgfältig einige Lebkuchenkrumen. Dabei tauchte sein Glockenärmel kurz in seine Kaffeetasse ein.

»Ich hatte gehofft, meine magischen Fähigkeiten verbessern zu können, um auf diese Art genauso leicht den Lebensunterhalt für mich und meine Frau zu verdienen.«

»Aber wozu der Versuch?«

»Die Art, wie ein Mann sein Brot verdient, beinhaltet mehr als nur die Arbeit, die er dazu verrichtet, Fräulein.

Als selbstständige Frau von einigem Ansehen dürftest du mir da sicher zustimmen.«

»Das tue ich.«

»Mit jedem Titel, jeder Position innerhalb einer Gesellschaft sind gewisse Annahmen verknüpft, gewisse Erwartungen.«

»Das gestehe ich zu, doch ich hätte nicht vermutet, dass Zauberei ein besonders, nun, sagen wir achtenswertes Gewerbe ist? Gewiss bekleiden Angehörige dieses Berufsstandes keinen höheren Rang als ein einzigartig begabter Chirurg.«

»Oh, aber in wessen Augen?«

»In jedermanns, stelle ich mir vor.«

»Aber mir geht es nicht um jedermann. Mir geht es allein um eine Person.«

Gretel leerte ihre Kaffeetasse und runzelte die Stirn, während sie seine Feststellung verarbeitete. Die einzige »eine Person«, auf die Ernst sich beziehen konnte, war seine Gattin.

»Vergib mir, Herr Arnold, aber ich habe den Verdacht, die Bewunderung, die deine Frau dir entgegenbringt, bliebe unverändert, selbst wenn du Nachttöpfe leeren würdest, um euren Lebensunterhalt zu verdienen.«

»Die süße Evalina würde mich natürlich trotzdem lieben. Aber ... da wäre immer dieser kleine Makel der Enttäuschung. Und solch eine kleine Störung kann sich im Laufe der Zeit ins Unerträgliche steigern.«

»Doch gewiss kann Enttäuschung nur aus verfehlter Erwartung resultieren. Nur wenn Evalina von jeher erwartet hat, einen Zauberer zu heiraten, würde sie dessen Abwesenheit ...« Gretel brach ab. Sie erlebte einen glückseligen Moment, in dem all die Einzelteile an ihren Platz rückten, alle Puzzlestücke sich dort einfügten, wo sie hingehörten, Gründe und Ursachen ihre rechtmäßige Position in diesem Fall einnahmen. »Natürlich! Evalina *hat* sich immer ein Leben als Gemahlin eines Zauberers vorgestellt, und am Anfang war dieser Zauberer Otto Voigt.«

Bei der Erwähnung des Leitenden Zauberers verfinsterte sich Ernsts Gesicht, und er umklammerte seine Tasse fester.

»Der Posten des Leiters des Zaubererkreises bringt eine Menge Prestige mit sich.«

»So?«

»Gewiss! Er ist das Höchste, was man in unserem Beruf erreichen kann. Der Status, der Titel, das Amt selbst … Mit ihm erlangt man ein Ansehen in der Gemeinde der Praktiker der Magie, wie man es sonst niemals erwerben könnte. Als Gemahlin solch eines Mannes hätte Evalina auch all die Vorzüge genossen, die damit einhergehen. Als sie ihn um meinetwillen aufgegeben hat, hat sie noch viel mehr aufgegeben.«

»Volles Haus!«, kreischte der Messermann erfreut am Kartentisch. Die anderen gaben erstaunte Laute und Gratulationen von sich.

Ernst legte die Stirn in Falten und schob seinen Teller weg. Der Gedanke an seinen Rivalen hatte ihm offenbar den Appetit verdorben.

»Aber aufgegeben hat sie es. Und bereitwillig, denn sie liebte dich damals so sehr, wie sie dich heute liebt. Sie ist keine lustige Witwe, Herr Arnold. Sie leidet an einem gebrochenen Herzen.«

»Und dieser Gedanke schmerzt mich wie ein Messer in

meinem eigenen! Aber welche Wahl habe ich schon? Ich habe so schlecht mit unserem Geld gewirtschaftet. Und wie angestrengt ich auch gelernt und geübt habe, ich konnte die Magie nicht, nun ja, verlässlich anwenden.«

»Und die Wiedergutmachungszahlungen für all diese Missgriffe waren ein kostspieliges Geschäft.«

»Sie haben mich ruiniert. Ich habe meiner geliebten Frau so viel genommen; indem ich den Anschein erweckte, ich wäre einem Mord zum Opfer gefallen, habe ich ihr wenigstens ermöglicht, die Versicherung in Anspruch zu nehmen, die ich abgeschlossen hatte. In der Zukunft wird es ihr an Geld nicht fehlen.«

»Ich fürchte, in diesem Punkt könntest du falschliegen. Ich bin nicht allein in ihrem Auftrag hier, sondern auch auf Weisung der Versicherungsgesellschaft. Sie wünscht, dass ich Beweise für deinen Tod oder dein Überleben liefere.«

Er nickte bekümmert. »Und Evalina? Was wünscht sie?«

»Deine sichere Rückkehr ist alles, was sie sich wünscht.«

Tränen traten in seine Augen. »Doch leider kann ich diesen Wunsch nicht erfüllen, denn würde ich zurückkehren, so würde man mich wegen Betrugs inhaftieren, ich wäre bankrott, und es gäbe kein Geld von der Versicherung. Sie würde einer einsamen Zukunft entgegenblicken, sozial geächtet und mittellos obendrein. Mein armer Liebling!«

Von da an weinte er still vor sich hin. Gretel winkte dem Wirt zu, der gekommen war, um die Bar aufzufüllen, und er brachte ihr eine Flasche Schnaps. Gretel füllte einen großzügigen Schluck davon in Ernsts Tasse.

»Vielleicht ist gar nicht alles so trostlos, wie du denkst. Komm, trink das! Dann lass uns Hans möglichst schnell von seiner Dozentenaufgabe befreien und in deine Praxis zurückkehren. Ich werde Papier und Tinte benötigen. Ist hier ein vertrauenswürdiger Bote zu finden?«

»Ja. Hast du einen Plan, Fräulein?«, fragte Ernst, in dessen Miene sich ein kleiner Hauch Hoffnung regte.

»Gewiss, Herr Arnold. Ich bin niemals planlos.«

Hans benötigte noch eine weitere Stunde, um den größten Teil seiner Kartenkenntnisse an seine Schüler weiterzugeben. Kaum war er fertig, gingen er und Gretel mit Ernst in dessen Praxis. Hans hatte sich eine Fleischwunde an der Kehle zugezogen, also nahm er Platz und ließ zu, dass der Arzt-Zauberer sie versorgte.

Gretel nahm sich einen Bogen Papier und eine Feder und schrieb in ihrer gewohnt hudeligen Handschrift.

»Diesen Brief«, erklärte sie, »werden wir vorausschicken, als Ankündigung und um das in Gang zu setzen, was, wie ich hoffe, den größten Teil deiner Probleme lösen wird, Herr Arnold. Tatsächlich sollte das für alle Betroffenen einen zufriedenstellenden Abschluss dieses Falles herbeiführen.«

»Wem schreibst du?«, fragte er.

»Gestatte mir, diese Information vorerst für mich zu behalten«, erwiderte sie, nahm sich etwas Siegelwachs und benutzte den Griff ihrer Lorgnette, um ein Kennzeichen zu hinterlassen, das allein für sie stand und von dem sie annahm, dass es auch als solches erkannt würde. Als Nächstes wählte sie ein kleineres Stück Papier und kritzelte hastig eine Notiz darauf.

»Dies ist für Cornelius«, erklärte sie. »Ich möchte, dass

er sich hier eine Stunde nach Anbruch der Dunkelheit mit uns trifft.«

»Machen wir uns wieder auf den Weg?«, fragte Hans. »Au! Jemine, das brennt ganz schön!«, rief er, als Ernst etwas Scharfes, Beißendes auf die Wunde auftrug.

»Stell dich nicht so an, Hans!«, beschied ihm Gretel. »Und, ja, wir werden bald abreisen. Unsere Anwesenheit in Baumhausdorf ist viel zu offenbar geworden. Das gefährdet unsere Sicherheit. Inzwischen wird die Neuigkeit über die Ermittlerin und ihren Kartenkünstler-Kleriker die Runde gemacht haben. Wir sind, wie ich vermute, bisher nur unbehelligt geblieben, weil die Einheimischen sich noch von den Ausschreitungen der vergangenen Nacht erholen müssen. Aller Wahrscheinlichkeit nach werden sie heute Abend in die Wirtschaft zurückkehren, und nach ein paar Gläsern Bier oder Schnaps dürften sie aufgebracht genug sein, um sich auf die Suche nach uns zu machen und Antworten zu fordern. Und welche Antworten wir ihnen auch liefern, es wird, wie ich fürchte, nicht reichen, um sie davon zu überzeugen, dass wir das Geheimnis ihres Schlupfwinkels wahren würden. Was bedeutet …«

»Oh, nein, Schwester mein! Bitte bring diesen Gedanken nicht zu Ende!«

»Beruhige dich, Hans. Wir werden längst fort sein, wenn es so weit ist. Herr Arnold, ich empfehle festes Schuhwerk und eine Hose, die nicht kneift.«

»Ich soll mit euch kommen?«

»Du sollst.«

»Aber, Fräulein …«

Gretel unterbrach seinen Redefluss mit einer hochgereckten Hand und einem gebieterischen Blick. »Du musst sogar, geehrter Herr. Es wird niemandem von uns nützen, wenn du dich gegen das sträubst, was sein muss.«

»Du verstehst nicht …«

»Ich verstehe vollkommen. Tatsächlich verstehe ich mehr als du. Nimm nur einmal die Angriffe auf mich und meinen Bruder.«

»Angriffe?«

»Wir wurden während unserer Reise hierher dreimal angegriffen, und ich habe Grund zu der Annahme, dass die Angreifer deine Klienten aus Gesternstadt waren. Eine dieser Personen ist sogar in diesem Dorf. Frau Roth.«

»Die Bäckersfrau? Hier?«

»Ja und ja.«

»Ich weiß nichts von irgendwelchen Angreifern oder Angriffen, du hast mein Wort darauf.«

»Ich habe sogar mehr. Ich habe Logik und Fakten, und die deuten ganz klar in eine Richtung, in der du dich nicht befindest.«

Hans gluckste leise. »So macht sie das, weißt du? Sie nimmt Fakten und was nicht alles und kombiniert sie. Ziemlich schlau, wirklich.«

»Vielen Dank, Hans. Die Fakten sind folgende: Die unglückseligen Opfer deiner fehlerhaften Magie schulden dir keine Loyalität.«

Der Zauberer seufzte. »Dem kann ich nicht widersprechen.«

»Was sie alle gemeinsam haben – abgesehen davon, dass sie dir gram sind –, ist die Armut, der sie zum Opfer gefallen sind. Folglich habe ich geschlussfolgert, dass sie bezahlt werden. Zuerst dachte ich, du selbst könntest sie bezahlt haben, um zu verhindern, dass ich dich finde. Der Fehler dieses Postulats ist, dass Geldmangel allem zugrunde liegt, was dich in deine derzeitige Lage gebracht hat. Die Theorie, Evalina hätte sie anheuern können, um dich zu suchen, habe ich schnell verworfen. Erstens hat sie kein Geld, und zweitens hat sie mich engagiert und betrachtet billigerweise mich als die einzige Person, deren Hilfe sie benötigt. Es gibt nur eine weitere Partei, die ein Interesse an dieser Sache hegt.«

Ernst starrte sie an.

»Otto!«, hauchte er.

»Exakt. Er ist, darauf würde ich ein hübsches Sümmchen setzen, froh, dich los zu sein. Ich glaube, dass er glaubt, dass du noch lebst, und wenn das der Fall ist, kann er auf keinen Fall wünschen, dass ich dich finde.« Sie verstummte kurz, als ihr ein anderer Gedanke kam. »Sag mir, weiß Herr Voigt von deiner Befähigung, Schmerz zu betäuben?«

»Oh, ja, das weiß er. Er war sogar ziemlich neidisch. Mir hätte bewusst sein müssen, dass es bei Otto Anklang fände, würde ich gedemütigt, verurteilt und in den Kerker geworfen.«

»In gewissem Maße, ja, aber ihm wäre lieber, du wärest tot, nicht im Kerker. Oh, ich glaube nicht, dass er so weit ginge, dich zu ermorden. Es kommt ihm sehr entgegen, dass du deinen eigenen ›Tod‹ inszeniert hast. Würde man dich in den Kerker werfen, so würde deine dir ergebene Gemahlin dir gewiss beistehen, dich regelmäßig besuchen und stoisch, treu und brav auf den Tag deiner Entlassung warten. Wärest du jedoch tot und eine wahrlich notwendige und tief empfundene Trauerzeit abgelaufen …« Taktvoll verzichtete Gretel darauf, den Satz zu Ende zu bringen. Stattdessen nahm sie Rücksicht auf die Gefühle des Zauberers und überließ es ihm, die auf der Hand liegenden Schlüsse still und ganz für sich allein zu ziehen.

Hans jedoch litt nicht unter derartigen Hemmungen.

»Evalina könnte einen anderen ehelichen!«, platzte er heraus, entzückt, dass er ihrer Argumentation zur Abwechslung einmal hatte folgen können.

Ernst sprang auf. »Nein! Otto wird seinen Zug machen. Er wird sie umwerben, während sie einsam trauert!« Aufgebracht fing er an, im Raum auf und ab zu gehen. Endlich blieb er vor Gretel stehen.

»Ich muss zu ihr!«, verkündete er. »Ich kann nicht fortbleiben, ganz gleich, wie die Konsequenzen aussehen werden.«

»Ich hatte gehofft, dass du es so sehen wirst.«

»Nehmt mich heute Abend mit, bitt ich euch.«

»Seht ihr? Kooperation und Vernunft und all das sind für alle Beteiligten viel angenehmer.« Sie erhob sich und drückte Hans den Brief und die Notiz in die Hand. »Nimm das! Ernst sagt, der Bote residiert am Ende der Hochstraße. Sie sind adressiert und mit Anweisungen versehen. Gib ihm das«, hier reichte sie ihm einen Geldschein, »und sag ihm, er bekommt noch einmal so viel, wenn beides erfolgreich ausgeliefert wurde. Seine Vertrauenswürdigkeit und Geschwindigkeit wird sich doppelt auszahlen, wenn niemand unsere Pläne aufdeckt.«

»Betrachte es als erledigt«, sagte Hans und wandte sich zum Gehen.

»Komm sofort hierher zurück, wenn du das erledigt

hast, Hans! Ich werde nach unserer Habe im Gästehaus schicken. Herr Arnold, pack, wenn notwendig, eine Tasche!«

»Wir kehren zurück nach Gesternstadt?«, fragte er.

»Letztendlich, ja. Aber nicht gleich. Wenn sich die Dinge zu deinen Gunsten entwickeln sollen, wirst du mir vertrauen müssen, Herr Arnold, denn wir müssen zunächst in aller Eile und ohne jede Verzögerung zum Sommerschloss!«

18

Gemeinsam gaben sie ein seltsames und unerfreulich auffallendes Trio ab, als Gretel, Hans und Ernst später im Schutz der Dunkelheit die hölzerne Hochstraße entlanggingen. Sogar in dieser Finsternis, die nur vom schwachen Schein vereinzelter Lampen durchbrochen wurde, die zur Illuminierung des Gehwegs aufgehängt worden waren, wirkten sie irgendwie fehl am Platz: eine große Frau in einem extravaganten Kleid und schweren Stiefeln; ein noch größerer Geistlicher mit einem Rucksack, einer kleinen Schnittwunde an der Kehle und einem noch nicht ganz verheilten blauen Auge; und ein Arzt-verkleidet-als-Zauberer, um dessen Schultern eine winzige Fledermaus flatterte. Nichtsdestoweniger hatte Gretel hinsichtlich der Gewohnheiten der Bewohner von Baumhausdorf richtiggelegen und sie schafften es ungesehen bis zu der hölzernen Hebevorrichtung. Kaum an Bord geklettert, rief Gretel den Muskelmann am Boden.

»Absenken, wenn du so freundlich wärst!«

Er tat wie geheißen, und die mächtigen Muskeln, die seine Arme antrieben, hatten keine Probleme, die Kurbel zu drehen, mit der die Winde bedient wurde. Am Boden kam der Korb ruckartig zum Stehen, aber der Mann machte keine Anstalten, die Tür zu öffnen.

»Hab Dank, junger Mann. Wenn du so nett wärst, uns hinauszulassen …?«, fragte Gretel.

Er schüttelte den Kopf.

Herr Arnold fing an, nervös herumzuzappeln. »Es ist ziemlich beengt hier drin. Was soll die Verzögerung bedeuten?«

Hans versuchte auszuweichen, um dem Zauberer etwas mehr Platz zu lassen, aber da war im Grunde nichts, wohin er hätte ausweichen können.

»Vorwärts«, sagte Gretel in einem, wie sie hoffte, festen und doch freundlichen Ton. Sie wagte es nicht, die Stimme zu heben, aus Furcht, jemand in der Höhe könnte auf sie aufmerksam werden, doch je länger sie im Dorf blieben, desto größer die Gefahr, dass man ihnen nicht mehr gestatten würde, es je zu verlassen. »Öffne, sei so gut.«

Wieder schüttelte der schweigsame Junge den Kopf und machte eine kryptische Geste.

»Er will etwas«, stellte Hans fest.

»Was täte ich nur ohne dich?«, fragte Gretel ihren Bruder mit einem frostigen Lächeln.

In diesem Moment traf Cornelius auf leisen Sohlen ein. »Gibt es ein Problem?«, fragte er.

»Er will etwas«, wiederholte Hans.

Also erging sich Cornelius in einem Austausch von Gesten und Signalen mit dem Bediensteten der Hebevorrichtung, der mit einem Lächeln auf beiden Seiten endete.

»Er will noch einen Kartentrick sehen!«, erklärte Cornelius. »Der erste hat ihm sehr gefallen. Das ist sein Lohn dafür, dass er euch heruntergelassen hat.«

Hans nutzte die Gelegenheit, um eine selbstgefällige Miene aufzusetzen, denn solche Chancen präsentierten sich ihm nicht gerade häufig. »Ach, siehst du, Gretel? Er will etwas!«

Sie schob ihren Bruder auf die Vorderseite des Käfigs, und er holte seine Karten aus dem Rucksack. »Nimm einen kurzen!«, drängte Gretel. »Wir sind noch nicht in Sicherheit.«

Hans gab ein tadelndes Tsts von sich, als hätte sie ihn gebeten, beim Malen eines Meisterwerks zu hetzen, doch seine Furcht, erwischt zu werden, überwog seinen Stolz, und so beherzigte er ihre Ermahnung. Mit einer Fingerfertigkeit, die sogar den Zauberer beeindruckte, führte er einen netten kleinen Trick vor, der seine Wirkung auf den jungen Mann nicht verfehlte. Prompt entriegelte jener nun die Käfigtür und winkte ihnen lächelnd zum Abschied.

Cornelius war ein Musterbeispiel frischer Energie und vernünftiger Kleidung. Er fragte nicht, was es notwendig machte, bei Nacht und Nebel das Weite zu suchen, und gab auch keinen Kommentar über ihre Kleiderwahl ab, und Gretel stellte fest, dass sie ihn für diese kleinen, hilfreichen Dinge umso mehr mochte. Der Mann war durch und durch pragmatisch, jeder Knochen und jeder Muskel in seinem Leib diente nur dazu, zu arbeiten und gut zu arbeiten, doch in seinem Inneren verbarg sich eine Seele, die der Menschheit mehr Liebe und folglich auch mehr Toleranz entgegenbrachte, als Gretel aufzubringen je auch nur hoffen konnte.

Wortlos marschierten sie durch den Wald. Nur dann und wann durchbrachen Flüche und Ausrufe mit gedämpfter Stimme das Schweigen, wann immer einer von ihnen in der Dunkelheit schmerzhaft stolperte. Der Pfad lag ausreichend klar erkennbar im Licht eines hilfreichen Mondes, und Cornelius stattete jeden von ihnen mit einem langsam brennenden Stecken aus, der ihnen als Fackel dienen sollte. Trotz dieser Vorzüge schien es, als wäre der Weg übersät mit Dingen, die es darauf abgesehen hatten, an jeder Biegung Kratzer und blaue Flecken zu verteilen. Nach zwei Stunden hielt Gretel inne. Cornelius führte sie vom Weg fort zu einer abgeschiedenen Lichtung, die sich zum Aufhängen der Hängematten eignete. Ein Feuer durften sie nicht riskieren, denn immerhin bestand die Gefahr, dass man ihnen einen Suchtrupp hinterhergeschickt hatte, also aßen sie kalte Würste und Schwarzbrot, tranken ein wenig Bier und hievten sich dann in ihre jeweiligen Schlafschlingen. Gretel schlief nicht gut. Was immer ihr auch von der Stille des Waldes auf der Herreise in Erinnerung war, nun schien dies ein Ort voller beängstigender Laute und beunruhigender Geräusche zu sein. Rief da aus der Entfernung ein Fuchs oder ein Wolf? Hörte sich eine Eule wirklich so an? Wie viele wie große Kreaturen huschten und krabbelten durch die Dunkelheit? Sie schloss die Augen, die Ohren und den Geist, so gut sie nur konnte, und jagte dem Schlaf hinterher, bis ein heller Dämmerschein den neuen Tag verkündete.

Und schon zogen sie wieder los und frühstückten im Gehen. Nun, da ihnen nicht nur die Karte den Weg wies, sondern auch Ernst, war die Gefahr, sich zu verirren, deutlich geringer, und ohne Gewitterstürme erleichterte das immer noch warme Wetter das Vorankommen. Hans hub gerade an zu murren, es sei Zeit für ein anständiges Mahl und inzwischen seien sie doch gewiss weit genug vom Dorf entfernt, um das Wagnis eines Feuers eingehen zu können, als Cornelius eine Hand hochreckte, um sie zum Stehen zu bringen.

»Das ist seltsam«, bemerkte er. »Ich bin überzeugt, die waren vor ein paar Tagen noch nicht hier.«

Die anderen drängelten sich um ihn herum, um herauszufinden, was ihn so verblüffte. Direkt vor ihnen waren in einer säuberlichen Reihe entlang des Pfades vier Holzbretter zu sehen, ein jedes an einen Baum genagelt. Sie glichen sich mit kleinen Abweichungen in Form und Größe. Außerdem sahen sie poliert aus, nicht wie rohe Bretter, die jemand aus dem Holz des Waldes gesägt hatte.

»Wie wunderlich!«, bemerkte Hans, trat vor und strich mit der Hand über eines der Bretter. »Ich kann keine Schnitzereien oder Inschriften entdecken, aber sie sind hübsch gefertigt.«

»Wozu sind die?«, überlegte Ernst laut und trat näher, um sie ebenfalls genauer in Augenschein zu nehmen.

Cornelius ließ sich fallen, um den Waldboden nach Fußabdrücken oder anderen Hinweisen darauf abzusuchen, wer diese eigenartigen Bretter an diesen entlegenen Ort gebracht hatte. Mit den Fingern strich er über die feuchte Erde und die niedergetrampelten Zweige und Blätter.

»Das war erst kürzlich.« Er nickte kurz und lugte dann den Pfad weiter hinunter. »Wer immer die hier angebracht hat, ist gerade erst damit fertig geworden.«

»Ich weiß, was das ist«, sagte Gretel mit ruhiger Stimme. »Ich habe so etwas zwar noch nie zuvor gesehen, aber ich habe davon gelesen.« Auch sie trat nun näher. »Ja, die Länge stimmt, das Holz ist sauber bearbeitet und poliert.« Sie schnüffelte. »Mit Bienenwachs.«

Hans kratzte sich an seinem zurückeroberten Hut, den zu tragen er sich trotz seiner klerikalen Kleidung nicht nehmen lassen wollte. »Aber warum um alles in der Welt sollte jemand polierte Hölzer mitten ins Gehölz bringen? Will sagen, wenn man einmal mit solchen Kapriolen anfängt, wo will man dann noch aufhören?« Mit einer ausholenden Armbewegung erfasste er den ganzen Wald.

»Diese hier dienen einem ganz speziellen Zweck«, erklärte Gretel, »und sie werden, soweit ich weiß, stets mit großer Sorgfalt gefertigt. Aus Respekt gegenüber den Toten.«

»Den Toten?«, riefen Hans und Ernst im Chor und schlugen dabei einen reichlich missmutigen Ton an.

»Das sind Totenbretter. Diese Tradition ist älter als Särge oder Totenschreine«, berichtete sie. »Die Verstorbenen werden auf diese Bretter gelegt und einige Tage lang daheim aufgebahrt, sodass alle, die sich dazu gemüßigt sehen, ihnen die letzte Ehre erweisen können. Manchmal werden die Bretter mit den Leichen vergraben, manchmal werden sie wiederverwendet, und manchmal bringt man sie an einen Ort, den der Verstorbene häufig aufgesucht hat. Da diese Gegend von jeher dicht bewaldet und voller Leute war, die mit dem Wald ihren Lebensunterhalt verdient haben, wurden die Bretter häufig an Bäume genagelt oder neben dem Weg aufgestellt oder beides, wie in diesem Fall. Die Idee dahinter ist, dass sie etwas von dem Verstorbenen zurück an diesen Ort bringen sollen, und so, wie sie zerfallen, verwest auch der Tote, und sie kehren beide in ihren Urzustand zurück.«

Unbehagliches Schweigen kehrte ein, während ein jeder den Verfall im Stillen einer eingehenden Betrachtung unterzog.

Endlich ergriff Ernst das Wort: »Ich habe diese Bretter

hier gewiss noch nie gesehen, und ich habe diese Reise viele Male unternommen.«

»Oh, schaut!«, sagte Hans und bückte sich, um das Totenbrett, das ihm am nächsten war, genauer zu betrachten. »Hier *ist* etwas eingraviert. Nun ja, mehr gekratzt als graviert. Etwas schwer zu lesen … mal sehen … *D* … vielleicht? Ja, *D*… und irgendwas, …t…, hmm, schwer zu erkennen, ah, *v*, ja eindeutig ein *v*… dann ist da eine größere Lücke, also gibt es noch ein zweites Wort … jemine, ist das nicht beinahe wie Scharade? … es beginnt mit *G*. Dann kommt, so glaube ich, ein *r*, dann irgendwas, etwas … es endet auf *el*.« Er richtete sich auf, das Gesicht verzerrt von der Anstrengung, die er für den Versuch aufgewendet hatte, die Inschrift zu entziffern. Plötzlich aber strahlte er: »Ich hab's! *Definitiv Graffel!*«, verkündete er sichtlich zufrieden mit sich. »Stellt euch vor, *Definitiv Graffel*. Seltsam, aber da steht es.« Er drehte sich um und sah drei blasse Gesichter, die ihm entgegenblickten, und das blasseste von allen war das seiner Schwester.

»Ich glaube«, sagte sie, »es geht hier nicht um irgendein Gerümpel.«

»Nicht?«, fragte Hans verdattert.

Ernst schluckte krampfhaft. »Ich fürchte, das ist ein Name. Ja, jetzt sehe ich es genau … *Detektiv Gretel*.«

Hans' Mund klappte auf und zu, als würde ein unsichtbarer Puppenspieler ihn in Bewegung setzen. Er gab keinen Laut von sich, abgesehen von einem dünnen Wehklagen, als Ernst darauf hinwies, dass es noch drei weitere Bretter gab und von ihrer kleinen Truppe auch noch drei Personen übrig waren. Eine hektische Suche förderte keine weiteren Inschriften zutage, dennoch hatte sich der

Gedanke tief in ihrer aller Köpfe festgesetzt. Diese Bretter dienten der Aufbahrung der Toten, und jemand hatte fürsorglich eines für jeden von ihnen bereitgestellt.

»Kommt weiter«, sagte Gretel und marschierte los. »Es bringt nichts, hier herumzutrödeln.«

»Aber, Gretel …« Hans trottete hinter ihr her. »Cornelius hat gesagt, die Person, die sie dort angebracht hat, muss noch ganz in der Nähe sein. Sollten wir da nicht extrem vorsichtig weitergehen? Oder vielleicht auch gar nicht?«

»Das ist vermutlich genau das, was diese Person will, Hans. Ich werde Drohungen nicht nachgeben, ganz gleich, wie kreativ sie auch sein mögen. Wir gehen weiter! Cornelius, wenn du so freundlich wärst, wieder die Spitze zu übernehmen?«

»Gewiss«, sagte Cornelius und hüpfte furchtlos voraus.

Und so setzten sie ihren Weg fort. Der Wald schien nun dunkler, unheimlicher, die Schatten schwärzer, die Geräusche schrill. Die kleine Gruppe schwatzte nicht, labte sich nicht an Imbissen, sondern hielt wachsam die Augen auf, blinzelte in düstere Ecken, schielte an Plätze unter den Bäumen, die das Sonnenlicht nicht erreichte, und drehte sich bei jedem ungewohnten Geräusch um, stets auf unbekannte Gefahren gefasst. Nur kurz legten sie, als der halbe Tag vorüber war, eine Pause ein, um etwas zu essen, und zogen dann gleich weiter. Mit Ausnahme des unerschütterlichen Cornelius' waren alle trüber Stimmung. Gretel allerdings ertappte sich dabei, viel mehr pikiert als verängstigt zu sein. Sie war es leid, Opfer von Angriffen und Tricks und Spötteleien zu werden. Wurde einem Menschen tagelang am Stück auf den

Nerven herumgetrampelt, so brachte das die Art von Ermattung hervor, die dem Leben jegliche Farbe zu rauben schien. Je eher sie das Sommerschloss erreichten und sie den nächsten Schritt in ihrem Plan in die Tat umsetzen konnte, desto glücklicher wäre sie.

In dieser Nacht kamen sie zu dem Schluss, dass sie weit genug vom Dorf entfernt waren, um ein Feuer zu riskieren. Gretel hielt es für notwendig für ihre Sicherheit, die Zubereitung heißer Nahrung und die Stärkung der Moral. Als sie das zur Sprache brachte, tätschelte Cornelius hocherfreut ihren Arm.

Eine Stunde später saßen sie mit einem verzehrten Mahl und etwas mehr heruntergekipptem Bier an dem fröhlich lodernden Feuer und beschlossen, eine Wache aufzustellen, und Gretel wurde auserkoren, die erste Schicht zu übernehmen. Während die anderen in ihren Hängematten schlummerten, hockte sie auf einem Holzklotz, stocherte mit einem langen Stecken in der Glut und den kleinen Flammen des Lagerfeuers herum und ließ zu, dass sich ihr Blick verschleierte, während sie in die flackernden Flammenzungen starrte. Das winzige, unstete orangefarbene Herz jeder einzelnen und das Aufblitzen roter und goldener Funken, die aufstoben und noch einen Augenblick leuchteten, ehe sie mit dem Himmel verschmolzen, hatte etwas Hypnotisches. Gretel verlagerte ihre Position ein wenig und lehnte sich an Hans' Rucksack. Die vergangenen Tage waren mühsam gewesen, und bei dem Gedanken, dass das Ende des Falles nun endlich in Sichtweite war, empfand sie eine tiefe Erleichterung. Alles, was sie zu tun hatte, war, das königliche Schloss zu erreichen, ihren Plan umzusetzen, um Ernsts

Finanzen und seinen guten Ruf wiederherzustellen, ihr großzügiges und wohlverdientes Honorar von der Versicherungsgesellschaft einzufordern und in die relative Behaglichkeit ihres eigenen, kleinen Heims zurückzukehren. Nicht mehr lange, so sagte sie sich. Es waren nicht mehr viele Meilen zu gehen, und es lagen nicht mehr viele Tage vor ihnen, in denen sie die Entbehrungen des Waldes tolerieren musste oder die Belästigungen seitens jener, die versuchten, zunichtezumachen, was sie zu tun versuchte. Sie ließ den Stecken ins Feuer fallen und sah zu, wie die Flammen ihn verzehrten. Dann ließ sie zu, dass ihre Lider sich schlossen und ihr Kopf auf die Brust sackte, aber nur für einen Moment, denn dies war ihre Wache, und sie durfte unter keinen Umständen einschlafen.

Das Erste, was in Gretels Bewusstsein drang, als sie zwei Stunden später erwachte, war das ungewöhnliche Timbre von Hans' Schnarchen. Über die Jahre hatte sie sich an das rasselnde Einatmen, das leise Pfeifen vor dem Ausatmen und das schnaubende Freisetzen der verbrauchten Luft über flatternde Lippen gewöhnt. Und obgleich es ärgerlich war, spendete es in seiner Vertrautheit auch Geborgenheit, so wie das knarrende Schild des Wirtshauses auf der anderen Seite der Straße, wenn der Wind in Süd-West-Richtung wehte, oder das Quietschen der Räder am Karren des Milchmädchens, das zu seinen frühen morgendlichen Lieferungen ausgezogen war. Und so kam Gretel mit dem vagen Gefühl zu sich, dass etwas nicht ganz in Ordnung war, denn der vertraute Klang des Schnarchens hatte sich verändert, die Tonhöhe verlagert, sodass nun anstelle der gewohnten Laute ein tiefes, anhaltendes Grollen ertönte.

Der zweite Punkt, der ihr auffiel, war, dass ihre Lider nicht mehr funktionierten. Zumindest schien es so, denn obwohl sie glaubte, sie geöffnet zu haben, konnte sie nicht den kleinsten Lichtschimmer wahrnehmen. Sie rieb sich die Augen und richtete sich steif auf. Dabei erkannte sie, dass sie tatsächlich geöffnet waren, aber der Mond war hinter Wolken verschwunden und das Feuer spendete kein Licht mehr, weil es erloschen war.

»Ach, was für ein Haufen Mist!«, flüsterte sie, wütend auf sich selbst und verärgert darüber, dass sie tatsächlich dumm genug war, das lebensnotwendige Lagerfeuer erlöschen zu lassen und einzuschlafen, obwohl sie nicht hätte einschlafen dürfen. Und tatsächlich musste sie, angesichts dessen, dass das Feuer wirklich vollständig erloschen war, eine ganze Weile geschlafen haben, was bedeutete, dass inzwischen jemand anderes die Wache hätte übernehmen müssen, also war sie auf denjenigen ebenfalls wütend. Sie tastete im Rucksack nach Hans' Feuerzeug, denn sie war nicht in Stimmung, einen Feuerstein und trockenes Moos zu benutzen, um das Feuer wieder anzufachen. Sie leerte den ganzen Inhalt aus und konnte immer noch kein Feuerzeug finden. Solchermaßen überzeugt, dass Hans es in der Tasche haben musste, krabbelte sie zu der Stelle, an der seine Hängematte sein musste. Ihr fiel auf, dass das Schnarchen aus der entgegengesetzten Richtung zu kommen schien, was keinen Sinn ergab. Aber da war der Stamm jenes massiven Baums, an dem seine Hängematte festgebunden war, und da war auch die Hängematte und der Mann selbst. Gretel fummelte in allen Taschen herum, die sie finden konnte. Hans schnarchte und gab einen kleinen, fragenden Ruf von sich, ließ sich darüber hinaus aber durch die Leibesvisitation nicht stören.

»Hab's!«, informierte Gretel die Nacht, ließ Hans wieder allein und versuchte, das Feuerzeug zu entzünden. Dazu musste sie den Deckel hochklappen und dann vorsichtig das kleine Rädchen mit der Daumenspitze betätigen, um einen Funken hervorzubringen, der wiederum das Öl im Inneren entzünden würde. Nach einigen Fehlversuchen entstand tatsächlich ein Funke, erreichte aber den Treibstoff nicht. Sie versuchte es erneut und drehte das Rädchen etwas kräftiger. Mehrere Funken flammten auf. Während sie damit beschäftigt war, das unkooperative Ding zu bearbeiten, fiel Gretel auf, dass Hans' Schnarchen, das gar nicht von Hans kam, sondern seinen Ursprung wenige Schritte links von ihr hatte, ein wenig näher kam. Ihr blieb keine Zeit, sich von diesem Umstand verunsichern zu lassen, denn gerade, als sie darauf aufmerksam wurde, fiel das flüchtige Licht der Funken auf das Objekt, groß und schwer, das tatsächlich für das Schnarchen verantwortlich sein musste. Ehe sie Gelegenheit hatte, auf diese Entdeckung zu reagieren, war ihr Daumen endlich erfolgreich, und das Feuerzeug flammte auf. Sie umklammerte es und drückte mit dem Daumen auf den Hebel, über den die Flamme genährt wurde, als sie vor dem Anblick dessen erstarrte, was sie ihr offenbarte. In dem unsteten Licht stand, keinen ganzen Schritt von ihr entfernt, ein großer grauer, zottiger Wolf und gab ein stetes, sonores, gutturales Knurren von sich.

Die Kombination aus Schock und Entsetzen vermag eine Vielzahl von Reaktionen hervorzubringen. Die Person, die schockiert und entsetzt ist, mag einfach kehrtmachen und rennen und dabei die ganze Zeit lauthals schreien, ohne die Weisheit ihrer Handlungsweise in Frage zu stellen. Eine andere mag ihren Mut in beide Hände nehmen und sich mit einem Schlachtruf auf die Ursache ihres Erschreckens stürzen. Wieder eine andere mag erstarren, als wäre sie an Ort und Stelle gebannt, unfähig zu schreien oder die Hand zu ihrer Verteidigung zu erheben. Hätte irgendjemand Gretel je gefragt, wie sie reagieren würde, sollte sie sich von Angesicht zu Angesicht mitten im Wald einem hungrig wirkenden Wolf gegenübersehen, so hätte sie vielleicht in der ersten Möglichkeit ihre wahrscheinliche Reaktion vermutet. Aber es hatte sie nie jemand gefragt und sie hatte nie einen eingehenden Gedanken an solch eine Situation vergeudet. Und ob solch ein Tischgespräch sie auf das tatsächliche Geschehen hätte vorbereiten können, würde sie nie erfahren. Alles, was sie nun tun konnte, war, ihrem Überlebensinstinkt zu vertrauen – der groß und gut entwickelt war – und in die Offensive zu gehen.

»Wolf!«, donnerte sie mit allem, was ihre nicht unbeträchtliche Stimme hergab. »Wolf! Wolf! Wolf!«

Ihre Reisegefährten, die solchermaßen recht unsanft aus dem Schlaf in ihren Hängematten gerissen wurden, sprangen ihr zur Seite.

Genauer gesagt, Cornelius sprang, Ernst fiel, und Hans tat sein Bestes, um sich aufzusetzen.

Gretel musste das Feuerzeug wieder und wieder betätigen, um eine Flamme zu erhalten, sodass der Wolf ihr in einer Serie beängstigender, in Sekundenbruchteilen erstarrter Bilder erschien. Dieses Stakkato aus Licht und Dunkelheit vermittelte Gretel das Gefühl, sie würde Zeuge einer Art reisenden Tingeltangels, in dem alle Bewegungen ruckartig und abrupt stattfanden. Während sie immer wieder hektisch das Feuerzeug zündete, sah sie Cornelius, vom Licht mitten im Sprung erfasst; den Wolf, mitten im Zähnefletschen; Ernst, mitten im Stolpern; wieder Cornelius, die Arme tief und weit ausgebreitet in zusammengekauerter Haltung; Hans, immer noch bei dem Versuch, sich aufzusetzen; Cornelius, der den Wolf umkreiste; den Wolf, der seinerseits zusammengekauert Cornelius umkreiste.

»Au!«, schrie Gretel, als das Feuerzeug so heiß wurde, dass sie sich die Finger verbrannte, worauf sie es fallen ließ und so Cornelius das einzige Licht nahm, das ihm helfen konnte, die knurrende Bestie zu bekämpfen. Sie fiel auf die Knie und suchte verzweifelt im Laub und den Rankengewächsen auf dem Boden nach dem Feuerzeug. Schaurige Laute drangen an ihr Ohr, als das Knurren des Wolfes noch bedrohlicher wurde.

»Ich hab's!«, rief Gretel, kaum dass ihre Hand das Feuerzeug berührte. Immer noch auf den Knien zündete sie es wieder und wieder. Doch während ihrer Suche hatte sie sich Hans' Hängematte genähert, und in ihrer Eile, eine Flamme hervorzubringen, hielt sie das Feuerzeug zu nah an das Gewebe, welches mit erschreckender Geschwindigkeit Feuer fing.

Hans schrie auf, kippte heraus und landete schwer und atemlos, nicht imstande, einen Schritt zu tun. Das Licht der brennenden Hängematte riss das Lager aus dem Dunkel. Zu ihrem Entsetzen erkannte Gretel, dass der Wolf Cornelius an einem Baum gestellt hatte und immer näher kam. Verzweifelt sah sie sich nach einem Ast um, den sie an der flammenden Hängematte anzünden konnte, um mit ihm den Wolf zu vertreiben, doch sie fand keinen.

»Herr Arnold!«, kreischte sie. »Um Himmels willen tu was!«

Ernst, der auf dem niedrigen Ast einer Kastanie hockte, reagierte mit Zaudern, fing dann aber an, etwas zu murmeln und mit einer Hand in der Luft zu rühren. Zu spät begriff Gretel, dass er vorhatte, mittels seiner Magie in das Geschehen einzugreifen. Sie klappte den Mund auf, um ihn aufzuhalten, doch noch während sie das tat, raste ein Blitz aus grünem Licht an ihr vorbei und hüllte den Wolf ein. Immerhin unterbrach die Kreatur ihren Angriff auf Cornelius, was dem die Chance bot, an ihr vorbeizuspringen, zurück in die relative Sicherheit des Hängemattenfeuers. Der Wolf schien zu pulsieren und zu wabern, und während sie ihn erschrocken und furchtsam beobachteten, wurde er langsam kleiner. Das große Raubtier schrumpfte zu einem mittelgroßen Hund und dann zu einem Hündchen zusammen, das in jeder Jackentasche Platz gefunden hätte. Doch leider, welche Magie Ernst auch beschworen hatte, sie war erwartungsgemäß mit einem katastrophalen Makel behaftet. Denn kaum war der Wolf auf harmlose Ausmaße reduziert worden, pulsierte er noch ein bisschen mehr und fing wieder an zu wachsen. Er wurde größer, wuchs vorbei am Hund und am Wolf und verwandelte sich in etwas, das in Gewicht und Ausmaßen eher einem gut genährten Zugpferd ähnelte. Mit nunmehr doppelt so großen Zähnen und einem Körper, der nur aus Muskeln und bösen Absichten bestand, drehte er sich zu der kleinen Gruppe um und rückte erneut auf das vor, was er offensichtlich als Abendessen betrachtete.

»Ups!«, machte der Zauberer leise in der Sicherheit seines Baumes.

»Nicht weglaufen!«, warnte Cornelius sie.

Tatsächlich bestand kaum Gefahr, dass etwas Derartiges eintreten könnte. Ernst saß im Baum, Hans lag immer noch mit der Nase voran auf dem Waldboden, und Gretel kauerte auf den Knien.

»Nicht von der Stelle weichen!«, wies Cornelius sie an.

Dieser Vorschlag schien hingegen recht realistisch zu sein.

»Wir müssen ihn in die Flucht schlagen«, fuhr Cornelius fort. »Wir brauchen etwas, um das Feuer näher zu ihm zu bringen!«

»Hier gibt es keine Stecken«, erwiderte Gretel. »Ich habe gesucht, da ist nichts.«

Der Wolf kauerte sich nieder und schlich immer noch näher heran, da tauchte Jynx wieder auf. Die tapfere kleine Fledermaus verzichtete auf jegliche Kapriolen und ging stattdessen direkt in den Sturzflug und zerkratzte dem Wolf die Nase. Der Wolf riss den Kopf hoch, um nach seinem Angreifer zu schnappen. Gretel nutzte die Gunst des Augenblicks, zog Hans den Hut vom Kopf, hielt ihn kurz in die Flammen der Hängematte, damit auch er Feuer fing, und rannte dann brüllend wie eine Todesfee auf den Wolf zu.

Offenbar war der Wolf noch nie von einer Kombination aus einer grimmigen bayrischen Ermittlerin und einem flammenden bayrischen Hut attackiert worden und wusste nicht, wie er sich verteidigen sollte, also übernahm der Instinkt, und das verdatterte Tier wirbelte auf seinen riesigen Hinterpfoten herum und stürmte durch den Wald davon. Gretel sah sich gezwungen, den Hut fallen zu lassen, und fing an, im Bemühen, die Flammen zu ersticken, auf ihm herumzutrampeln. Cornelius sauste davon und sammelte einen Armvoll Reisig, um das Feuer mit den Überresten der Hängematte wieder anzufachen. Derweil kletterte Ernst langsam von seinem Baum herunter.

»Herr Arnold.« Gretel sprach mit einer Ruhe, die sie nicht empfand, denn ihr Herz, das derzeit seine eigene Version von einem Tarantella aufführte, war weit von seinem üblichen Walzertakt entfernt. »Sollten wir erneut angegriffen werden, dann sei so nett und verzichte darauf, deine Magie zu unserer Verteidigung einzusetzen.«

»Ich habe nur versucht zu helfen«, sagte er.

»Schön. Lass es.«

Hans hatte sich endlich umgedreht und kam allmählich wieder zu Atem und Stimme.

»Jemine! Was ist mit meinem Hut passiert?«, fragte er, sammelte die verkohlten Überreste auf und drehte sie traurig in seinen Händen hin und her.

Bis zur Morgendämmerung saßen sie dicht am Feuer. An Schlaf war nicht einmal zu denken. Als der Tag anbrach, schob Cornelius mit dem Fuß Erde auf die glühende Asche. Sie packten zusammen und zogen weiter, und unterwegs brummelte Hans wegen des Verlusts seines Huts die ganze Zeit traurig vor sich hin.

»Das war äußerst ungewöhnlich«, sagte Cornelius zu Gretel.

Sie warf ihm einen kurzen Blick zu, um festzustellen, ob er womöglich nur versuchte, witzig zu sein, doch sein Gesicht sah vollkommen ernst aus.

»Ich meine nicht die Art, wie der Wolf … sich verändert hat«, erklärte er, als ihm ihre Miene auffiel. »Ich meine, dass er allein war. So verhalten sich Wölfe einfach nicht. Wo war der Rest des Rudels? Warum hat er versucht, so eine große Gruppe anzugreifen? Und warum war das Feuer vollständig erloschen?«

»Äh, ja, das …«, fing Gretel an.

»Es ist nicht einfach komplett heruntergebrannt und ausgegangen«, fuhr Cornelius fort. »Jemand hat es gelöscht. Und ich habe den Verdacht, dieser Jemand hat auch den Wolf auf uns gehetzt.«

»Wie die drei Keiler, meinst du?«, fragte Gretel.

Er nickte.

»Ich glaube«, mischte sich Ernst ein, »dass jemand ganz in der Nähe Magie praktiziert. Ich weiß, ihr glaubt, ich hätte keine Ahnung, was es heißt, ein Zauberer zu sein …« Er legte eine Unterbrechung ein in der hoffnungsfrohen Erwartung, jemand könnte Widerworte erheben. Als das nicht geschah, fuhr er fort: »… aber jemand in unserer Nähe wirkt Banne, da bin ich sicher.«

»Umso mehr ein Grund, in Bewegung zu bleiben«, bemerkte Gretel. »Noch ein paar Stunden, dann sollten wir diesen elenden Wald hinter uns gelassen haben und in Sichtweite des Sommerschlosses sein. Ein Moment, der, soweit es mich betrifft, gar nicht schnell genug eintreten kann.«

Sie umrundeten eine Wegesbiegung und blieben abrupt stehen.

»Uff!«, machte Hans, der Gretel in den Rücken gerannt war. »Was ist los?«

Als er zur Seite auswich und an ihr vorbei nach vorn blickte, sah er nur zu genau, was los war. Der Pfad, dem sie gefolgt waren, der, der auf Ernsts Karte eingezeichnet war, war nun nicht mehr der schlichte, leicht geschlängelte Weg, der er stets gewesen war. Stattdessen teilte er sich plötzlich in sechs Versionen seiner selbst. Alle sahen gleichermaßen solide aus, gleichermaßen begehbar, gleichermaßen zielführend, doch nur einer konnte real sein.

»Keiner von denen passt zu unserer Karte«, stellte Gretel fest.

Cornelius schüttelte langsam den Kopf. »Irgendetwas stimmt hier nicht. Diese Bäume dürften nicht so wachsen, aneinandergelehnt und ohne je richtig zum Tageslicht vorzudringen. Das ist beinahe, als wären sie irgendwie neu geordnet worden. Umgestellt.«

»Puh!«, machte Hans. »Man muss sich mit Magie auskennen, um die alle herumzuschieben.«

Ernst warf sich ein wenig in die Brust und setzte eine wissende Miene auf. Gretel parierte mit einem ebenso wissenden Blick, der ihn zugleich davor warnte, so etwas wie ein Ich-hab-es-ja-gesagt von sich zu geben.

»Hier ist Blendwerk im Spiel, Herr Arnold«, gab sie widerwillig zu. »Deine Zaubererantennen haben sich möglicherweise doch nicht geirrt. Jemand spielt uns Streiche.«

»Aber wer?«, fragte Hans.

»Ich nehme an, Otto Voigt«, sagte Gretel.

»Aber warum?«, fragte Hans.

»Er hat die Hoffnung noch nicht aufgegeben, die Rückkehr seines Rivalen nach Gesternstadt verhindern zu können.«

»Aber wie?«, fragte Hans.

»Erst der Wolf, jetzt das, wer weiß, was er als Nächstes versucht.«

»Er will uns ängstigen«, sagte Ernst.

»Das ist ihm gelungen«, bemerkte Hans.

»Und jetzt versucht er, uns hoffnungslos in die Irre zu führen«, fügte Cornelius hinzu.

»Darin schlägt er sich auch nicht schlecht«, kommentierte Hans.

Gretel maß ihren Bruder mit einem bösen Blick. »Wenn du nichts Nützliches beizutragen hast, dann sei um Himmels willen still!«

Sie zog die eselsohrige Karte hervor und konsultierte sie ein weiteres Mal.

Cornelius schaute ihr über die Schulter und legte ihr beruhigend eine Hand auf den Arm. »Wenn Karte und Weg nicht mehr übereinstimmen, ist es an der Zeit, sich nicht mehr auf Erstere zu verlassen. Wir müssen auf etwas Zuverlässigeres zurückgreifen.«

»Als da wäre?«, wollte Gretel wissen.

»Das«, sagte er und zeigte zur Sonne. »Es ist ganz einfach.«

Nun folgten zehn Minuten, in denen Cornelius viel erzählte und die anderen zuhörten. Er sprang herum, sammelte diesen Zweig und jenen Stecken ein, fegte eine Stelle am Boden frei, positionierte Stecken 1 in einem bestimmten Winkel zu Stecken 2, maß mit Schritten die optimale Distanz zwischen beiden ab, brabbelte etwas über den Einfallwinkel des Lichts während des Verlaufs der Sonne von Osten nach Westen, ihre Position zur Mittagszeit, den anschließenden Schattenwurf und die Lage ihres Bestimmungsorts und wie das Ablesen der Schattenlinie und des Einfallwinkels zwischen zwei speziellen Stecken ihnen die Richtung weisen würde, in die sie zu gehen hatten.

Als er damit fertig war, ihnen seine Theorie darzulegen, war er ein wenig außer Atem. Ernst schüttelte staunend den Kopf, Gretel hatte Kopfschmerzen, und Hans war im Stehen eingeschlafen.

»Wir müssen in diese Richtung!«, verkündete Cornelius schließlich, und die müde Truppe setzte sich wieder in Bewegung.

Sie marschierten und marschierten. Gretel untersagte jede Pause, ignorierte Hans' Wehklagen und bemühte sich, nicht an ihre eigenen Blasen und schmerzenden Glieder zu denken. Sie würde nicht zulassen, dass irgendwer oder irgendwas sie aufhielte.

»Wir gehen weiter, bis wir diesen Wald ein für alle Mal hinter uns gelassen haben!«, ordnete sie an, ohne im Schritt innezuhalten. Sie ging voran, obgleich sie mehr als einmal innehalten mussten, damit Cornelius seine wundersamen navigatorischen Fähigkeiten erneut zum Einsatz bringen konnte, und obgleich ihre Füße um Gnade bettelten. Endlich, gerade als sie glaubte, nicht mehr weitergehen zu können, lichtete sich der Wald. Der Pfad wurde breiter. Wo zuvor Efeu und Brombeeren gewuchert hatten, wuchsen nun Gräser und Wildblumen. Lärchen und Fichten wichen Eichen und Birken, und auch die wurden immer weniger und weniger. Endlich, stolpernd und wund, führte Gretel ihre Mannen aus dem Wald und in die sanfte Dämmerung auf der Alm. Und dort, auf der anderen Seite des Tals, großartig anzuschauen auf seiner Felsnase, stand das unbestreitbar prachtvolle, aber auch vage lächerliche Sommerschloss.

19

Als sie sich dem Schloss bis auf eine Meile genähert hatten, drehte sich Cornelius zu Gretel um.

»Weiter werde ich euch nicht begleiten. Es war mir ein Vergnügen, Zeit mit euch im Wald zu verbringen …«

»Herr Eisenfest, deine Hilfe war von unschätzbarem Wert.«

Hans sah beinahe aus, als wolle er in Tränen ausbrechen. »Du willst uns verlassen? Du kommst nicht mit zum Schloss?«

»Nicht dieses Mal, Hans. Ich habe einer Familie versprochen, sie zum Schluchtenwandern und zu einer Wildwasserfahrt zu begleiten. Sie zählen auf mich; ich kann sie nicht im Stich lassen.«

Freundlich wurden Hände geschüttelt.

Gretel versprach ihm, sie würde ihm sein Honorar schicken, sobald sie ihren Lohn für diesen Fall eingestrichen hatte.

»Ohne deine Hilfe hätten wir es nicht geschafft«, sagte sie zu ihm.

Cornelius zuckte mit den Schultern. »Hast du die Fähigkeiten, die du zum Überleben brauchst, einmal erworben, ist das wirklich ganz einfach.«

»Deine Unterstützung ist weit über die praktische Hilfe hinausgegangen«, beharrte sie und dachte wieder an seine Geduld im Umgang mit Hans und seine rührende Sorge um das Wohlergehen der ganzen Schar.

Mit leuchtenden Augen lächelte Cornelius ein jungenhaftes Lächeln, angefüllt mit Lebens- uns Abenteuerlust. »Wenn du je auf einen Alpengipfel klettern oder die Wunder der Wüste kennenlernen willst …«

»Ich verspreche, du wirst der Erste sein, der es erfährt.«

Sie sahen ihm nach, als er davonstolzierte, und winkten, als er zum Abschied die Hand hob, ehe sich der Weg teilte und er außer Sicht geriet. Gretel hörte Hans schwer seufzen.

»Kommt mit«, sagte sie. »Wir haben noch viel zu erledigen, um diesen Fall zu einem befriedigenden Abschluss zu bringen.«

»Das hatte ich schon befürchtet«, sagte Ernst.

»Ich auch«, fiel Hans mit ein.

»Lasst euch nicht entmutigen«, bemühte sich Gretel, Cornelius' stimmungsaufhellender Art nachzueifern. »Wir gehen zu einem Ort mit bequemen Stühlen, heißem Wasser, hervorragendem Wein und ausgezeichneten Speisen. Stützen wir uns darauf!«

Es tat gut, endlich aus dem Wald heraus zu sein. Nur Jynx fand das Tageslicht zu hell, also suchte er für den Rest des Weges Zuflucht im weiten Ärmel des Zauberers. Alle anderen jedoch spürten, wie ihre Lebensgeister zurückkehrten. Die Sonne, die ihnen auf die Köpfe brannte, erfreute nun mit dem Reiz des Neuen, statt als Ärgernis empfunden zu werden, und der Himmel erstrahlte in einem heiteren, hellen Blau. Das weiße Schloss glänzte unter der Sommersonne, und seine Myriaden an Erkertürmen und Spitztürmen, seine zahlreichen Balkone und unzähligen Fenster funkelten so schön wie der Tag selbst. Wie sehr das Sommerschloss auch ein Mahnmal menschlicher Eitelkeit und Torheit war, es gelang ihm doch stets, jeden, der es sah, ob zum ersten oder zum hundertsten Mal, zu beeindrucken und zu entzücken.

Unterwegs gab sich Gretel optimistischen Vorstellungen von ihrem Aufenthalt im Sommerschloss hin. Sie hatte Ferdinand eine Nachricht über ihre bevorstehende Ankunft zukommen lassen und ihn zu einem geringen Teil ins Vertrauen gezogen, dabei aber genug ausgelassen, was sie noch im direkten Gespräch erörtern konnten. Sie war überzeugt, er würde sie freundlich aufnehmen, doch wusste sie auch, dass einiges vor ihr lag, wollte sie König Julian – oder, genauer, Königin Beatrice – ihre Idee schmackhaft machen.

Sie warf einen kurzen Blick auf Herrn Arnold. Noch immer trug er die Robe und die Glockenärmel eines Zauberers, und er sah aus wie ein Mann, den die Leiden der Welt zermürbt hatten. Inzwischen hatte er seit drei Tagen weder gebadet noch sich rasiert, und das war ihm anzusehen. Insofern war der Gedanke, dass ihr Erfolg zu so großen Teilen auf seinen ermatteten Schultern lastete, alles andere als beruhigend. Als sie dann aber auch sich selbst und Hans betrachtete und erkannte, wie zwielichtig sie alle aussahen, steigerte sich ihre Niedergeschlagenheit nur noch mehr. Ihre schmucklose Kleidung war kaum geeignet für eine Audienz bei königlichen Hoheiten, und Hans trug immer noch die Kleidung eines Klerikers. Doch daran ließ sich nun wenig ändern. Sie würde sich einfach über diese ungünstigen Umstände erheben und darauf vertrauen müssen, dass es ihr gelang, ihre Argumente überzeugend genug vorzubringen. Darauf und auf Ferdinands Gewogenheit ihr gegenüber. Was das betraf, so war sie sich dessen nicht mehr so sicher wie noch ein paar Wochen zuvor. Nun war er verlobt. Vielleicht wollte er gar nicht daran erinnert werden, dass es eine gewisse Anziehung zwischen ihnen gegeben hatte. Ganz gewiss, so sollte man annehmen, würde seine Braut dergleichen nicht hören wollen.

Während Gretel noch all die Hindernisse erwog, die sich ihrem Erfolg in den Weg stellen mochten, tauchte eine Einheit der königlichen Garde am oberen Ende des Pfades auf und galoppierte ihnen entgegen. Entweder, Ferdinand hatte sie als Eskorte ausgesandt, oder …

»Im Namen König Julians, halt!«, brüllte der Feldwebel.

Gretel seufzte. Dies war nicht ihre erste Begegnung mit dem übermäßig lauten, wichtigtuerischen Offizier. Er war, wie sie sich erinnerte, kein umgänglicher Mann.

»Einen guten Morgen wünsche ich, Herr Feldwebel«, rief sie laut genug, um sich über dem Hufgetrappel der Pferde, die um sie herumtänzelten, dem Klimpern von Trensen und Zaumzeug und dem Klirren der etwas übertriebenen Menge an Waffen, mit denen die Soldaten gerüstet waren, Gehör zu verschaffen.

»Wer nähert sich unangekündigt und ungeladen dem Schloss von König Julian dem Mächtigen?«, verlangte der Feldwebel zu erfahren. Laut.

»Ihr habt insofern recht, als dass wir keine offizielle Einladung vorweisen können. Jedoch kommen wir nicht unangekündigt, denn ich habe General Ferdinand eine Nachricht zukommen lassen, um ihn über unseren Besuch in Kenntnis zu setzen. Mein Name ist Fräulein Gretel – Ermittlerin Gretel – aus Gesternstadt, und ich werde erwartet.«

Das gab dem Offizier zu denken. Auf keinen Fall durfte er seinem kommandierenden Offizier widersprechen. Doch offensichtlich war er über die Tatsache, dass diese Besucher erwartet wurden, nicht informiert worden. Das einzugestehen könnte dazu führen, dass er in den Augen des Generals an Bedeutung verlöre. Doch würde er sich so einfach auf das Wort einer Zivilistin verlassen? Umso mehr einer, mit der er schon früher seine Schwierigkeiten gehabt hatte? Würde er von jemandem, der so offenkundig unwichtig und schlicht schäbig war, zum Narren gehalten werden, wäre er dem Gespött des ganzen Regiments ausgeliefert.Behandelte er andererseits einen Gast des Generals nicht mit dem gebotenen Respekt, würde sich jegliche Aussicht, auf der Karriereleiter weiter aufzusteigen, in Luft auflösen.

»Ihr kommt alle mit uns!«, blökte er und gestikulierte vor seinen Männern, die einen Ring aus Eisen und rasselndem Stahl um das unglückselige Trio bildeten. In dieser Formation setzten sie den Weg zum Schloss fort, auch wenn die Pferde nervös wurden bei der quälend langsamen Geschwindigkeit, mit der sich fortzubewegen sie nun gezwungen waren.

Gretel war erleichtert, dass es ihr gelungen war, den Feldwebel zu einer gleichwohl widerwilligen Kooperation zu bewegen. Doch hielt ihre Erleichterung nur so lange vor, bis sie das Schloss erreicht hatten und nicht in einen großen Empfangssaal, nicht einmal zu Ferdinands Quartier geleitet wurden. Stattdessen führte man sie durch einen bescheidenen Hintereingang und scheuchte sie über eine Reihe von Korridoren und Steintreppen und schließlich in einen kahlen Raum. Einen Raum, der in der Tat nur aus Kahlheit bestand. Die Mauersteine der Wände lagen bar und schmucklos vor ihnen; kein Teppich, nicht einmal Stroh bedeckte die Steinplatten am Boden; kein Vorhang und kein Fensterladen milderte den Anblick der Gitterstäbe vor dem kleinen Fenster; und nicht ein Kissen linderte die Härte der schlichten Holzbank. Als ihre Eskorte den Raum verließ, die schwere, derbe Tür ins Schloss knallte und das Geräusch eines Schlüssels, der sich im Schloss drehte, durch die trostlose Kammer hallte, konnte Gretel ihren Zorn kaum noch bändigen.

»Um Himmels willen!«, zischte sie kaum hörbar.

»Mach dir nichts draus!«, versuchte Ernst die Wogen zu glätten. »Wir haben unseren Bestimmungsort schließlich erreicht, nicht wahr? Ich bin überzeugt, man wird uns freundlicher willkommen heißen, sobald bekannt ist, warum wir hier sind, Fräulein Gretel. Inzwischen können wir uns ein wenig ausruhen.«

Hans gab ein *Ha!* von sich, ehe er theatralisch die Arme an den Leib presste, als wollte er sich in einen engen Durchgang quetschen. »Leider komme ich gar nicht zur Ruhe, so überwältigt bin ich von all den *bequemen Stühlen, dem heißen Wasser, dem hervorragenden Wein und den ausgezeichneten Speisen!*« Abschließend gab er noch ein humorloses, bellendes Gelächter von sich, ehe er seiner Schwester demonstrativ den Rücken zukehrte und lieber die Wand anstarrte, als sie anzublicken.

Gretel sah sich gezwungen, ihren eigenen Zorn zu zügeln. Es geschah nur äußerst selten, dass Hans' Geduld an ihre Grenzen kam, doch wenn es geschah, dann war er die Sturheit in Person. Gretel erkannte die Zeichen.

Es würde sie haufenweise sanfte Schmeicheleien kosten, ihn aus diesem Zustand herauszulocken, und wollten sie auch nur die geringste Hoffnung haben, dass ihre Lage sich besserte, dann musste sie ihn zumindest dazu bringen, es nicht noch schlimmer zu machen.

»Ach, komm, verzweifle nicht! Der Feldwebel will seine Arbeit nur gründlich machen. Es ist seine Aufgabe, das Schloss und die königliche Familie zu schützen …«

»Ach, wirklich!«, gab Hans zurück, ohne sich zu ihr umzudrehen. »Dann ist es also völlig angemessen, dass er drei unbewaffnete, von der Reise erschöpfte Ortsansässige einfach in eine Zelle sperrt, weil wir ja so bedrohlich sind!«

So geduldig sie konnte, erklärte ihm Gretel, dass dies eigentlich gar keine Zelle und dass sie mit der Unterbringung wahrer Schurken und Taugenichtse im Schloss nur allzu vertraut war und dass sie demzufolge eindeutig nicht als Verbrecher eingestuft worden waren. Dann wandte sie sich an den Zauberer.

»Herr Arnold, bald wird die Zeit gekommen sein, da du handeln musst, und du wirst nur eine Chance bekommen. Bist du bereit?«

»Das hoffe ich, ich meine, gewiss, das bin ich. Kannst du mir noch einmal genau erklären, was ich zu tun habe?«, bat er und erbleichte ein wenig.

»Sollte der König immer noch unter seiner Verletzung leiden, wovon ich überzeugt bin, angesichts der Quacksalber, die ihn umgeben und sich Ärzte schimpfen, bist du am rechten Ort, um dir eine Begnadigung für deine Missetaten zu verdienen. Schaffst du das nicht, dann kannst du die Hoffnung aufgeben, zu Evalina zurückzukehren und die Fäden deines Lebens wieder aufzusammeln, also reiß dich um Himmels willen zusammen!«

»Gewiss«, versprach er nickend, richtete sich etwas höher auf und setzte eine entschlossene Miene auf.

»Besser!«, lobte ihn Gretel. »Also, die Idee ist folgende: Ich werde deinen Fall dem König vortragen und die ganze traurige Geschichte deiner misslungenen Magie, einschließlich deiner Unfähigkeit und deines Versuchs, die Versicherungsgesellschaft um eine hohe Summe Geldes zu betrügen, in einem möglichst vorteilhaften Licht darstellen. Danach werde ich deine Fähigkeiten als Arzt und Chirurg preisen und dem König versprechen, dass er für die Behandlung seines schmerzenden Fußes keinen Besseren finden kann.«

»Glaubst du, er wird auf dich hören und mir gestatten, ihn zu behandeln?«

»Den König zu irgendetwas zu beschwatzen ist nicht so schwer, vorausgesetzt, man kann sich Gehör verschaffen.« Gretel überkam eine unwillkommene Erinnerung an eine nicht lange zurückliegende Erfahrung mit der Schwerhörigkeit des Königs und den zu übertriebenen Reaktionen neigenden Beratern und Gardisten. »Nein, er wird unser kleinstes Problem sein. Die größte Herausforderung wird es sein, Königin Beatrice zu überzeugen, dass du dazu taugst, gefahrlos auf ihren Gemahl losgelassen zu werden. Täusch dich nicht, du wirst dich so gescheit und seriös zeigen müssen wie noch nie in deinem Leben, Herr Arnold.«

»Ich verstehe.«

»Ich werde das Gespräch auf die Schmerzen lenken, die der König zu erdulden hat, und das ist dein Stichwort. Wir wissen nicht, unter welchen Umständen dieser Austausch stattfinden wird oder wer dabei anwesend sein wird. Möglicherweise werde ich … zu extremen Mitteln greifen müssen, um den Diskurs in eine Richtung zu steuern, die unseren Zwecken dienlich ist. Du musst auf jedes meiner Worte achten.«

»Das werde ich!«

»Beobachte mich genau und warte auf mein Signal. Lass uns einen speziellen Begriff festlegen.« Sie überlegte einen Moment, suchte nach etwas, das bei Ernst eine Reaktion hervorbringen musste. »Ich hab's! Jynx.«

»Mein kleiner Freund!«, rief der Zauberer, lugte in seinen Ärmel und bedachte die schlafende Fledermaus mit einem Lächeln.

»Ganz recht. Wenn du dieses Wort hörst, dann tritt vor und wende deinen schmerzstillenden Zauber an.«

»Sobald ich das Wort höre, ja.«

»Überdies wirst du ausschließlich – und ich betone: AUSSCHLIESSLICH – diesen schmerzstillenden Zauber anwenden. Sonst nichts.«

»Ja, natürlich.«

»Das ist von größter Wichtigkeit. Keine andere Magie, *absolut keine*. Habe ich mich klar ausgedrückt?«

»Vollkommen.«

»Gut. Sobald du den königlichen Fuß vom Schmerz befreit hast, werden, wie ich annehme, alle Anwesenden ausreichend beeindruckt sein und der König selbst so erleichtert, dass man dir gestatten wird, die ärztliche Behandlung fortzusetzen und seine Knochen zu richten. Ich werde im Gegenzug für deine Dienste eine Begnadigung für dich aushandeln.«

»Fräulein«, sagte der Zauberer mit weinerlicher Miene und ergriff Gretels Hand. »Ich kann dir gar nicht genug danken, dass du mir so hilfst. Wenn ich mir vorstelle, dass sich doch noch alles wieder einrenken lassen könnte und mir vielleicht gestattet wird, zu meiner geliebten Evalina zurückzukehren ... nun, ich werde für alle Zeiten in deiner Schuld stehen.«

»Apropos Schuld, wir werden der königlichen Geldbörse auch so etwas wie ein Honorar entlocken müssen, damit du deine Finanzen ein für alle Mal in Ordnung bringen kannst. Da sind noch immer die, die eine Wiedergutmachung für deine katastrophalen Zauber fordern werden.«

»Du denkst an alles!«, rief er. »Aber sag mir, wenn Evalina die Versicherung nicht in Anspruch nehmen kann, weil ich immer noch am Leben bin, wie können wir dann den Lohn entrichten, den du so fleißig erarbeitet hast und den du so sehr verdienst? Das ist eine Angelegenheit, die mir auf der Seele liegt, Fräulein, denn ich könnte es nicht ertragen zu sehen, dass solch ein Pflichteifer, solch harte Arbeit, solch eine Sorgfalt nicht entlohnt wird, und doch weiß ich nicht, wie ich dich gebührend entlohnen könnte.«

Gretel zögerte. Sie wollte dem Zauberer sagen, er solle sich darüber nicht den Kopf zerbrechen, doch ihm zu erklären, warum sie sich in diesem Punkt keine Sorgen machte, hieße ihm zu offenbaren, dass sie den Fall nicht nur auf Geheiß seiner Gemahlin, sondern auch im Auftrag der Versicherungsgesellschaft übernommen hatte. Sie wusste, Letztere würde sie bezahlen, sobald sie den Beweis erbracht hätte, dass Herr Arnold noch lebte, und so, wie sich die Dinge entwickelt hatten, durfte sie sich glücklich schätzen, dass sie den Weitblick und den Scharfsinn bewiesen hatte, sich nach allen Seiten abzusichern. Allerdings konnte sie das Gefühl nicht abstreifen, beide Boxer im selben Ring betreut zu haben. Es hatte etwas Unschickliches, vielleicht auch etwas Unaufrichtiges, einen Fall zu bearbeiten, für dessen Lösung sie von einer Seite bezahlt würde, sollte der vermisste Mann lebend gefunden werden, und von einer anderen, sollte er tot sein. Bei so klarer Betrachtung roch ihre Position nach einem Übermaß an Eigennutz. Sie selbst sah es lieber als Ausdruck ihrer herausragenden Geschäftstüchtigkeit, dennoch ...

»Mach dir darüber keine Sorgen, Herr Arnold«, sagte sie schließlich. »Es soll dir reichen zu wissen, dass ich meinen Lohn erhalten werde, ohne jedoch dich des Geldes wegen zu bedrängen.«

Ernst bekam keine Gelegenheit, weitere Fragen zu stellen, denn ihr Gespräch wurde von dem Geräusch forscher Schritte unterbrochen. Erneut wurde ein Schlüssel im Schloss gedreht, und die schwere Tür wurde aufgestoßen. Und da stand Ferdinand. Er sah so attraktiv und männlich und gut gekleidet aus wie eh und je, was in Gretel eine komplizierte Gefühlsmixtur hervorbrachte, und sie tat, was sie konnte, um sich keine ihrer Empfindungen anmerken zu lassen.

Ferdinand betrat den Raum und verbeugte sich tief, formell und doch auch herzlich.

»Fräulein Gretel, ich bitte um Vergebung. Mein Feldwebel ist bekannt für seinen Eifer, auch wenn der bisweilen deplatziert ist.«

Gretel gestattete ihm, ihre Hand zu küssen, und wünschte sogleich, sie hätte es nicht getan, als ihr auffiel, wie schmutzig ihre Fingernägel waren. Stets der perfekte Kavalier, zeigte Ferdinand mit keiner Regung, ob ihm dieser Umstand aufgefallen war.

»Es ist aller Ehren wert, dass Euer Feldwebel seine Pflichten so gewissenhaft erfüllt«, sagte sie. »Uns wurde kein Leid zugefügt.«

Hans gab einen leisen Laut des Widerspruchs von sich, den jedoch alle anderen geflissentlich ignorierten.

Ferdinand bot Gretel seinen Arm. »Bitte, gestatte mir, euch in angenehmere Räumlichkeiten zu geleiten. Ich nehme an, ihr alle seid müde von der Reise …«

»Allerdings!«, fiel ihm Hans ins Wort.

»… und wüsstet eine Gelegenheit, euch zu erfrischen und vielleicht ein Bad zu nehmen, überaus zu schätzen«, beendete Ferdinand seinen Satz und war taktvoll genug, dabei nicht die Nase zu rümpfen oder ihrer aller Bekleidung zu mustern.

»Wenn ich Euch um frische Kleider bitten dürfte, Herr General?«, fragte Gretel und achtete sorgsam darauf, sich ganz geschäftsmäßig zu geben. »Wie ich in meiner Nachricht bereits erwähnt habe, bedarf ich einer Audienz bei seiner Majestät, und nicht einer von uns ist derzeit passend gekleidet …«

»Ich werde die Mamsell bitten, etwas Passendes herauszusuchen«, versprach er. »Würdest du mir nun vielleicht ein paar Einzelheiten hinsichtlich deines Vorhabens offenbaren?«

Gretel ergriff seinen Arm. »Gewiss«, entgegnete sie, während sie sich von ihm aus der schrecklichen Kammer und zu den angenehmeren Räumlichkeiten des Schlosses geleiten ließ. »Aber zunächst sagt mir, wie geht es dem König? Die Verletzung, die er im Zuge der Jagd erlitten hat, ist sie verheilt? Hat er sich vollständig erholt?«

»Bedauerlicherweise nicht. König Julian leidet noch immer sehr.«

»Ah!«, rief Gretel und schaffte es nicht, den triumphierenden Ton aus ihrer Stimme fernzuhalten. Zwei der anwesenden Gardisten und Ferdinand selbst bedachten sie mit zweifelnden Blicken. »Ich wollte sagen, *aah*, welch ein Pech. Der Gedanke, dass unser erhabener Regent in irgendeiner Weise leiden muss, bricht mir das Herz. Ist es sehr schlimm?«

»Unsere Ärzte haben dafür gesorgt, dass er sich wohl fühlt, solange er das Bett hütet. Doch in dem Moment, in dem seine Majestät versucht, sich zu bewegen …« Aufrichtig bekümmert schüttelte Ferdinand den Kopf. »Nun, dann, so muss ich leider berichten, erduldet der König fürchterliche Schmerzen, von denen ihn bisher niemand befreien konnte. Und die gebrochenen Knochen in seinem Fuß wollen einfach nicht heilen.«

»Sorgt Euch nicht, denn ich habe jemanden bei mir, der ihm eine wirkungsvolle und schmerzfreie Behandlung bieten kann.«

Ferdinands Blick wanderte von Hans zu Ernst und wieder zurück, und ihm war anzusehen, dass er von den möglichen Kandidaten für diese bedeutende Aufgabe alles andere als überzeugt war.

»Fräulein, wie sehr ich deinem Urteilsvermögen auch vertraue …«

»Ich bitte Euch, dieses Vertrauen aufrechtzuerhalten,

Herr General. Es ist nicht unangebracht. Ich weiß sehr wohl, dass Eure Loyalität gegenüber dem König außer Frage steht und nichts Euch mehr erfreuen würde, als ihn geheilt zu sehen. Ich verspreche Euch, alles wird sich zum Guten wenden.«

Sie passierten etliche große Räume und Säle, die mit immer mehr Marmor, mehr Gold, mehr von allem, was glitzert und funkelt, aufwarteten.

»Am Hauptportal gibt es Räumlichkeiten, die ihr nutzen könnt. Von dort ist es nur ein kurzer Weg zum Schlafgemach seiner Majestät. Dort empfängt er derzeit all seine Besucher, weil es so bequemer für ihn ist.« Dabei zeigte er auf eine von mächtigen Säulen flankierte Tür. »Während ihr euch vorbereitet, werde ich König und Königin über eure Ankunft und euer Hilfsangebot unterrichten.«

»Denkt Ihr, sie werden uns empfangen?«, fragte Gretel und ließ zu, dass ihr Selbstvertrauen vorübergehend ins Wanken geriet.

Ferdinand blieb keine Zeit, ihr zu antworten, denn plötzlich brach vor dem Hauptportal ein heftiger Tumult aus. Erhobene Stimmen, wütende Warnungen, Gebrüll und Protest hallten durch den Korridor, und dann hatte der heißblütige Besucher es geschafft, sich Zutritt zum Schloss zu verschaffen.

»Was ist jetzt wieder los?«, murmelte Ferdinand und machte sich, eine Hand am Heft seines Schwerts, davon und ließ Gretel mitten im Korridor stehen.

Zur Überraschung aller Anwesenden war ein einziger, unbewaffneter Mann für die Aufregung verantwortlich. Ein Mann in ordentlicher Kleidung und mit einem außerordentlich gepflegten Auftreten, dessen Gesicht jedoch von dem Zorn gezeichnet war, den er mit sich brachte, und dessen Schritt von der Dringlichkeit der Angelegenheit kündete, die ihn ins Schloss geführt hatte.

»Ich werde zum König sprechen!«, erklärte er so laut wie beharrlich. »Ich muss ihn sprechen! Es ist unerlässlich für seiner Majestät Gesundheit, ja, sogar für sein Überleben, dass ich zu ihm vorgelassen werde!«

Überall ließ sich Keuchen vernehmen, erschrockene *Huchs*, gefolgt von einem *Gütiger Himmel* aus Hans' Kehle, einem *Du!* aus der von Herrn Arnold und einem *Gott-hilf-mir!* von Gretel.

Ferdinand hielt eine Hand hoch. »Sprich, wie lautet dein Name und was ist dein Begehr?«

»Ich bin Otto Voigt, Leitender Zauberer des Gesternstädter Zaubererkreises«, verkündete er salbungsvoll, »und *dieser Mann*«, hier legte er eine Pause ein, um mit einem Finger in Ernsts Richtung zu wedeln, »ist ein Scharlatan und ein Hochstapler, der nicht einmal in die Nähe des Königs kommen sollte!«

Ernst trat vor, um etwas zu sagen, aber Gretel war schneller und entschlossen, nicht zuzulassen, dass ihr Triumph so kurz vor dem Ziel zu einer Niederlage wurde. Sie waren einen langen Weg gekommen und nun buchstäblich nur noch wenige Schritte von der Audienz beim König entfernt. Diesen Moment durfte sie sich nicht nehmen lassen.

»*Dieser* Mann«, verkündete sie und zeigte auf Otto, »zeichnet verantwortlich für drei Anschläge auf mich und meinen Bruder und hat bei einer Gelegenheit höchstselbst unser Leben in Gefahr gebracht. Seinem Wort ist nicht zu trauen, denn er wünscht schon lange,

Herrn Arnold loszuwerden, und schreckt, wie es scheint, vor nichts zurück, um ihn zu Fall zu bringen, ganz gleich, wer dabei sonst noch in Mitleidenschaft gezogen wird.«

»Bist du dessen sicher?«, fragte Ferdinand.

»Das bin ich.«

Wütend spuckte Herr Voigt aus. »Falsche und grundlose Beschuldigungen! Wo ist der Beweis?«, blökte er.

Die Tür zum Gemach des Königs wurde aufgerissen, und ein bleicher Bediensteter hastete heraus.

»General Ferdinand, was um alles in der Welt geht hier vor? Königin Beatrice schickt mich, um dem Lärm umgehend Einhalt zu gebieten.«

»Ich bitte ihre Majestät um Vergebung«, sagte Ferdinand rasch. »Es gibt keinen Grund zur Besorgnis.«

»Es gibt allerdings Grund zu großer Besorgnis!«, brüllte Herr Voigt. »Dieser Mann ... ich werde ihn nicht Zauberer nennen, denn das hieße, den Berufsstand zu verunglimpfen ... dieser Mann ist gefährlich, sage ich Euch! Zuzulassen, dass er sich im gleichen Gebäude aufhält wie unser allseits geliebter Herrscher, fordert die Katastrophe regelrecht heraus!«

An diesem Punkt verfiel die versammelte Gesellschaft in eine Streiterei, in der auf einmal ein jeder den anderen niederschrie, röhrte, protestierte, bezichtigte und leugnete, und das alles mit solcher Vehemenz und Lautstärke, dass keiner sich wahrlich Gehör verschaffen oder verstanden werden konnte. Ferdinand bemühte sich nach Kräften, dieses Durcheinander aus Beschimpfungen und bösen Bemerkungen zu bezwingen, ohne sie alle von der Garde fortzerren zu lassen. Doch wäre ihm möglicherweise nichts anderes übriggeblieben, wäre die Tür zum

Schlafgemach nicht plötzlich weit aufgerissen worden und die Königin persönlich auf der Schwelle erschienen.

»Was hat dieser scheußlich despektierliche und schädliche Lärm zu bedeuten?«, verlangte sie zu erfahren. Sie war eine dralle, kleine Frau mit unscheinbaren Zügen und einer dünnen Stimme, doch ihre Position, ihr königliches Blut und ihre beängstigende Macht über Leben und Tod eines jeden erfüllten jedes Wort, das sie sprach, mit gewaltiger Wucht.

Stille breitete sich aus.

Gretel nutzte den Moment.

»Eure Majestät«, sagte sie mit einer tiefen Verbeugung, bemüht, nicht daran zu denken, dass sie aussah wie eine Schlampe und im Wald genächtigt hatte. »Ich bringe gute Neuigkeiten – einen Arzt, der fähig ist, seine Majestät noch heute zu heilen!«

Woraufhin Otto Voigt erneut zu brüllen anhub und Ernst mit einstimmte, um sich zu verteidigen, und der spät zu der Versammlung hinzugekommene Bedienstete alle zugleich anschrie.

»Königin Beatrice reckte den Kopf hoch und blaffte: »Genug! General, Ihr dürft sprechen und nur Ihr. Ist es wahr, was diese … Person sagt?«

Gretel hätte die Königin zu gern daran erinnert, wer sie war, um die Bezeichnung »Person« von sich zu weisen, doch dies war nicht der rechte Augenblick. Sie musste darauf vertrauen, dass Ferdinand auf ihrer Seite kämpfte.

Dieser verneigte sich tief vor der Königin. »Ja, Eure Majestät, ich glaube, so könnte es sein.«

»Könnte? Soll ich etwa diesem sonderbaren Gesindel

aufgrund eines dürftigen ›könnte‹ Zutritt zum Schlafgemach des Königs gewähren?«

»Ich bin überzeugt, Fräulein Gretel spricht aufrichtig, Eure Majestät.«

Wieder trat Stille ein, angefüllt mit Spannung und unausgesprochenen Gedanken. Die Königin erwog die Möglichkeiten. Die am Ende auf einen kranken oder einen geheilten Gatten hinausliefen. Einen Versuch musste das wert sein.

»Lasst sie ein«, befahl sie und kehrte ins Schlafgemach zurück, allerdings nicht, ohne Ferdinand vorher zu warnen: »Auf Eure Verantwortung, General!«

Gretel und Ferdinand wechselten Blicke. Der seine war mannhaft verblümt, der ihre, so hoffte Gretel, beruhigend. Sie schnappte sich Ernst und schob ihn vor sich her über die Schwelle. Es kam zu einem kleinen Handgemenge, als Otto Voigt darauf bestand, ebenfalls eingelassen zu werden. Ferdinand, der offensichtlich eine weitere Szene vermeiden wollte, gestattete ihm, flankiert von zwei Gardisten, im Hintergrund des Raums zugegen zu sein. Derweil baute sich der Feldwebel neben seinem König auf.

Der Raum war natürlich überwältigend groß. Die Decke schwebte irgendwo außerhalb dessen, was Gretel scharf zu sehen imstande war, dennoch konnte sie in lebhaften Farben gemalte und mit Gold abgesetzte Bilder von Putten und Engeln inmitten von Wolken und Blumen ausmachen. Der Raum selbst war ein Schmuckstück mit weißen Wänden, rundum laufenden Gesimsen und kunstvollen Stuckarbeiten. Lüster baumelten in der Luft, wie Lüster es eben zu tun pflegten. Die großen Fenster schmückten sich mit seidenen Girlanden. Der einzigartig liebreizende Blauton des Geflechts entzückte Gretel zutiefst, und sie konnte sich des Gedankens nicht erwehren, wie bezaubernd er sich an einem Abendkleid machen würde. Es gab keinerlei Mobiliar abgesehen von dem gewaltigen Himmelbett in der Mitte des Raums. Während der Monarch ruhte, hatten alle anderen zu stehen.

An dicke Satinpolster gelehnt und zum größten Teil von einer Brokatdecke bedeckt, lag dort König Julian der Mächtige. In seiner Jugend war er ein starker, aufrechter Mann gewesen, wenn auch kein großer. Zumindest aber hatte sein jugendlicher Elan seinem Namen einen Sinn gegeben. Nun, zusammengeschrumpelt von den Jahren auf dem Thron und der Bändigung seiner eigenen zänkischen Familie, war der König nur ein kleiner Rest von einem Mann, der in diesem Bett und dieser Umgebung, ja, sogar in Gegenwart seiner kleinen Gemahlin, die zu seiner Rechten stand, nur noch winziger erschien. Neben der Königin warteten der persönliche Diener des Königs, dann sein Arzt – ein gertenschlanker Mann in Schwarz – und zwei weitere Diener darauf, gebraucht zu werden. Auf der anderen Seite des Betts standen Prinzessin Charlotte und nun auch der Feldwebel. Gardisten hatten an jedem Pfosten Aufstellung bezogen. Während Gretel so nahe wie nur möglich herankam, baute sich Ferdinand zwischen seinem Monarchen und Ernst auf. Vertrauen war eine Sache, mit dem Leben des Königs zu spielen jedoch eine ganz andere.

»Euer Majestät«, setzte er an, ehe er sich offenbar an die Schwerhörigkeit des Königs erinnerte und die Stimme hob: »Gestattet mir, Euch Detektivin Gretel aus Gesternstadt vorzustellen. Sie hat einen Arzt mitgebracht.«

»Was war das?« König Julian blinzelte durch seine dick umrandete Brille. »Defektive Mittel?«

»Gretel, Euer Majestät!« Ferdinand winkte ihr zu, ein wenig näher zu treten.

Gretel tat wie geheißen, verbeugte sich ein weiteres Mal und befleißigte sich einer sorgenvollen Miene.

»König Julian, ich bin erschüttert, Euch so leiden zu sehen«, sagte sie. Laut. »Doch seid guten Mutes, denn ich habe eine Lösung für Euer Problem!«

»Was sagt sie?«, fragte der König.

Sein Kammerdiener beugte sich zum königlichen Ohr herab und schrie: »Es tut ihr leid, dass Ihr leidet!«

»Tut es?«

»Sie hat etwas, das helfen wird, damit Ihr Euch besser fühlt!«, erklärte er.

»Ach, ja?« Er nickte und musterte Gretel eingehend, erfasste den frivolen Schnitt ihres Kleides, den tiefen Ausschnitt, die sahnige Ausdehnung ihres unbedeckten Busens. Ein schwaches Lächeln umspielte die königlichen Mundwinkel. »Nun, das wäre nett«, bekundete er.

Gretel hielt es für das Beste, einfach fortzufahren.

»Soweit ich weiß, schmerzt Euer Fuß noch sehr«, gellte sie.

»Mein was?«, fragte er und legte eine Hand trichterförmig ans Ohr.

»Euer Fuß!«, wiederholte sie und zeigte darauf.

»Ach, darüber mach dir keine Gedanken«, sagte er fortwährend lächelnd. »Er tut nur weh, wenn ich ihn bewege.«

Gretel trat noch einen Schritt näher ans Bett heran, worauf der Feldwebel reflexartig herbeisprang.

»Zurück!«, befahl er und versperrte ihr mit seinem Schwert den Weg.

»Also *wirklich*!«, grollte Gretel leise.

»Schon gut, Klaus«, besänftigte ihn der König. »Lass die hübsche Dame nur näher kommen. Sie wird mich aufheitern, wisst ihr?« Er gluckste. Die Königin hingegen echauffierte sich unverkennbar.

Gretel hatte das äußerst ungute Gefühl, dass das Gespräch im Begriff war, ihr zu entgleiten, und hörte Hans vernehmlich kichern.

»Ich habe einen Mann bei mir, der eine einzigartige Gabe hat, Euer Majestät. Er kann Euch den Schmerz nehmen und Euren gebrochenen Fuß richten.« Dabei deutete sie auf Ernst, der ein Stück weit hinter ihr stand.

Der König winkte seinem Kammerdiener und einem anderen Bediensteten. »Helft mir, mich aufzusetzen«, verlangte er. So vorsichtig sie auch zu Werke gingen, der König zuckte dennoch wehklagend zusammen. Als er etwas aufrechter saß, fragte er: »Wen wünscht sie, dass ich sehe?«

»Den Mann, den sie mitgebracht hat!«, schrie sein Kammerdiener.

»Was, den Kleriker?« Der König gluckste wieder. »Nein, nein, meine Liebe. Ich kann dich nicht ehelichen. Ha-ha, wie kurios. Sie will mich heiraten!«

Wenn der König lachte, wurde erwartet, dass jeder in seiner Umgebung einstimmte. Gretel spürte, dass die Königin sie mit stechendem Blick beobachtete, und ihr fiel auf, dass sie eindeutig nicht lachte. Hans wiederum ging auf, dass er aus irgendeinem Grund für einen Teil der Belustigung verantwortlich war, und folglich lachte er umso lauter.

»Nicht der, Euer Majestät!«, ergriff Gretel wieder das Wort und trat zurück, um den Blick auf Ernst freizugeben. »Dieser Mann! Er ist ein Arzt, wie es keinen zweiten gibt.«

»Der? Dieser Zauberer?« Das hielt der König offenbar für noch lustiger.

»Lasst Euch nicht durch sein Äußeres täuschen! Ich versichere Euch, er hat die Gabe, Schmerz zu nehmen und gebrochene Knochen zu heilen. Ich wette, Ihr werdet nirgendwo einen besseren Mann finden, wenn es darum geht, einen Fuß zu richten.«

Doch des Königs Gedanken waren inzwischen abgeschweift. »Beatrice, warum haben wir einen Zauberer hier? Wird er magische Tricks vorführen?«

Nun meldete sich des Königs eigener Arzt zu Wort. »Sire, Ihr wollt doch nicht diesen Zauberer Hand an Euren königlichen Leib legen lassen?«

Das war zu viel für Otto. »Er ist kein Zauberer!«, brüllte er. »Ernst Arnold ist ein Betrüger. Seine Banne sind verhängnisvoll, das kann ich Euch sagen! Ich habe Zeugen. Gestattet mir, sie vorzustellen!«

Königin Beatrice hob Stille gebietend eine Hand. »Zeugen?«

»Ja, Eure Majestät. Ihre Aussage wird jeden Zweifel hinsichtlich des arglistigen Charakters dieses Schurken ausräumen.«

Der Kammerdiener und die Königin besprachen sich kurz. Endlich nickte sie Herrn Voigt zu.

»Dann lasst die Zeugen vortreten«, sagte sie.

Drinnen wie draußen kam es zu einem mächtigen Durcheinander, doch schließlich wurden zwei Gestalten zur Tür hereingeführt. Sogleich erkannte Gretel den Bäcker persönlich, ermattet von seinem Gelächter und noch immer gnadenlos seinem Glucksen und Schnauben ausgeliefert, und den haarigen Herrn Winkler. »Da!«, brüllte Otto und wedelte so aufgeregt mit den Armen, dass er im Nu von weiteren Gardisten umzingelt wurde. »Diese armen Leute werden Euch die Wahrheit darüber erzählen, wie es ist, der Leidtragende der misslungen Zauberversuche von Ernst Arnold zu sein!«

Gretel stöhnte. Ihre Chance, das königliche Paar zu überzeugen, Ernst sein Werk tun zu lassen, entglitt ihr erschreckend schnell.

»Psst, Ernst«, zischte sie kaum hörbar, obwohl sie sich keine Sorgen darüber machen musste, dass der König sie belauschen könnte. »Halte dich bereit!«, wies sie ihn an. Er reagierte beängstigend verstört auf den Anblick seiner ehemaligen Klienten, doch Gretel hatte das Gefühl, dass ihr keine andere Wahl blieb, als ihren Plan durchzuziehen. Sie holte tief Luft, wohl wissend, dass das, was sie zu tun im Begriff war, riskant und ein wenig brutal war. Doch was sein musste, das musste sein. Gab es keinen Schmerz, konnte Ernst keinen Schmerz nehmen. Der König musste veranlasst werden, sich zu bewegen, auf dass er sich an sein eigenes Leiden erinnerte, und dann konnte Herr Arnold abrupt eingreifen, den Schmerz nehmen und so jeden von seiner Gabe überzeugen, um anschließend die Knochen des königlichen Körperglieds zu richten.

»Oh, gütiger Himmel!«, kreischte sie, drehte sich im Kreis und schlug eine Hand vor die Stirn. »So lange ohne Nahrung und ausreichende Erholung. Wie schwach ich mich fühle! Wie unsicher auf den Beinen! Ganz so, als würde ich ohnmächtig. Ein Jynx muss mich befallen haben!« Halb schloss sie die Augen, taumelte voran, näher und näher zum Bett, drehte sich im Kreis und wich dabei all den ausgestreckten Armen aus, die versuchten, sie aufzufangen, falls sie das Bewusstsein verlöre. Sie musste auf das Bett fallen, ja sogar auf den König selbst. Nichts weniger würde ihren Zwecken genügen. »Ich sage Euch, ich bin geJYNXt!«, schrie sie in der Hoffnung, dass das Signal, dass sie und Ernst vereinbart hatten, Gehör fände. Er musste bereit sein, umgehend seine Magie zu wirken, denn sollte der König zu sehr leiden, würde man sie alle aus dem Schlafgemach vertreiben, ehe er zur Tat schreiten konnte, und ihre Chance wäre vertan.

»Ein Jynx!«, röhrte sie geradezu, ehe sie sich in die Richtung des zerbrechlichen, erschrockenen-aber-recht-erfreut-wirkenden ruhenden Königs warf.

Der Plan war nicht übel. Es gab ein paar riskante Elemente, aber er war sorgsam durchdacht und bedurfte ausreichend weniger Personen und Variablen zu seiner Durchführung. Bedauerlicherweise war eine der nicht benötigten Personen, die sich jedoch als große und bedeutsame Variable erwies, Hans. Nicht ahnend, dass seine Schwester vorhatte, Ernst die Gelegenheit zu bieten, den Schmerz in der neuerlich gereizten Extremität des Königs zu stillen, sah er nur, dass sie im Begriff war, direkt auf seinem König in Ohnmacht zu fallen. Seine große, robuste, grobknochige, gut genährte, manche würden sagen schwere Schwester auf seinem zierlichen, zerbrechlichen, zartgliedrigen König! Sogar Hans' Gehirn war vollends fähig, die wahrscheinlichen Konsequenzen recht schnell zu berechnen. Ohne sich um sein eigenes Wohlergehen zu scheren oder, um der Wahrheit Genüge zu tun, die Angelegenheit wirklich zu durchdenken, stürzte sich Hans auf Gretel. Mit einem Warnschrei – von dem allerdings schwer zu sagen war, wem er gelten mochte – rannte er zwei Schritte weit und warf sich durch die Luft, ein fliegender Kleriker mit weit ausgestreckten Armen.

Aus halb geschlossenen Augen sah Gretel ihn kommen, doch ihr blieb keine Zeit mehr für ein Ausweichmanöver. Sie spürte, wie er Kontakt mit ihr schloss, spürte, dass sein Gewicht durch den Schwung seines Sprungs dreimal so schwer wog, spürte, wie sie durch die Luft getragen wurde, fort von ihrem geplanten Ziel und abwärts, abwärts, abwärts auf den Marmorboden. Marmor hat viele Qualitäten, aber Nachgiebigkeit gehört nicht dazu. Ein übelkeiterregendes *Knack!* hallte durchs Schlafgemach, so laut, dass es sogar in dem allgemeinen Lärm und dem um sich greifenden Erschrecken zu hören war. Die meisten wussten nicht, was es zu bedeuten hatte. Ein paar hatten eine grobe Vorstellung. Nur eine Person wusste genau, was dahintersteckte.

»Mein Bein!«, schrie Gretel und versuchte, Hans von sich zu schieben. »Aaah! Bei allem, was heilig ist! Mein! Bein!«

Hans rollte dreimal um seine Längsachse und kam zu Füßen der verdatterten Prinzessin Charlotte zur Ruhe. Stimmen riefen »Der König!«, »Der König!« Ernst, der sich nun offenbar doch erinnerte, welche Rolle er zu spielen hatte, stürzte vor, musste aber feststellen, dass der König gar keine Schmerzen hatte. Er zauderte. Der Feldwebel brüllte, man solle dieses verrückte Weib und seine Begleiter aus dem Raum werfen. Ferdinand schrie – recht besorgt, wie Gretel sich später erinnern sollte –, dass das Fräulein verletzt sei und nicht bewegt werden dürfe. Von Hans war zu vernehmen, wie er sich erkundigte, ob es dem König wohl erginge. Gretel litt solche Qualen, dass sie vorübergehend die Sprache verloren hatte. Doch schon bald stellte sie fest, dass sie durchaus imstande war zu schreien, und das tat sie mit solcher Kraft, dass alle Anwesenden verstummten und sich umdrehten, um sie anzugaffen. Was sie sahen, veranlasste die Prinzessin zu wimmern, etliche andere zu keuchen, Hans in Ohnmacht zu fallen und Ferdinand neben ihr auf die Knie zu sinken.

»Bleib ruhig, Gretel«, sagte er sanft. »Rühr dich nicht.«

Gretel hörte für einen Moment auf zu schreien, um sich ihr Bein anzusehen. Und wünschte sogleich, sie hätte es nicht getan. Ihre Röcke und Unterröcke waren im Fallen ungehörig hochgerutscht, sodass alles unter ihren Knien bloß war. Ein Bein sah weitgehend so aus, wie es sollte, auch wenn der Strumpf schmutzig war und Laufmaschen hatte. Das andere Bein jedoch sah gar nicht so aus, wie es sollte, deutete doch das Knie in die eine, die Zehen aber in die entgegengesetzte Richtung, und da war eine verdächtige Verdickung unter der Wirkware auf halbem Weg ihr Schienbein hinab. Die Mischung aus Schock und Schmerz drohte sie zu überwältigen. Gretel schloss die Augen, sammelte all ihre Kraft und donnerte: »Ernst, wenn dir an deinem Leben liegt, Jynx!«

»Oh!«, rief er und begriff endlich, was von ihm erwartet wurde. Er trat vor, hob eine Hand und sandte einen schnellen, lautlosen und gekonnten Zauber in Gretels Richtung. Dieser erwischte sie mitten im Gebrüll, während alle anderen zuschauten.

»Hat es aufgehört zu schmerzen?«, fragte Ferdinand.

»Ja!«, rief sie so verblüfft wie alle anderen. »Ich spüre gar keinen Schmerz mehr.«

Königin Beatrice blickte auf sie hinab. »Gar keinen?«

»Nicht das kleinste Zwicken«, versicherte ihr Gretel und setzte sich auf, so gut sie konnte. Ferdinand stützte sie, sodass sie sich bei ihm anlehnen konnte.

Ernst schüttelte mahnend den Kopf. »Versuch stillzuhalten!«, sagte er. »Noch habe ich deine Knochen nicht gerichtet.«

»Kannst du das denn?«, wollte die Königin wissen.

»Oh, ja, wenn mir jemand zwei kurze Holzbretter bringen würde, etwas Stuckgips – oder Lehm, falls kein Gips verfügbar ist –, Schnur, Baumwollwatte …« Er ratterte eine Liste benötigter Dinge herunter, und ein Diener wurde geschickt, sie aufzutreiben.

»Was ist hier los?«, fragte der König, der es nicht gewohnt war, dass sich die Aufmerksamkeit auf jemanden anderen als ihn konzentrierte. »Was ist mit dieser entzückenden Dame passiert, die mich aufheitern wollte?«

Prinzessin Charlotte beugte sich zu ihm und ergriff seine Hand. »Ihr Bein wird gerichtet, Papa«, erzählte sie ihm.

»Von dem Zauberer?«, fragte er.

»Ja, Papa.«

»Ja, allerdings«, pflichtete ihr die Königin bei. »Und wenn seine Knochensetzerei so gut ist wie seine Befähigung, Schmerz zu stillen, werden wir ihm gestatten, sich des königlichen Fußes anzunehmen!«

Gretel gestattete sich, kraftlos in Ferdinands Armen zu ruhen.

»Das war ein heftiger Sturz«, sagte er leise zu ihr.

»Gehört alles zu meiner Arbeit«, entgegnete sie, fest entschlossen, die Wärme seiner Arme zu genießen, auch wenn er der Bräutigam einer anderen war. Sie fand, sie hatte sich das Recht auf ein wenig Zärtlichkeit und Zuneigung redlich verdient. Doch die Magie des Zauberers machte sie benommen, und ihre Lider waren unerfreulich schwer geworden. Und dann war da das Gelächter, denn der arme Bäcker hatte sein kurzfristiges Gekicher aufgegeben, um wieder deutlich stürmischer hilflos vor sich hin zu glucksen und dann aus vollem Halse zu lachen und sich den Bauch zu halten. Hans, der befürchtete, ihm wäre ein Witz entgangen, lachte einfach mit. Der König tat es ihm gleich, also war auch von allen anderen gefordert, lauthals zu lachen und zu glucksen. In dieser Kakophonie manischen Gelächters verlor Gretel endgültig das Bewusstsein.

20

Die königliche Kutsche, die die breite Straße vom Sommerschlosses hinabsauste, war ebenso zum Prahlen wie zur Bequemlichkeit ihrer Insassen angetan, dennoch fiel es Gretel schwer, auf den dick gepolsterten Sitzen eine erträgliche Position zu finden. Der Gips, den Ernst so fachmännisch an ihrem gebrochenen Bein angebracht hatte, war überaus sperrig. Zwar verschwand der größte Teil von ihm unter ihren Röcken, doch konnte sie ihren linken Schuh nicht tragen und glänzte stattdessen mit einer lächerlichen Masse an Verbänden. Sie konnte den Fuß auf den Boden stellen, durfte ihn aber nicht mit allzu viel Gewicht belasten, sodass jeder Weg einen Krückstock und eine Menge Gehumpel erforderte. Was, wie sie sich ermahnte, eine deutliche Verbesserung war. Während der ersten drei Tage, nachdem sie die Verletzung erlitten hatte, war sie gezwungen gewesen, mit zwei Krücken auf die plumpeste aller unvorteilhaften Gangarten herumzuhoppeln. Ernst hatte darauf bestanden, dass sie blieb, wo sie war, bis er sich vergewissern konnte, dass seine Reparatur gut genug gelungen war, dass sie, wie er sich ausdrückte, sich wieder herumtreiben könne. Infolgedessen waren sie alle drei im Schloss geblieben, bis endlich der Morgen dämmerte, an dem ihr Bein für reisefähig erklärt wurde.

Nun, als sie durch die malerische Landschaft gen Gesternstadt rasten, befiel Gretel ein Wirrwarr verschiedener

Gefühle. Ferdinand hatte sie in den letzten paar Tagen kaum zu Gesicht bekommen, und wenn sie einander begegnet waren, dann stets in Gesellschaft anderer Personen. Zweimal hatte sie seine Braut gesehen – und einmal sogar mit einem höflichen Gruß gewürdigt –, eine charmante und elegante Erinnerung daran, was Ferdinand davon abhalten mochte, vorbeizuschauen und sich nach ihrem Befinden zu erkundigen. Zudem hatte Gretel auch keine Gelegenheit erhalten, dem General persönlich zu danken und sich zu verabschieden. Sie sagte sich, dass es so wohl das Beste war. Er hatte seine Wahl getroffen, und damit hatte es sich. Sie würde sich niemals gestatten, dieser Angelegenheit genug Aufmerksamkeit zu schenken, um den Eindruck zu vermitteln, sie litte an Liebesweh. Immerhin hatte es zwischen ihnen nie eine Übereinkunft gegeben. Nichts Bedeutsames war je passiert. Nein, in ihrem Alter, mit ihrem Ansehen in dieser Gegend und ihrer beruflichen Reputation war es allzu lächerlich, einem Manne nachzulaufen. Sie würde sich für Herrn Mozarts Konzert herausputzen und mit hoch erhobenem Kopf zeigen, dass ihr Stolz unversehrt war, und dabei zugleich Ferdinand daran erinnern, was er sich hatte durch die Finger schlüpfen lassen.

Endlich wurde die Kutsche langsamer und bahnte sich ihren Weg durch die schmalen Straßen, zuckelte an Fußgängern vorbei über das Straßenpflaster des kleinen Ortes. Auf Gretels Anweisung hin brachte der Kutscher sie direkt zu Herrn Arnolds Haus. Als sie sich näherten, blickte dieser voller Unruhe zum Fenster hinaus.

»Was denkst du, wird sie mir vergeben?«, fragte er Gretel. »Kann sie mir vergeben?«

»Sie wurde über deine bevorstehende Ankunft in Kenntnis gesetzt, und ich würde eine große Summe meines schwer verdienten Geldes darauf setzen, dass sie überglücklich sein wird, dich wieder daheim zu haben«, entgegnete sie. »Das Vertrauen mag wieder aufgebaut werden müssen, aber nun habt ihr genug Zeit und hervorragende Begleitumstände, um eben dies zu tun.«

»Ich gebe zu«, sagte er, und seine Miene hellte sich auf, »dass sich die Dinge äußerst erfreulich entwickelt haben. Ich hätte kein besseres Ende erhoffen können.«

»Und auch keine bessere Zukunft für dich und deine geliebte Gemahlin.«

In der Tat, sinnierte Gretel, hatte sich das Schicksal des Paares erheblich zum Besseren gewandelt. Nachdem Ernst an ihrem Bein seine Kunst demonstriert hatte, war man übereingekommen, dass er auch den König behandeln sollte. Nach einigen Stunden voller Anspannung war der König auf den Beinen und hoppelte guter Dinge, frei von Schmerz und sehr, sehr dankbar durch sein Schloss. Ja, er und seine Königin waren so beeindruckt, dass Herr Arnold zum neuen (und einzigen) königlichen Leibarzt ernannt wurde, allerdings unter dem Vorbehalt, dass die einzige Magie, die er je wieder anwenden durfte, der nunmehr berühmte Betäubungszauber war. Schon verbreitete sich die Kunde von seinem einzigartigen Talent bis über die Grenzen von Bayern hinaus. Bald schon würde Ernst eine Reputation und ein Ansehen genießen, wie er es sich in seinen kühnsten Träumen nicht hätte wünschen können. In Verbindung mit seinem neuen Posten – und einer beachtlichen und großzügigen Dotierung – wies man ihm eine prächtige

Zimmerflucht im Westflügel des Schlosses zu, und schon jetzt wurde an Plänen gearbeitet, einen der Türme in eine Praxis umzuwandeln, die allein ihm gehören sollte. Von nun an würde er reichlich Geld haben, um seine verbliebenen Schulden zu bezahlen, und natürlich wurde ihm hinsichtlich aller Betrugsanwürfe mit sofortiger Wirkung Begnadigung erteilt.

Otto Voigt war verhaftet und wegen Verschwörung zu Tätlichkeiten und einem Mordversuch unter Einsatz eines Wolfes angeklagt. Eine ungewöhnliche Beschuldigung, aber auch eine, die ein fatales Urteil nach sich zog. König Julian hatte stets ein Faible für nette, grausige Exekutionen gehabt, und so hatte es Gretel einige Mühe gekostet, ihn zu überzeugen, dass es eine bessere Alternative gab. Denn so skrupellos Herr Voigt auch war, er war ein vollendeter Zauberer, und er allein war imstande, die Gesundheit des lachenden Bäckers, des haarigen Herrn Winkler und all der anderen, die unter den Auswirkungen von Herrn Arnolds tölpelhafter Zauberei litten, wieder herzustellen. Es widerstrebte dem König, sich die Gelegenheit zum Ausweiden und Vierteilen entgehen zu lassen, doch er ließ sich umstimmen, als Gretel ihn darauf aufmerksam machte, dass es unangemessen wäre, leibhafte Beispiele für die fehlerhafte und unzulängliche Arbeit des königlichen Leibarztes herumlaufen zu lassen, denn dergleichen würde kein gutes Licht auf die Arztwahl des Königs werfen. Grollend gab er nach und steuerte eine Verbannung aus dem Reich bei. Damit wurde die Position des Leitenden Zauberers vakant, was Gretel zum Anlass nahm, Ernst augenblicklich zu untersagen, sich jemals für diesen Posten zu bewerben.

Die Rosse wurden gezügelt, und die Kutsche hielt mit einem Ruck an, der Hans auf seinem Platz neben Gretel aus dem Schlummer weckte.

»Was ist los? Der König! Oh, wo sind wir?«, fragte er triefäugig.

»Ich sage euch nun Lebewohl«, erklärte Ernst und schüttelte erst Hans und dann Gretel die Hand. »Komm Ende des Monats zum Schloss, Fräulein«, fügte er an sie gewandt hinzu, »damit ich dir den Gips abnehmen kann. Ich bin überzeugt, du wirst dich wieder vollständig erholen.«

»Dafür bin ich dankbar, Herr Arnold.«

»Ich auch«, sagte Hans. »Sonst hätte ich mir ewig Vorwürfe anhören müssen.«

Gretel warf ihm einen Blick zu, der besagte, verheilt oder nicht, es würde lange dauern, bis sie ihm vergab, dass ihr Bein durch seine Schuld wie ein Stück Anmachholz gebrochen war.

»Und«, fuhr Ernst fort, »sollte jemals einer von euch krank werden, so wisst ihr, wo ihr mich findet.«

»Wahrlich ein Trost«, beschied ihm Gretel.

Etwas bewegte sich im Ärmel des Zauberers, und Jynx kam zum Vorschein. Die kleine Fledermaus flatterte kurz durch die Kutsche und landete dann auf Gretels Schulter. Gretel streichelte ihr Fell.

»Du bist jetzt offiziell ein Arztgehilfe«, klärte sie ihn auf.

Jynx umklammerte mit seinen winzigen Klauen ihren dargebotenen Finger, als sie ihn seinem Herrn und Meister zurückgab.

Ernst stieg aus und hatte kaum einen Fuß auf den Boden gesetzt, als Evalina aus dem Haus gerannt kam, sich ihm entgegenwarf und die Arme um ihn schlang.

»Oh, Gemahl! Mein Liebster, du bist zu mir zurückgekehrt!«, rief sie und weinte Freudentränen.

»Meine liebe Frau!«

Falls Ernst geglaubt hatte, er müsse Süßholz raspeln, um die Gunst seiner Gattin zurückzugewinnen, so hatte er weder die Intensität ihrer Liebe noch das Potenzial eines innigen Kusses bedacht. In ihrem gemeinsamen Glück verloren, verharrten die zwei in liebevoller Umarmung vor dem Haus, ohne auf die starren Blicke der Passanten zu achten.

Gretel empfand einerseits Befriedigung darüber, den Fall so gut und zur Zufriedenheit ihrer Klientin erledigt zu haben, und andererseits bitteren Neid auf die Wonne, die diese beiden aneinander fanden. Mit ihrer Krücke klopfte sie ans Wagendach. »Nach Hause, Kutscher, wenn ich bitten darf!«

Daheim. Wie bescheiden das kleine Häuschen auch sein mochte, das sich Gretel mit ihrem Bruder teilte, wie zuckersüß die Blumenkästen und Fensterläden auch aussahen, wie provinziell und spießbürgerlich, nichts war vergleichbar damit, nach dem Abschluss anstrengender Ermittlungsarbeit in der Fremde nach Hause zurückzukehren. Nachdem Hans – der wusste, seine Schwester würde ihre Verletzung und seine Schuld so lange wie möglich melken, und er konnte nichts daran ändern – ihr aus der Kutsche geholfen hatte und sie über die altbekannte Enttäuschung hinweggekommen war, dass ihr das Haus noch kleiner und schäbiger vorkam, als sie es in Erinnerung hatte, war ihr der Anblick ihres eigenen Sofas im eigenen Wohnzimmer doch eine wahre Freude. Sonnenschein fiel durch das Südfenster herein, duselige Staubflöckchen tanzten sorglos in seinem Licht. Der Raum roch nach abgestandener Luft, erloschenem Feuer und vergessenen Schnapsgläsern auf dem Kaminsims.

»Herrlich!«, rief Gretel, als sie in die einladende Umarmung ihres aufwendig bestickten Sofas und der diversen Seidenkissen sank. »Einfach herrlich.«

»Wieder ein Fall erfolgreich gelöst, Schwester mein«, konstatierte Hans und legte den Rucksack und den Korb mit Lebensmitteln ab, den er vom Koch des Schlosses erhalten hatte. Durch seinen Einsatz zum Schutz des Königs, wenn auch auf Kosten seiner eigenen Schwester, war er im Schloss zu einer Art von weniger bedeutsamem Helden avanciert. Seine Schultern waren umfassend und häufig geklopft worden, und er war mit Wein, Käse, fantastischer Wurst, Eingemachtem und Senfen beschenkt worden. Die drei Tage, bis Gretel für reisefähig erklärt wurde, waren für ihn so ertragreich wie angenehm verlaufen. »Ich werde uns ein leichtes Mahl bereiten. Du musst dich erholen, dann wird bald alles wieder so sein, wie es sein soll.«

»Fast alles«, erwiderte sie und tippte auf ihren Gips, um ihren Worten Nachdruck zu verleihen. »Manche Dinge könnten etwas länger dauern.«

»Oh, schau!«, sagte Hans, ohne auf ihre Bemerkung einzugehen. »Wir haben Post. Lass mich mal sehen.« Er hob den kleinen Stapel Briefe und Notizen auf. »Kohlenrechnung. Milchrechnung. Schlachterrechnung ... oh, die sollten wir besser ganz fix bezahlen. Jemand verkauft

Fenster. So? Sehen die denn nicht, dass wir schon welche haben? Was ist das? Sieht wichtig aus.«

Er reichte Gretel einen Brief, geschrieben auf kostbarem Velinpapier, auf dem ein kunstvolles Siegel prangte. Sie öffnete ihn.

»Ah-ha. Hervorragend. ›Diligence-Versicherungen freut sich, dir beiliegend wie vereinbart dein volles Honorar auszuzahlen … bla bla bla … Wertschätzung … bla, Bemühungen, cetera, cetera.‹« Sie kontrollierte den Bankwechsel. »Oh, ja, das dürfte allerdings reichen.«

»Genug, um uns für eine Weile mit Wurst und Bier zu versorgen, was?«, fragte Hans.

»Erfreulicherweise ja. Und noch mehr.«

Dieses Mehr umfasste, wie Gretel bereits beschlossen hatte, das ziemlich kostbare Kleid, mit dessen Anfertigung sie die Schneiderin vor ihrer Abreise beauftragt hatte. Inzwischen sollte es fertig sein. Noch an diesem Nachmittag würde sie zur Anprobe gehen. Bis zum Konzert blieben nur noch drei Tage und sie würde jeden einzelnen brauchen, um die Verheerungen des Waldes ungeschehen zu machen und sich für diesen Anlass auf das Prächtigste herauszuputzen.

»Ein leichtes Mahl wäre mir höchst willkommen, Bruder mein. Und dann ein Nickerchen. Später werde ich dich damit belästigen müssen, mir ein Bad einzulassen und ein Feuer zu entzünden. Ich werde so bald wie möglich die Schneiderin aufsuchen, doch nicht, ehe ich mich vollständig erholt habe.«

Mit diesem Gedanken lehnte sie sich auf den wunderbar vertrauten Polstern und Kissen zurück, schloss die Augen und fiel in die Art von Schlaf, die nur jene erlebten, die gerade eine herausfordernde und anstrengende Tätigkeit abgeschlossen haben.

Der Abend des Konzerts war angenehm warm, doch die Jahreszeit neigte sich endlich dem kühleren Herbst entgegen. Gretel war dankbar für die veränderten Temperaturen. Mit ihrem neuen Kleid war sie überaus zufrieden, und sie wusste, sie würde gut darin aussehen, ganz besonders ohne die Röte, mit der die Sommerhitze ihr Gesicht zu überziehen geneigt war. Die Schneiderin hatte sich selbst übertroffen, und die einzigen Änderungen bestanden, zum ersten Mal, seit Gretel denken konnte, in einigen Abnähern, die dazu dienten, es enger zu machen. Wie es schien, hatte die Zeit, während derer sie durch den Wald marschiert war und sich von Beeren und dergleichen ernährt hatte, ihr einen Teil ihrer üppigen Fülle geraubt. Von der erfreulicherweise immer noch genug übrig war, um den neuen Kleid gerecht zu werden. Ehe sie sich auf den Weg zum Rathaus machte, taxierte sie sich in voller Größe im Spiegel. Sie strich mit den Händen über die melonengrüne Seide, glättete sie über ihren ansprechenden Kurven und nickte zufrieden. Für einen Moment betrauerte sie den Verlust ihrer Perücke, die zu ersetzen leider nicht genug Zeit geblieben war. Und es fiel schwer, den unansehnlichen Stiefel zu vergessen, den sie über ihrem Gips zu tragen gezwungen war, aber zumindest verschwand er größtenteils unter ihren Röcken. Eine Weile würde sie noch eine Krücke benötigen, doch in diesem Punkt hatte sie sich Erleichterung verschafft, indem sie einen eleganten Ebenholzgehstock mit einem Griff aus Silber und Bernstein erworben hatte. Alles in allem war sie überzeugt, sie würde den Honoratioren von Gesternstadt die uneingeschränkt beste Version ihrer selbst präsentieren können. Und natürlich Ferdinand. Nicht, dass das von Bedeutung gewesen wäre.

»Hans!«, rief sie, »wir kommen zu spät!«

»Sei unbesorgt, ich bin bereit«, sagte er und kam, auf einem Butterbrot kauend, aus der Küche. »Ich nehme nur noch einen kleinen Imbiss zu mir. Kann Musik nicht mit leerem Magen verdauen«, erklärte er.

»In diesem Punkt sind wir absolut einer Meinung, Bruder mein«, erwiderte sie, nahm ihm im Vorbeihumpeln das Butterbrot aus der Hand und ließ es sich schmecken. »Mmm, sehr gut. Obwohl beim nächsten Mal vielleicht ein wenig mehr Senf …?«

Gemeinsam gingen sie, von ihrer Verletzung ein wenig gebremst, durch die Stadt. Hans hatte sich auf Gretels nachdrückliche Aufforderung hin der Gelegenheit angemessen gekleidet, sodass nichts an ihm mehr an einen bayrischen Bauerntrampel erinnerte. Mochte seine enge Hose auch nicht gerade schmeichelhaft sein, sorgte der erlesen geschneiderte Samtfrack dennoch dafür, dass er alles in allem aussah wie ein gut situierter Herr. Als sie sich dem Rathaus näherten, das im Bedarfsfall auch als Theater und Konzertsaal diente, drängten allmählich auch andere Musikliebhaber auf die Straßen. Die Leute hatten sich, sehr zu Gretels Wohlgefallen, wahrlich Mühe gegeben. Überall fanden sich Belege investierten Geldes, Festtagskleidung war auf Vordermann gebracht worden, und ein Hauch von Aufregung und freudiger Erwartung lag in der Luft. Hätte Gretel unter ihrem italienischen Lederschuh nicht das schmerzhaft krumme Kopfsteinpflaster gespürt, so hätte sie sich wohl einbilden können, wenigstens für einen Moment, sie befände sich in einer mondänen Stadt, in der solch kulturelle Ereignisse die Regel waren. Jeder war jemand, und einige, die niemand waren, hatten sich wie jemand ausstaffiert. Wie es schien, erkannten sogar die Leute von Gesternstadt, wie bedeutend es war, dass ein so bekannter Komponist ihre unscheinbare Heimat besuchte. Dies war eine Gelegenheit, die man sich nicht entgehen lassen durfte.

Folglich war sie ein wenig verwundert, nicht eine königliche Kutsche unter all jenen zu erblicken, die derzeit juwelenbehangene Damen am Veranstaltungsort absetzten. Sie überlegte, dass jegliche Angehörige der königlichen Familie wohl schicklich verspätet einträfen, um einen großen Auftritt zu bekommen. Zweifellos galt das auch für Ferdinand und seine Verlobte. Gretel jedoch konnte es sich nicht leisten, zu spät zu kommen, denn sie würde um einen guten Platz kämpfen müssen, da ihr nicht das Privileg einer königlichen Loge vergönnt war, von der aus sie sehen und, noch wichtiger, gesehen werden konnte. Sie und Hans hetzten durch das Foyer in den Zuschauerraum. Reihen gepolsterter Sitze füllten das Parkett, Bänke die Galerie. Gretel, die den Preis für die besseren Plätze bezahlt hatte, ging geradewegs zur ersten Reihe des Parketts in der Hoffnung, die Anwesenheit des großen Komponisten von dort aus besser genießen zu können und sich im Sichtbereich der königlichen Gesellschaft in ihrer Loge zu befinden.

»Jemine!«, sagte Hans. »Das ist alles recht prachtvoll, nicht wahr? Kein üblicher Samstagabend zu Gesternstadt, muss ich sagen.«

Aber Gretel hörte kaum hin. Sie benutzte ihr Opernglas, frisch poliert und ganz wiederhergestellt nach dem Ausflug in den Wald, um das Publikum zu begutachten. Sie sah viele Klienten, ehemalige und derzeitige, Nachbarn und deren Gäste, sogar Feldobergendarm Strudel, doch nicht einen Titelträger. Nicht einen Angehörigen der königlichen Familie. Und vor allem sah sie keinen Mann in einem burgunderroten Umhang mit einem goldenen Seidenfutter, der eine spindeldürre Verlobte am Arm führte. Gretel seufzte entnervt. Sie wollte sich nicht eingestehen, wie sehr sie gehofft hatte, Ferdinand an diesem Abend zu sehen. Wollte sich der Tatsache nicht stellen, dass sie, eigentlich, nicht nur den Wunsch hegte, ihm zu zeigen, wie zufrieden, ja, wie glücklich sie ohne ihn war, und vielleicht dafür zu sorgen, dass er einen Anflug von Reue verspürte, da er sie zugunsten einer anderen übergangen hatte. Denn die Wahrheit war, wie sie nun erkannte, dass sie sich eine letzte Chance erhofft hatte, ihn umzustimmen. Eine letzte Gelegenheit für ihn, umgeben von der berührenden und wunderschönen Musik des Herrn Mozart, auf Gretel in all ihrer Pracht hinabzuschauen, sich das Prickeln ins Gedächtnis zu rufen, das so lange Zeit zwischen ihnen geperlt hatte, und zu begreifen, dass er doch nicht ohne sie leben konnte.

»Dummes Weib!«, sagte sie schließlich von und zu sich selbst.

»Was war das?«, fragte Hans.

»Nichts. Aber rück auf, diese Sitze sind recht schmal.«

»Nicht wahr?«, stimmte er zu.

Gretel hielt einen zweiten Seufzer auf, ehe er ihr entfleuchen konnte, und bemühte sich redlich, sich zusammenzureißen. Sie hatte getan, was in ihrer Macht stand. Mehr konnte sie nicht tun. Es blieb nichts mehr zu tun, als sich selbst zu gestatten, sich durch den Trost der wundervollen Musik des Maestros Linderung schenken zu lassen.

Der Rest des Publikums nahm seine Plätze ein. Die Sitzreihen füllten sich rasch, das aufgeregte Gemurmel der Musikliebhaber verstummte, eine erwartungsvolle Stille füllte den Saal, und endlich wurde der Vorhang geöffnet.

Es gibt eine Denkrichtung, die postuliert, dass Elend Gesellschaft liebt. Eine andere besagt, dass schlimme Dinge stets in Dreiergruppen zutage treten. Das geflügelte Wort, das behauptete, Enttäuschungen reisten stets paarweise, war Gretel nicht bekannt, doch sie fing an, Beweise dafür zu erkennen. Nur Sekunden zuvor hatte sie einsehen müssen, dass Ferdinand nie ihr gehören würde und dass das für sie eine große Rolle spielte. Und nun, als sie mit angehaltenem Atem auf das majestätische Wunder wartete, das ein einzigartiges Talent mit seinem Orchester hervorzubringen imstande war, sah sie stattdessen Wolfgang Alfred Mozart und sein Alphornensemble vor sich. Dieser Anblick reichte, um ein Keuchen in der Menge hervorzubringen, das darauf hindeutete, dass Gretel nicht die Einzige hier war, der man ihre Eintrittskarte unter Vorspiegelung falscher Tatsachen angedreht hatte. Als bemerke er nichts von dem Zorn, der sich in dem Bau aufbaute, trat Herr Mozart – ein Mann fortgeschrittenen Alters und abnehmenden Applauses – strahlend in die Mitte der Bühne und ermutigte seine Musikanten, ihre Alphörner zum Einsatz zu bringen.

Sogar unter dem nun folgenden auditiven Ansturm waren die Vorhaltungen kaum zu überhören.

»Abscheulich!«

»Unerhört!«

»Absolut gewissenlos!«

»Volle Rückvergütung, oder Blut wird fließen!«, verlangte ein besonders erzürnter Herr.

Derweil spielte die Kapelle munter weiter, und Herr Mozart, der nicht *der* Herr Mozart war, drehte sich gelegentlich mit einem breiten Lächeln zu seinem Publikum um, offenkundig blind für den Empfang, den dieses ihm bereitete. Gretel konnte nur mutmaßen, dass ihm tatsächlich nicht in den Sinn kam, irgendjemand könnte ihn mit einem Komponisten von Opern und Requiems verwechseln. Und warum auch? Sie selbst jedenfalls war weniger wütend als peinlich berührt ob der eigenen Dummheit. Still saß sie da, wohl wissend um den Exodus vieler der verärgerten Musikliebhaber hinter ihr. Sie wusste, sie würde es nicht ertragen, eine Stunde lang von den lustvollen Bläsern der zugegebenermaßen beeindruckenden Hörner auf der Bühne an die Lehne ihres Sitzes geblasen zu werden. Sie würde einfach warten, bis die anfängliche Hektik sich gelegt hatte, und dann diskret die Flucht ergreifen. Ihr war nicht daran gelegen, sich draußen an einem Gruppengezeter mit anderen närrischen Gesternstädtern zu beteiligen. Zu ihrer Linken hörte sie Hans glückselig summen und im Takt der Musik – so man das so nennen wollte – mit der Hand auf den Oberschenkel schlagen.

In der Hoffnung, unbemerkt davonschleichen zu können, nahm Gretel den Seitenausgang des Saals und überließ Hans seinem Vergnügen an der Darbietung. Gesenkten Kopfes eilte sie die schmale Straße entlang, die vom Platz wegführte, und ihr Stock klopfte dabei vernehmlich auf das Pflaster. Sie war so auf ihre Flucht bedacht, dass sie den Mann gar nicht sah, der am Straßenrand stand, und geradewegs in ihn hineinhumpelte.

»Oh! Ich bitte um Vergebung«, murmelte sie und wollte sich von dem Fremden entfernen, der sie nun am Arm festhielt.

»Fräulein, hast du dir wehgetan?«, fragte eine Stimme, die eindeutig keinem Fremden gehörte.

Gretel blickte auf. Ferdinand blickte auf sie herab.

Es kostete sie all ihre Selbstbeherrschung, nicht zu kreischen.

»Ihr kommt zu spät, um noch einen Platz im Konzert zu ergattern«, erklärte sie ihm so ruhig sie nur konnte.

»Dann bin ich wohl glücklich davongekommen, gemessen an dem Tempo, mit dem du davor wegzulaufen suchst. Hältst du es wirklich für klug, so hastig und ohne Geleit durch die Straßen zu eilen, solange dein Bein noch nicht verheilt ist?«

Gretel raffte den kleinen Rest Selbstachtung, den sie noch hatte, mit beiden Händen an sich und presste die Lippen zu einer entschlossenen Linie zusammen. Von dem Mann verschmäht zu werden war schlimm genug; sie würde gewiss nicht hinnehmen, dass er auch noch über sie lachte.

»Meine Erfahrung mit Alphornmusik sagt mir, dass man uns nicht die Besten ihrer Zunft geboten hat«, verkündete sie.

»Tatsächlich?«

»Ganz recht. Ich habe gutes Geld für mein Billett bezahlt, und ich weigere mich, mir dafür zweitklassiges Hornspiel anzuhören.«

»Ist das wahr?«

»Allerdings.«

»Ich verstehe.«

»Gut.«

»Ich war mir deines Sachverstands in Hinblick auf Alphörner und Kuhreigen nicht bewusst.«

»Dazu besteht auch kein Anlass.«

»Noch eines deiner verborgenen Talente.«

»Derer gibt es viele.«

»Das bezweifle ich nicht.«

Eine quälende, ärgerliche Stille bahnte sich ihren Weg in den nicht minder ärgerlichen Austausch. Ferdinand hielt immer noch Gretels Arm und schien es nicht eilig zu haben, ihn wieder loszulassen. Nach einer Weile ergriff er erneut das Wort.

»Ich würde gern noch mehr von deinen verborgenen Talenten entdecken.«

Gretel starrte ihn aus weit aufgerissenen Augen an.

»Davon bin ich überzeugt!«, giftete sie mehr als nur ein bisschen erzürnt. Ihr war unbegreiflich, welche Art Spiel dieser Mann spielte, der doch im Begriff war, eine andere Frau als die zu ehelichen, mit der er spielte. Plötzlich verbündete sich die Vielschichtigkeit dieses Gedankengangs mit der Erinnerung an die Alphörner, was einen heftigen Kopfschmerz zur Folge hatte.

Und dann beugte Ferdinand sich vor und küsste sie. Auf den Mund.

Und die Kopfschmerzen waren verschwunden.

Und irgendwo in der Ferne sang ein Vogel.

Und Gretel hatte das Gefühl, ihre Füße hätten möglicherweise ein Stück weit vom Boden abgehoben.

Und dann erinnerte sie sich an die spindeldürre Komtess, die den unübersehbaren Stempel ‚Verlobt-mit-dem-General' zu tragen schien, und die Kopfschmerzen kehrten zurück.

Und dann tauchte Hans auf.

»Jemine, Schwester mein, war das nicht eine wunderbare Musik? Was denkst du? Oh, guten Abend Herr General! Ihr habt die erste Hälfte verpasst. Ich bin nur herausgekommen, um während der Pause ein wenig Luft zu schnappen. Großartige Darbietung, muss ich sagen, wirklich großartig. Vergeudet nur keine Zeit mehr, sonst entgeht Euch auch die zweite Hälfte.«

»Geh weg, Hans«, sagte Gretel zu ihm, doch er war schon fort, huschte zurück, um zu genießen, was für ihn der musikalische Höhepunkt des Jahres war.

»Wo waren wir?«, fragte Ferdinand und rechnete offensichtlich nicht mit einer Antwort, denn er beugte sich zu einem zweiten Kuss zu ihr herab.

Gretel brauchte all ihre Entschlossenheit und Selbstbeherrschung, um sich zu entziehen und eine Hand zu erheben.

»Es gehört nicht zu meinen Gepflogenheiten, die Verlobten anderer Leute zu küssen«, informierte sie ihn.

»Ich freue mich sehr, das zu hören.«

»Oder mich von ihnen küssen zu lassen. Von anderer Leute Verlobten.«

»Ich hätte dir niemals zugetraut, dass du auch nur fähig wärest, dich anders zu verhalten.«

»Warum tut Ihr es dann?«

»Soweit ich weiß, habe ich das nicht.«

»Aber natürlich, gerade eben. Ihr habt mich geküsst.«

Er zog die Augenbrauen ein Stückchen weit hoch, und Gretel nahm verärgert zur Kenntnis, dass sie diese Mimik außerordentlich anziehend fand.

»Hast du einen Verlobten?«, fragte er.

»Den habe ich nicht!«

»Dann haben wir kein Problem.«

»Aber Ihr habt.«

»Ein Problem?«

»Eine Verlobte!«

»Habe ich?«

»Habt Ihr nicht?«

»Habe ich nicht!«

»Aber … was ist mit Komtess Wieheißtsiegleich? Große Frau, ziemlich jung. Spindeldürr, mancher mag sagen, eckig. Scharfe Hüftknochen, könnte man annehmen. Was ist mit ihr?«

»Komtess Margarite? Was ist mit ihr?«

»Ihr seid mit ihr verlobt und werdet sie heiraten, um Himmels willen!«

»Das, Fräulein, wäre mir neu.«

Wieder trat Stille ein. Diese jedoch fühlte sich ganz anders an als die vorangegangene, denn wenn sie auch nervös und unbehaglich war, umfasste sie doch auch einen kleinen, strahlenden Funken Hoffnung.

Gretel wählte ihre Worte mit Sorgfalt und sprach sehr klar und ruhig.

»Soll ich das also so verstehen, dass Ihr nicht versprochen, nicht verlobt, nicht verpartnert und nicht im Vorstadium der Ehe mit irgendjemandem seid? Gar nicht?«, fragte sie.

»Das bin ich nicht«, bestätigte er.

»Ihr habt nicht der Frau Eurer Wahl die Treue gelobt und seid im Begriff zu heiraten?«, hakte sie sicherheitshalber noch einmal nach.

Er schüttelte den Kopf. »Noch nicht«, sagte er lächelnd.

Und dann küsste er sie erneut. Und dieses Mal sangen viele Vögel. Und eine sanfte Musik spielte in Gretels Kopf, ganz ohne Beteiligung auch nur eines einzigen Alphorns. Und ihr Herz bekam Flügel, als sie den Kuss erwiderte und dabei weniger Zurückhaltung walten ließ, als es sich eine Frau von gutem Ruf gestatten sollte, mitten auf der Straße und gut zu sehen für jeden, der vorüberkam. Was glücklicherweise niemand tat. Dann, atemlos und auf eine Art verunsichert, die ihr gänzlich fremd war, löste sich Gretel von ihm.

Ferdinand wich etwas zurück, verbeugte sich, richtete sich wieder auf und bot ihr seinen Arm.

»Fräulein Gretel, würdest du mich zu einem Spaziergang begleiten?«, fragte er.

Sie nickte, bemüht, ungezwungen zu erscheinen, und zugleich sicher, dabei keineswegs überzeugend zu sein.

»Es wäre mir eine Freude, Herr General«, entgegnete sie und ergriff seinen Arm.

»Oh, ich glaube, es ist an der Zeit, dass du anfängst, mich Ferdinand zu nennen, meinst du nicht?«, sagte er, als sie losgingen.

Als Gretel eine Stunde später über ihre eigene Türschwelle trat, stellte sie fest, dass sie, trotz Gips und Krücke, nicht widerstehen konnte, einen kleinen Tanz im Hausflur aufzuführen. Ihre Füße, so müde sie waren, bewegten sich, als würde sie schweben. Sie lachte lauthals, kam sich dann ein wenig verrückt vor und brach bei diesem Gedanken gleich wieder in Gelächter aus.

»Bist du das?«, rief Hans aus der Küche.

»Ich bin's.«

Mit einer Flasche und einem Glas Wein kam er heraus.

»Dann ist der General nicht bei dir?«

»Er hat mich zur Tür geleitet und sich verabschiedet. Seine Pflichten auf dem Schloss erfordern seine Aufmerksamkeit«, erklärte sie.

»Und warum grinst du so?«, wollte Hans wissen. »Hast du getrunken? Kann mir nicht vorstellen, dass der General dich ins Wirtshaus mitgenommen hat.«

»Hat er nicht. Wir sind umhergeschlendert«, verriet sie.

»Schön für dich«, sagte Hans, und dann, die Stirn ein wenig gerunzelt, fragte er: »Ziemt sich das denn? Herumschlendern, meine ich. Wenn einer von beiden mit einem anderen verlobt ist?«

»Ah, aber das ist er nicht, Hans.«

»Nicht?«

»Nein. Wie es scheint, war das alles nur ein Missverständnis.«

»Oh, aber ich dachte, ich meine, man hat mir gesagt, mir wurde berichtet …«

»Habe ich dich nicht immer vor Tratsch gewarnt? Was habe ich dir über die Torheiten und Gefahren erzählt, die damit einhergehen, dem Geschwätz und Gerede zu lauschen?«

»Ei! Dann gibt es also keine Hochzeit für den armen alten Ferdinand?«

»Oh, das weiß ich nicht, Hans«, erwiderte Gretel mit einem verhaltenen, geheimnisvollen Lächeln. »Eines Tages vielleicht. Eines Tages.«

»Oh, gut, in dem Fall wird er einen anständigen Wein brauchen. Niemand kann ohne einen netten Tropfen von etwas Trinkbarem heiraten.«

»Tsts«, machte Gretel. »Das Wesentliche entgeht dir, Hans. Wie gewohnt.«

»Er muss sich keine Sorgen machen. Sag ihm, er soll sich an mich wenden«, konstatierte Hans. »Oder, genauer, an uns, denn wenn ich es recht bedenke, trägt diese Lieferung tatsächlich deinen Namen.«

»Lieferung?«

»Ja. Als ich nach Hause gekommen bin, habe ich eine Kiste von dem hier auf der Schwelle gefunden.«

Er reichte ihr die Flasche, die er mitgebracht hatte. Gretel entging nicht, dass sie bereits halb leer war. Das Etikett erklärte sie zu einem Produkt eines familiengeführten Weinguts im östlichen Bayern. Sie zog den Korken heraus und atmete das Aroma.

»Riecht recht gut.«

»Ist er auch«, versicherte Hans, nahm ein Glas vom Kaminsims, blies den Staub weg und bot es ihr an.

Gretel schenkte sich ein großzügiges Maß des kristallklaren Weißweins ein und nahm einen tiefen Zug, da die Ereignisse des Abends sie doch mehr als nur ein bisschen aus der Fassung gebracht hatten.

»Oh«, machte sie und musterte erneut das Etikett auf der Flasche. »Der ist wirklich sehr gut. Wer hat ihn geschickt?«

»Es war eine Nachricht dabei. Hab sie nicht gelesen, dachte, dass sollte ich lassen, weil sie doch an dich adressiert war …« Er zog den zerknitterten Brief aus der Tasche und reichte ihn ihr.

»Das hat dich nicht gehindert, den Wein zu öffnen«, ermahnte ihn Gretel, brach das kunstvolle Siegel auf dem kostbaren Papier und hielt das Schriftstück in den Lichtschein der Lampe. »Wie es scheint«, fasste sie zusammen, »ist die jüngste Tochter einer unbestimmten königlichen Familie in Gefahr. Sie ist kürzlich weggelaufen, um den Eigner eines Weinguts am Ufer des Rheins zu ehelichen, der keine zwei Wochen später tot in einem Weinfass aufgefunden wurde.«

»Gütiger Himmel! Was für eine Art zu sterben!«, rief Hans und hörte sich eher beeindruckt als erschrocken an.

»Mord wird vermutet. Die Familie fürchtet um die Sicherheit der Tochter, doch die ist nun der Erinnerung an ihren Gatten selig verbunden und fest entschlossen, den Namen des Guts aus Liebe und Respekt gegenüber dem Verstorbenen zu erhalten. Sie hat sich ganz der Welt der Winzerei verschrieben und weigert sich, den Besitz zu verlassen. Sie ist zu einer Expertin für Traubensorten und alle Aspekte der Winzerei geworden und beabsichtigt, ihren ganz eigenen Weißwein zu produzieren. Ihr Vater fürchtet, ein benachbarter Konkurrent könnte ihr Böses wünschen und würde vor nichts zurückschrecken, um ihren Erfolg zu vereiteln.«

»Und ich nehme an, dass du hingehst und in der Sache ermittelst? Du hast mehr als genug Arbeit, Schwester mein, habe ich recht? Keine Pause für eine Detektivin, was?«

Gretel nahm noch einen Schluck von dem überragenden Wein. Sie war immer noch benebelt von der neuen Wendung, die ihre Beziehung zu Ferdinand genommen hatte. Noch immer konnte sie seinen Herrenduft an ihren Kleidern riechen und seine Arme und den innigen Kuss in der Erinnerung spüren. Aber sie war eine Frau der Tat. Sie war unabhängig und hatte sich um ihr Geschäft als Ermittlerin zu kümmern. Ganz zu schweigen von den Lebenshaltungskosten und den Spesen, die bezahlt werden wollten. Das Honorar von der Versicherungsgesellschaft würde bald genug verbraucht sein. Sie durfte sich nicht von einer Romanze ablenken lassen. Immerhin hatte Ferdinand sich in eine Frau verliebt, die ihren professionellen Ruf und ihre Arbeit hochschätzte; sie hatte nicht vor, daran etwas zu ändern. Bisher hatten sie keinerlei Versprechungen ausgetauscht. Umso mehr musste sie Vernunft walten lassen. Sollten Ferdinands Gefühle ihr gegenüber echt sein, so wären sie der Herausforderung einer kurzen Zeit der Trennung gewachsen. Sie würde ihm schreiben und ihm mitteilen, dass sie die Stadt gleich wieder verlassen würde, da ihre Fähigkeiten für einen neuen Fall gefordert seien: den der Prinzessin und des Grauburgunders.

»Noch eine Flasche, Hans«, sagte sie und lehrte ihr Glas, »und dann die Landkarten, wenn ich bitten darf!«

Ein Herz, so kalt wie Eis
Eine Berührung, so brennend wie Feuer
Eine Geschichte, so mächtig wie Magie

Katharina Seck
DIE SILBERNE KÖNIGIN
Roman
368 Seiten
ISBN 978-3-404-20862-3

Silberglanz ist eine beschauliche Stadt in einer winterlichen Welt. Doch die Schönheit der von glitzerndem Schnee bedeckten Landschaft ist trügerisch. Seit Jahrzehnten ist das Land im ewigen Winter gefangen, es droht unter den Schneemassen zu ersticken. Alles ändert sich, als die 24-jährige Emma in die Chocolaterie von Madame Weltfremd kommt und diese ihr ein Märchen erzählt, das Märchen der silbernen Königin. Denn darin verborgen liegt die Wahrheit über den Winterfluch, über den kaltherzigen König und über Emma selbst